Nieves Hidalgo nació y vive en Madrid. Consumidora ávida de novela romántica, conoce a fondo el género y el gusto de las lectoras. Es autora de las novelas *Lo que dure la eternidad* y de *Orgullo sajón*, publicadas también en los distintos sellos de B.

Tiene un blog muy visitado, con vínculos en todas las páginas webs románticas:

http://nieveshidalgo.blogspot.com.es

1.ª edición: junio, 2013

© Nieves Hidalgo de la Calle, 2009
© Ediciones B, S. A., 2013
   para el sello B de Bolsillo
   Consell de Cent, 425-427 - 08009 Barcelona (España)
   www.edicionesb.com

Printed in Spain
ISBN: 978-84-9872-821-7
Depósito legal: B. 13.765-2013

Impreso por NOVOPRINT
          Energía, 53
          08740 Sant Andreu de la Barca - Barcelona

Amaneceres cautivos

NIEVES HIDALGO

A Carlos, mi esposo.
Porque te amo.

Agradecimientos

Me apetecía una historia que transcurriera en nuestra tierra, España, con nuestras costumbres y nuestra sangre.

He tenido el consejo y la paciencia de mi esposo; el auxilio de mi hijo, Christian, en temas informáticos; el entusiasmo de mis amigos. Entre todos, consiguieron insuflarme la ilusión para acabar esta novela. Así, se pueden mover montañas.

Para ellos es esta historia.

Y para mi editora, Marisa Tonezzer, por tener fe en mi trabajo. Espero no defraudarte.

Prólogo

Seguramente, en Palencia se encuentra el románico más completo de España. En una de mis frecuentes visitas a esa tierra, entre capiteles y arcos ojivales del monasterio cisterciense de San Andrés de Arroyo, de transición románico-gótica, ante el sarcófago de doña Mencía de Lara, que ordenó su edificación, capté la esencia de la mujer en esa época convulsa del Medievo: tenía vedado el acceso a cualquier centro de decisión, carecía de derechos, no podía disponer de su propia fortuna, esclava de su señor, con derecho de pernada y meramente objeto de la procreación, que se aceptaba incluso por la Iglesia Romana para quien representaba, fundamentalmente, un ser pecador. Sin embargo, aquella sociedad hubiera sido impensable sin el aporte de la mujer a la economía doméstica y rural. No existía asociación familiar que no se asentara en aquella mujer valerosa, que hacía de su vida el paño con que se vestía un período negro. Período en el cual ella era vital, pero en el que se le negaba la cualidad de persona.

Es ella, esa mujer de origen noble, la que impulsó en gran medida la construcción de conventos y abadías, algunos de los cuales llegaron hasta hoy, y a cuya sombra sembraron raíces de conocimiento y lectura, hasta el punto de acuñar el varón aquella frase «...siendo que los libros no son leídos más que por mujeres deben, por tanto, corresponderles en herencia». Mi reconocimiento a esas mujeres me llevó a plantearme esta historia, como un pequeño desagravio por tanto vilipendio.

NIEVES HIDALGO
Octubre de 2008

Año del Señor 1521
Toledo. España.

A esta tierra nos ataron
castellanos tan altivos
que por vida nos legaron
amaneceres cautivos.

1

Febrero

Los ojos oscuros de la muchacha pasaron raudos sobre las letras impresas en aquel pliego de papel, firmado y sellado por las autoridades competentes. Nadie vio el destello de cólera que los iluminó durante unos segundos. Una cólera que quemaba y que, de haber sido otra su crianza, la hubiera impulsado a tomar un puñal y asesinar al emisario de tan funestas nuevas. Sin embargo, Marina Alonso y de la Vega no se dejó llevar por la ira; muy al contrario, había aprendido a guardar sus más intensos sentimientos en una coraza que, sin duda, había sido forjada como el acero de la ciudad que la vio nacer, y moldeada por las enseñanzas de las monjas que la instruyeron.

Con un gesto casi lánguido, devolvió el documento que la condenaba a ser una protegida durante el resto de sus días. E incluso sonrió al hombre, que desvió la mirada, abochornado por ser el portador de tan malas noticias.

—Mi señora, yo...

—Nada he de reprocharos, don Evaristo —cortó ella con un gesto de su mano—. No habéis hecho más que cumplir con vuestro cometido y os lo agradezco. Sé que no es grato para vos.

El hombre se alisó las puntillas que sobresalían de los bordes de su jubón, sin saber muy bien dónde poner las manos, después de enrollar y guardar el documento.

—Si en algo puedo ser útil...

—Sé que puedo contar con vuestra ayuda —sonrió ella—, pero me parece que ya está todo decidido. Otros lo han hecho por mí.

Evaristo de Céjar hizo un saludo breve y salió de la estancia.

Apenas lo hubo hecho, la puerta volvió a abrirse y una mujer de cabello oscuro, con algunas canas en las sienes, entró precipitadamente en la pieza y se quedó mirando a Marina, los brazos en jarras y el gesto huraño.

—¿Y bien?

Marina guardó silencio hasta que vio a través de los cristales que la visita salía de la casa, montaba en su caballo y se alejaba al galope por el camino que atravesaba la pequeña hacienda. Sus ojos eran dos ónices, brillantes y un poco acuosos por las lágrimas contenidas. Sus cabellos, recogidos bajo una redecilla oscura, fulguraban en su negrura absorbiendo los últimos rayos de luz de aquella tarde de febrero. De repente sintió frío. Un frío hiriente que le llegó hasta los huesos. Notó un ligero vahído pero se repuso de inmediato. Aun tratando de disimularlo, el mareo fue advertido por Inés, que se acercó con rapidez.

—Vamos a vuestro cuarto, niña.

La joven se dejó conducir sin decir una palabra. Salieron de la sala, atravesaron el suntuoso patio de entrada, falto de flores ahora, y ascendieron por las escaleras que daban al primer piso. Cuando Inés cerró la puerta tras ella, preguntó:

—Era el condenado documento, ¿verdad?

—¿Lo dudabas?

—¡Cerdos!

—Inés, por favor. Cuida el vocabulario. De nada sirve enfurecerse —dijo la muchacha dejándose caer en una butaca forrada de raso verde oscuro con rayas más claras.

Inés tenía treinta y cinco años recién cumplidos, llevaba en la casa desde que a los cinco su padre la dejara al cuidado de los Alonso, porque el trabajo, la viudedad y la bebida a la que se echó al morir su esposa, no le permitían cuidar de una criatura. Había trabajado en la hacienda fregando suelos, haciendo la comida, aseando los cuartos y hasta cuidando de las porquerizas. Hasta el nacimiento de Marina, la hija adorada de don Tello Alonso de Cepeda y Barrientos, señor de Aguilar y de doña Beatriz de la Vega. La señora de la casa, delicada de salud desde siempre y viendo el cariño que de inmediato demostró Inés por el bebé, la puso a cargo de la niña. Desde entonces no se había separado de ella. Compañera, amiga, confidente; había sido de todo para la pequeña Marina. La adoraba como la hija que no tuvo y que sin duda nunca tendría, dada ya su edad.

Con una sonrisa triste, quitó la redecilla dejando suelta la larga y sedosa cabellera de su protegida, comenzando a cepillarla con mimo.

—¿No vas a impugnarlo? —Inés tuteó a la joven, como hacía siempre que ambas estaban a solas.

—¿Impugnar un documento escrito por hombres para su propio beneficio?

—Mejor podrías haber dicho por buitres, para disfrute de los buitres.

—Sea como sea, los médicos han emitido su dictamen y la Ley ha dispuesto que no tenga nada.

—Y ¿vas a conformarte? —gruñó Inés.

Marina alzó la cabeza y miró a los ojos a su amiga y criada. Los suyos se volvieron más negros que nunca y en su rostro, ligeramente aceitunado, apareció un destello producto de la ira.

—No voy a aceptar la muerte de Juan —dijo entre dientes—. No al menos sin vengarlo y saber qué mano le dio muerte y qué hombre pagó sus buenos reales a esa mano.

—Averiguar quién asesinó a tu esposo no te ayudará a recuperar lo que es tuyo. No te devolverán la hacienda de los Aranda, ni la mansión de Fonseca, ni las tierras, ni el ganado, ni las...

—¡Pero será vengado! —estalló la muchacha, incorporándose y tomando distancias—. No puedo culpar a nadie de mi locura.

—¡¿Locura?! —protestó Inés.

—¿Acaso no lo fue durante un corto período?

La criada dejó el cepillo sobre la cómoda, de trabajada madera de nogal, desistiendo ya de peinar a su señora.

—¿Qué mujer no habría enloquecido si hubiese perdido a su padre, a su esposo y a su futuro hijo en el término de quince días? —razonó.

Marina se mordió el labio inferior para evitar que un sollozo se le escapase.

—Yo, Inés. Yo no debería haberlo hecho. Mi padre me crió para ser fuerte ante las adversidades, para saber valerme por mí misma —dijo—. He sido educada como el hijo que no tuvo y no tenía derecho a fallarle —se encogió de hombros—. Anda, ayúdame a quitarme el vestido y luego retírate. No te necesitaré más por hoy.

—Intuyo que no bajarás a cenar.

—Intuyes bien. Ese odioso papel me ha quitado el apetito.

Inés ayudó a la joven a desembarazarse del vestido negro, sencillo de adornos y ligero de puntillas aunque los pequeños botones que lo abrochaban a la espalda eran de finísima pedrería. Odiaba verla vestida de aquel color, lo mismo que lo odiaba Marina, pero no podían pensar siquiera en utilizar otros tonos. Por fortuna el año de duelo estaba por finalizar y podría suavizar el luto. Después de quitarle las enaguas, Inés le alcanzó un camisón de batista blanca. Dado que el brasero para calentar la cama no había sido preparado, frotó con sus manos las sábanas heladas, transmitiendo algo de calor y cuando la dejó arropada en el lecho se inclinó y la besó en la frente.

—Descansa, potrilla —dijo—. Ha sido un largo día. Mañana veremos el modo de enfrentar todo esto.

Marina sonrió a su criada y amiga y se recostó sobre los almohadones. Cuando la puerta se cerró tras Inés, dejó escapar un largo suspiro. «Mañana», pensó.

Hacía casi un año desde el fallecimiento de su padre y, aunque la pena fue grande porque lo había amado con todo su corazón, contaba ya setenta años y estaba delicado de salud; de todos modos, nadie imaginó nunca que moriría tan repentinamente. Ella intuía que había habido algo extraño en la muerte de su padre, aunque aparentemente le había sobrevenido un paro respiratorio mientras dormía. Le había dolido más la desaparición de Juan, quien acababa de cumplir los veintinueve años y estaba pletórico de vida. El incendio que acabó con su vida había sido investigado, pero no llegaron a saber las causas por las que las caballerizas ardieron con Juan de Aranda y Madariaga desvanecido en su interior. Curiosamente, los caballos consiguieron salir a tiempo de la pira en que se convirtió la edificación. Marina siempre creyó que aquel incendio había sido provocado por una mano asesina, pero no pudo probar nada, como tampoco se pudo probar que la muerte del anciano don Tello hubiese sido algo más que el desenlace fatal de un cuerpo cansado y desgastado.

Sin embargo, lo que más le dolía, lo que aún le quitaba el sueño por las noches, era la pérdida de su hijo por nacer. Estaba embarazada de cuatro meses cuando se precipitó por las escaleras, al parecer por un desmayo provocado por la debilidad. Un hijo que ella adoraba antes de conocerlo, que había sido su única ilusión, la esperanza de poder dar su amor a alguien que le perteneciese realmente.

A raíz de aquellos trágicos sucesos en tan corto período de tiempo, la joven se sumió en un estado casi catatónico. No comía, apenas hablaba y parecía no ver a quienes la rodeaban. De ser una muchacha alegre, conversadora incansable, apoyo de los más necesitados, protectora de los desamparados, que reía con su padre mientras jugaban al ajedrez y solía leer en voz alta a su esposo durante las largas tardes de invierno mientras él la miraba sonriendo como un niño, Marina Alonso y de la Vega se convirtió en un fantasma. A pesar de los cuidados constantes de su cuñado Luis y de su esposa Consuelo, que se trasladaron a la finca para atender sus más pequeñas necesidades, Marina no mejoró. Durante meses estuvo ausente, desatendiendo la hacienda y sus obligaciones más urgentes. Fue Luis quien hubo de hacerse cargo de las tierras, de los trabajadores, de pagar los jornales, encargar semillas, herramientas y preocuparse de que se esquilasen las ovejas para exportar la lana. Al final, los médicos dictaminaron que la joven no estaba en condiciones de dirigir la hacienda de su esposo y, casi ni siquiera, de cuidarse ella misma, decidiendo que lo mejor para ella sería que fuera internada en una casa para enfermos mentales o en un convento. Luis, irritado, llegó incluso a golpear en la mejilla al médico que diagnosticó aquella barbaridad. Pero al final, después de un largo mes de espera, ansiando su mejoría, el hombre hubo de aceptar que su cuñada había perdido las ganas de vivir y, por tanto, no podía seguir dirigiendo los bienes familiares heredados de su esposo y su padre. De todos modos, se negó en redondo a que la muchacha acabase ingresada, y por ello, una vez que la sentencia estaba pronta a ser ejecutada, la hicieron trasladar a la pequeña finca que había heredado directamente de su madre doña Beatriz, donde estaría al cuidado de Inés, su fiel criada.

Ella misma había provocado aquel final de la historia, de modo que no podía culpar a nadie. Fue su falta de entusiasmo la que llevó a los médicos a pensar que había perdido la razón y a los jueces a redactar el documento por el que todas las propiedades quedaban a cargo del hermano de su esposo. No estaba irritada con nadie, pero después de ver escrita la decisión, la rabia la había envuelto como una mortaja. Durante los dos meses anteriores había tratado de volver a tomar las riendas de su vida, pero las buenas palabras no convencieron a nadie y gritar hubiese supuesto que todos pensasen que, en efecto, no estaba en sus cabales. Cierto era que podría recuperar su herencia si se demostraba que había vuelto a la normalidad, pero ¿médicos pagados por su cuñado dictaminarían algo que le quitaba el control total sobre las propiedades? No se hacía ilusiones. Aunque por ley le correspondía, al no tener hermanos o hijos, sería casi imposible deshacer lo andado. Sin embargo no se conformaba con su suerte.

Su padre le había legado una hacienda enorme y fructífera, dos casas solariegas —una en Toledo y otra en Palencia—, tierras en Segovia, en Cuenca y en Ávila... A ese patrimonio debía unirse la finca de su esposo y más tierras inmejorables en zona aragonesa. Su deber era ser la señora de sus fincas, cuidar de ellas, de sus arrendatarios y engrandecerlas más aún. Todo lo había perdido por unos meses sumidos en la pena y la apatía, pero no quería dejar de luchar. No estaba en contra de Luis, sino de aquellas leyes que siempre se arrimaban a la razón de los varones.

Inés tenía la certeza de que todo había sido una conjura de su cuñado, don Luis de Aranda y de doña Consuelo, a quien llamaba en la intimidad «lechuguina fea como un demonio». Marina fue incapaz de hacerla cambiar de idea a pesar de recordarle los desvelos de ambos por su salud y las constantes visitas de las que fue objeto mientras duró su enfermedad. Cierto era que desde que los médicos dictaminaron su incapacidad para dirigir su patrimonio, no habían vuelto a visitarla, pero Luis tenía ahora muchas obligaciones y no podía estar pendiente de una cuñada amargada y quejumbrosa. Además, era un hombre comprometido con la Corona y también tenía obligaciones en la Corte, más aún cuando los constantes impuestos a Castilla eran utilizados para que el rey, don Carlos I —también conocido por Carlos V de Alemania—, llevase a cabo sus empresas en Flandes. En aquellos tiempos, el descontento del pueblo era cada vez más patente y las revueltas por parte de la nobleza castellana —en total desacuerdo con los abusos que el hijo de Felipe el Hermoso y Juana de Castilla y nieto del emperador Maximiliano y María de Borgoña estaba llevando a cabo desde que asumiese el poder— habían acabado en un ejército de comuneros que luchaban contra las tropas reales. Posiblemente, la actitud del rey ante el problema se debía a que había heredado demasiado a una edad temprana. Los Países Bajos, territorios austríacos, incluso el derecho a un trono imperial, amén del Reino de Castilla, Sicilia, Nápoles, Canarias, Aragón y las Indias. Y a haber tratado a los españoles de modo feudal, lo que éstos no admitieron.

Se abrió la puerta e Inés penetró en la habitación portando una bandeja. Sin una palabra dejó ésta sobre la mesita de noche.

—Come algo. Ya estás flaca como un hueso de aceituna, niña.

Marina echó un vistazo a la comida. Pan blanco, un trozo de jugoso cordero y una copa de vino rojo y brillante. Se incorporó y sonrió a Inés para dejarla tranquila, pero en cuanto la mujer desapareció volvió a recostarse. No tenía apetito. Sólo deseaba dormir. Dormir y despertar de aquella pesadilla que ya duraba casi un año.

Cerró los ojos. Aunque trató de repetir mentalmente alguna de las oraciones que con tanto fervor le enseñaron en el colegio, la cólera —dominada pero no olvidada— no le permitió obtener el sosiego. Dio varias vueltas en la cama y acabó por levantarse. Se echó una bata encima del camisón y fue a sentarse en el asiento de la ventana. Desde allí, observó la pequeña hacienda, lo único que ahora era totalmente suyo. A su memoria acudieron los días en que fue feliz junto a sus padres. Había pasado tantos momentos dichosos entre aquellas paredes. Ojeda Blanca era una casa de dimensiones medianas; cocinas y dos salones, junto a la biblioteca en la planta baja, seis habitaciones en el piso superior y cuatro más en el desván, donde dormían los sirvientes. Había sido decorada por su propia madre y en todas las habitaciones podían verse alfombras mullidas, muebles robustos y tapices bordados, algunos traídos de Flandes, que ayudaban a paliar el frío viento de Castilla en invierno. Las camas eran grandes y cómodas, las colchas de la mejor calidad, así como todas las sábanas y mantelerías que doña Beatriz había mandado traer desde tierras catalanas. El patio que se abría a la izquierda del edificio y por el que se podía penetrar en el salón secundario era lo suficientemente hermoso como para albergar cuatro enormes cipreses, cuidados aligustres, macetas con geranios, pensamientos y jazmines. En verano, las rosas propagaban un intenso olor que ascendía a veces incluso hasta su cuarto. Y un olmo enorme, una de cuyas ramas añejas se apoyaba en los ladrillos de la fachada, justo debajo de su ventana, por el que trepó y descendió más de una vez durante sus estancias en la casa. Casi desgranó una carcajada al recordar aquella vez en que, por tratar de bajar aprisa para escaparse hasta el río, el borde de su falda se enganchó en unas ramas nuevas y quedó colgando boca abajo, como un jamón. Había tratado de librarse, pero hubo de aceptar la derrota y gritar hasta que su padre, alarmado, salió de la casa para ver qué sucedía. Lejos de regañarla, Tello Alonso prorrumpió en carcajadas y fue al final su madre, con ayuda de un sirviente, quien la sacó del aprieto.

El pálido sol de febrero se estaba escondiendo ya en el horizonte, y por entre las copas de los cipreses, lanzas elevadas hacia el firmamento, un tono rojizo, tan hermoso que le quitó la respiración, comenzó a filtrarse convirtiendo el patio en un lugar mágico y acogedor. ¡Cómo le hubiese gustado ver a su hijo corretear entre los aligustres, como ella lo hiciera de niña, y jugar en la pequeña fuente de mosaico verde! Si hubiera nacido. Si no hubiese tenido aquel desafortunado accidente al caer por la escalera. El médico dictaminó que el desvanecimiento le había sido provocado por la poca alimentación y su depresión. Su cuñada Consuelo había incluso llevado una sanadora a Villa Olivares para cuidarla, que le administró a diario bebidas tonificantes para que recuperase la salud. A pesar de que Consuelo Parreño nunca fue santo de su devoción, reconocía que se había portado muy bien con ella.

Sacudió la cabeza para alejar aquellos funestos pensamientos, con el dorso de la mano se limpió la lágrima que caía por su mejilla y con un suspiro de resignación regresó a la cama. Aunque no le apetecía, picoteó un poco de carne para no ofender a Inés. Poco después estaba dormida.

La taberna del Escudo Dorado estaba abarrotada, como casi siempre a aquellas horas del anochecer. Los parroquianos, de la más variada condición, bebían, comían y jugaban a las cartas o a los dados. Se mezclaban labradores, señores vocingleros y pendencieros, judíos, musulmanes conversos, ladrones y estafadores, casi a partes iguales. Y algunas mujeres de la más baja estofa, que perseguían ganar algunos maravedíes engatusando a quienes llevaban el bolsillo repleto.

En una mesa apartada, al fondo del local, los ojos verdosos de un hombre vestido con elegancia, calzas y negro jubón con ligeros adornos plateados, botas altas de buena piel y una espada colgada indolentemente sobre la cadera izquierda, se clavaron en los de su interlocutor.

—¿Cuándo fue?

Su voz fue un grito de rabia contenida con esfuerzo. En su mandíbula, un músculo palpitó imperceptiblemente.

—Hará un año el mes que viene, mi señor —repuso el otro.

Carlos Arteche y Ruiz de Azcúnaga se relajó un poco al mirar el rostro contrito del hombre que tenía delante. El tono aceitunado de su piel decía claramente que su procedencia no era española.

—Debieron avisarme, Bernardo —se quejó el caballero.

—Lo hicieron, según sé. El escribano de don Juan mandó la carta y nos fue enviada a Nápoles en abril.

—Salimos para Venecia a finales de marzo.

—Exactamente, de modo que no me culpe de no haberse enterado de lo sucedido, don Carlos. Más parece que yo hubiese perdido esa carta.

El hombre asintió. Su criado, aquel al que recogiera en la isla La Española cuando no era más que un mocoso sucio y medio desnudo, con el cabello enmarañado y repleto de porquería, al que un soldado estaba a punto de atravesar con la espada cuando se estaba produciendo el saqueo a un poblado indígena, estaba en lo cierto.

Bernardo —en realidad no se llamó así hasta que él se hizo cargo de su educación— había resultado ser el mejor camarada que nadie hubiese soñado jamás. Bajo su tutela y protección —cuando aun él mismo era todavía un joven imberbe que se había aventurado a enrolarse en un navío en viaje a las Indias— había conseguido convertirse en un hombre de bien. Él mismo había comenzado a enseñarle a leer y a escribir castellano durante la larga travesía de vuelta a España. Su instrucción prosiguió al llegar a la península.

—Tienes razón, disculpa. Estoy irritado.

—Como casi siempre, cuando las cosas no salen como quiere... —rezongó el joven criado.

Carlos le sonrió el reproche. Bernardo no aprendería jamás a ser un sirviente callado y modoso, era demasiado pedir a un alma libre. Él también había buscado ser libre. Se embarcó a los diecisiete años bajo las órdenes de Diego Colón, primogénito y heredero del viejo Almirante, escapando de la mano férrea de su padre, don Pedro Arteche, conde de Osorno. Había querido vivir su vida, perseguir aventuras y regresar a la casa paterna con galardones que demostrasen a su progenitor que era un hombre y no un niño. Craso error. Su dichosa aventura no resultó otra cosa que trabajos sucios y humillantes a bordo, trato vejatorio por parte de algunos de los marineros al conocer su procedencia aristocrática, hambre y sed, suciedad y enfermedad. Y una vez que desembarcaron en La Española fue aún peor. Él, iluso adolescente, pensaba que iban a ayudar a los indígenas, a enseñarles las buenas costumbres de España, a evangelizarlos según decía el sacerdote que iba con ellos. No hubo más que ataques a poblados, encarcelamientos a hombres que hasta entonces eran libres, violaciones a mujeres y matanzas indiscriminadas. Y vergüenza para la bandera española. Los marinos solamente perseguían el oro de los indígenas, enriquecerse lo antes posible y volver a la patria sin importarles los sufrimientos y viudas que dejaban atrás.

Un poco por haber sufrido humillaciones durante el trayecto y mucho porque su madre lo crio en la enseñanza de que todos los hombres merecían respeto, aquella calurosa mañana en la que su mando dio orden de atacar el aislado poblado y recoger cuanto de valor encontrasen, su genio vasco —como solía decir su padre— salió a flote. Despachó de una estocada al desgraciado que acababa de asesinar a una pareja y que tenía agarrado por el cabello al niño, de unos siete años, al que estaba también a punto de degollar, y cargó con el crío bajo el brazo de camino al barco. Su descabellada acción, según las miras del capitán, le costó acabar atado al palo mayor y recibir veinte azotes, de los que aún conservaba cicatrices. Pero al menos consiguió quedarse con el chicuelo como su criado.

—¿Cenamos aquí o regresamos a casa? —quiso saber Bernardo.

Carlos Arteche parpadeó, repentinamente confuso.

—¿Qué?

—Digo, que me muero de hambre. Y el guiso servido en esa mesa —señaló Bernardo con la barbilla— hace la boca agua.

—Por Dios, muchacho ¿no puedes pensar en otra cosa que no sea llenar la barriga? Sales más caro que siete jornaleros.

—Pero le apaño más que diez, de modo que usted sale ganando. —Y sin esperar a que el conde aceptase su propuesta, hizo señas al hombre que servía para indicarle que le pusiese una de aquellas escudillas.

Carlos Arteche movió la cabeza, rechazando el silencioso ofrecimiento del empleado de la taberna para servirle otro cuenco. ¡Malditas las ganas que tenía de atiborrarse de carne grasienta! Mientras Bernardo devoraba su plato, lo miró con atención. Los ojos oscuros y la cabellera agreste gritaban su procedencia. Recordó el modo en que, durante el regreso del otro lado del océano, y a fuerza de enfrentarse a unos cuantos, conquistó el derecho a que los dejasen a ambos en paz. Algunos de los marinos dijeron de él que estaba loco y que era capaz de rebanar el gaznate a quien se le pusiese por delante o se atreviese a meterse con el rapaz que había apadrinado. Los locos eran temidos. De modo que su supuesta locura, unida al hecho de que manejaba la espada como un verdadero diablo, hizo el resto. Y al regresar a su casa, orgulloso por su buena acción, se encontró con que su padre había fallecido un mes atrás, mientras él navegaba, y que se había convertido en el joven conde de Osorno. Su interés por demostrar a su padre el hombre que llevaba dentro había sido en vano.

—¿Su viuda? —preguntó, esperando a que su compañero acabase de comer y hacer una seña al tabernero para que les sirviese otra ronda.

—Por lo que sé, perdió todo —dijo Bernardo, limpiándose la boca con el borde de su jubón y apurando luego el vino que había en su cubilete—. Los médicos la dieron por... perturbada después de perder el hijo que esperaba.

Carlos frunció el ceño. ¡Un hijo! De modo que Juan había convencido, a pesar de todo, a la joven. Apretó los labios.

—Las posesiones están ahora bajo el control del hermano de don Juan —siguió diciendo Bernardo—. Él y su esposa gobiernan haciendas y casas señoriales. Doña Marina vive retirada con su doncella y unos cuantos criados más en la finca de Ojeda Blanca, que heredó de su madre.

Carlos se retrepó en la silla, haciendo equilibrio en las dos patas traseras. Su mirada se volvió tumultuosa.

—¿Cómo fue? ¿Qué provocó el incendio?

Bernardo negó con la cabeza y agarró el vaso de nuevo en cuanto el tabernero lo rellenó de vino. Se había aficionado aquel maldito hijo de las Indias al vino aguado, como se aficionó a ir vestido y calzado, pensaba Carlos; sin embargo no soportaba el buen licor. La única vez que se atrevió a beberlo, Carlos hubo de sacarlo a rastras de debajo de una mesa y cargar con él hasta casa, borracho como una cuba. Desde entonces el joven, que seguía tan imberbe como cuando lo arrancó de la muerte, se había negado en redondo a probar de nuevo aquel veneno de blancos, como él lo llamaba.

—Nadie lo sabe. Las caballerizas ardieron por los cuatro costados y su buen amigo, don Juan, se encontraba dentro. Algunos dicen que estaba borracho y por eso no fue capaz de salir cuando se declaró el incendio.

—¡Juan no bebía! —gruñó Carlos, golpeando la mesa.

Una mujer de generosas formas se le sentó en ese instante en las rodillas.

—Yo sí bebo, encanto. —Le acarició el rostro con una mano de uñas largas y sucias—. Si me invitas, puedo hacerte pasar una noche increíble.

Una de las cejas del conde se alzó al mirar a la pelandusca y ella se removió sobre sus calzones, incitándolo. Era agraciada, pero su cabello castaño estaba sucio, las mejillas rojizas eran las de una persona que bebe en demasía, un escote que no dejaba nada a la imaginación. Y despedía un ligero olor a rancio. Borracho, puede que Carlos Arteche no hubiese hecho ascos a aquella moza, pero en esos momentos sintió deseos de apearla de su muslo de malos modos. Por el contrario, sonrió a la puta y, tomándola de la cintura, la puso en pie.

—En otro momento, tal vez —dijo—. Hoy estoy ocupado.

Aquella sonrisa, y él lo sabía, podía obligar a una abadesa a dejar los hábitos. Consiguió lo que deseaba al regalarla. La mujer le guiñó un ojo, le acarició la entrepierna y prometió:

—La próxima vez que vuelvas, tesoro.

Luego se alejó con un contoneo de caderas exagerado y encontró cliente al otro extremo de la taberna.

—No sé por qué os agrada venir a este tugurio, don Carlos —protestó Bernardo—. Aquí no hay más que buscadores de camorra, ladrones y golfas.

—Aquí se entera uno de más cosas que en los buenos barrios y yo acabo de llegar y escuchar noticias nada halagüeñas.

—Si os referís al rey —Bernardo bajó la voz—, la cosa está que arde. Y no digamos con respecto al cardenal.

—Ya me contarás más tarde. Es hora de irnos a casa. Mañana, a primera hora, irás a Ojeda Blanca y pedirás que sea recibido por la viuda de Juan de Aranda.

—La dama está de luto.

—Precisamente. Quiero presentarle mis condolencias, aunque sea casi un año después.

2

Carlos no había escogido una ropa determinada para la visita. Vestía como casi siempre, de negro y plateado. Los colores que parecían empezar a estar de moda por la influencia de los flamencos, no eran de su agrado. Y las puntillas asomando por debajo de los bordes del jubón le resultaban incómodas. Odiaba los zapatos y siempre usaba botas al estilo de los corsarios —costumbre adquirida tras volver a marcharse de Toledo y emprender unos años de vida errante en la que ejerció de eso, de corsario, a las órdenes de un italiano que hizo unas cuantas incursiones en tierras turcas—. Además, la visita era de duelo.

Carlos esperaba encontrar a una viuda envuelta en ropas ampulosas y negras, posiblemente con el rostro cubierto de un velo oscuro, triste y agradecida de que alguien muy allegado a su difunto esposo fuese a darle el pésame.

Se equivocó de medio a medio.

La mujer lo recibió en el patio central de la casa, cuando lo correcto hubiese sido hacerlo en algún salón protegido del frío. El patio estaba arropado por mustias enredaderas que caían desde las barandas de madera del piso superior y el sonido agónico de una fuente a medio congelar, de estilo andaluz, que parecía haber sido trasladada desde Granada, enormes cipreses y cuidados aligustres. La mujer lo dejó perplejo.

Había visto a doña Marina Alonso y de la Vega una única vez, hacía unos cuatro años, cuando contrajo nupcias con Juan de Aranda. Apenas estuvo en la ceremonia porque salía en viaje hacia Venecia y casi no reparó en aquella muchacha flaca, vestida de marfil, que parecía más asustada que feliz por unirse a un hombre de la posición de Juan.

La recordaba como una niña, y lo que se encontró le impactó de tal modo que, por un momento, se quedó aturdido.

Marina Alonso, viuda de Aranda, era una mujer hermosa. Su belleza no era sublime —había conocido rostros mucho más hermosos—, pero era una belleza con fuerza, con casta. De rostro ligeramente moreno y de perfecto óvalo, ojos enormes y de un color chocolate intenso, brillante. El cabello oscuro estaba peinado con gracia sobre su cabeza y cubierto por una redecilla plateada, lejos de las tocas de apariencia monjil que usaban otras viudas. Cuello delgado y largo, hombros redondos, busto pequeño pero altivo, como su gesto, cintura tan estrecha que hubiese podido abarcarla con las dos manos. Austera en su luto, pero con un aire de rebeldía que dejaba entrever en las pequeñas puntillas blancas que casi cubrían unas manos finas, de largos dedos, y el chal negro que la protegía del frío y que caía indolente sobre sus hombros.

La rebeldía, sin embargo, no estaba solamente en aquellas puntillas sino en su mirada directa y valiente. Y en su mentón alzado.

Carlos hizo una reverencia, rozando el suelo con el sombrero pero dentro de la más estricta formalidad.

—Mi señora.

—Inés me ha dicho que deseabais verme.

La criada permanecía detrás de la dama, guardiana siempre, escrutadora y peligrosa como un ave de rapiña, capaz de atacar a quien intentase acercarse más de lo prudente a su polluelo.

—Deseaba daros mis condolencias por la pérdida de vuestro padre y vuestro esposo, así como ponerme a vuestro servicio.

Ella lo miró no sin altanería. Sólo aparente. Por dentro, una mezcla de asombro y cólera la embargaba. Asombro, al saber que aquel hombre alto, de anchísimos hombros no disimulados bajo su capa oscura, estrecha cintura y piernas musculosas, había conocido a su marido. Cólera al pensar que él, de quien medio Toledo hablaba, un calavera empedernido, estaba vivo mientras Juan yacía en una fría tumba.

El helado escrutinio hizo a Carlos encajar la mandíbula. Estaba acostumbrado a que las mujeres lo miraran con deseo, desde las más bajas meretrices a las damas más altas. Aquella mujer, sin embargo, lo miraba casi con desprecio y eso le molestó ligeramente.

—Acepto vuestro pésame, señor conde. Vuestro servicio, no obstante, no me es preciso —dijo ella, y su voz sonó como un latigazo—. Y ahora, lo lamento, pero tengo cosas que hacer. Buenos días.

La vio alejarse hacia las escaleras con la misma gracia con la que se movería una gacela y, tontamente, la comparó con las odaliscas turcas de las que disfrutó hacía tiempo. Sí, tenía el cuerpo cimbreante de una bailarina, el porte de una reina, el rostro de un ángel y los ojos de una diablesa. Una combinación demasiado explosiva para que Carlos la abandonase y olvidase un segundo después. Era una tentación. Un reto. Acaso el reto más grande al que se había enfrentado en toda su vida. Sobre todo por ser la viuda de quien era.

—Esperad, señora.

No fue un ruego, sino una orden, tan clara, que Marina se volvió sobre sus pies y se lo quedó mirando fijamente.

—¿Deseáis algo más de mí?

El conde se sintió como un muchachuelo pillado en falta.

—Lamento haber sido tan brusco, mi señora. Pero insisto en que aguardéis. No sólo he venido a daros mi pésame, sino a que me facilitéis alguna información.

—Toledo es un hervidero de cotilleos en estas fechas —dijo ella—. Con seguridad podréis enteraros de lo que queréis ahí fuera.

Carlos parpadeó un par de veces. Luego, echó la cabeza hacia atrás y estalló en carcajadas. Bernardo, que se había quedado apostado en la entrada del patio, no lejos de su señor y guardando como siempre sus espaldas, rumió algo entre dientes. Conocía demasiado bien a su amo para no saber que aquella frase era un acicate para él.

—Doña Marina..., ¿me estáis echando ? —preguntó el conde cuando controló su hilaridad.

—Sois muy perceptivo, mi señor.

Carlos rio de nuevo. Se tironeó del lóbulo mientras su mano izquierda descansaba sobre la empuñadura del estoque. Miró con detenimiento a la belleza que tenía delante y no pudo esconder una sonrisa de complacencia. Evidentemente, aquella mujer era un desafío.

—De acuerdo —asintió—. Me iré si antes me decís qué es lo que tanto os desagrada de mi persona.

Marina tragó saliva. ¿Desagradarle? Aquel hombre estaba totalmente loco. ¿Qué podía resultar desagradable a la vista? Su porte orgulloso y altanero, su rostro tostado, sus ojos enormes de un ligero color verdoso con motitas doradas, rodeados de unas pestañas espesas y negras. Tenía el cabello negro como la capa de Satanás, un poco largo, con aquel mechón rebelde cayéndole sobre la frente, donde una pequeñísima cicatriz rompía una perfección que no debería haber tenido nunca el rostro de un hombre... Era un regalo para los ojos de una mujer. ¡Una tentación demasiado peligrosa!

Reaccionó cuando lo vio ensanchar aquella diabólica sonrisa que la había dejado obnubilada. Alzó el mentón.

—Vuestra fama os delata.

—Oh. —Él perdió la sonrisa—. Ante eso no tengo defensa, mi señora.

—Imagino que no.

—Debo reconocer que no es demasiado buena, al menos en algunos círculos.

—En efecto. No siempre he estado retirada guardando luto, señor conde de Osorno. Y sin duda, como suele decirse, vuestra fama os precede. Marino, pendenciero, mujeriego..., corsario —le escupió casi el último apelativo.

El rostro de Carlos volvió a ensombrecerse. Era todas esas cosas, sí, no podía negarlo, pero con ciertos matices. Marino lo fue con honra, pendenciero cuando le buscaban las cosquillas, corsario por afición y sed de aventuras aunque jamás atacó mercantes, dedicándose en exclusiva a luchar contra los otomanos y su privilegiada situación en el Mediterráneo.... Mujeriego porque estaba en su naturaleza, como en la de la mayoría de los hombres. Las mujeres estaban para conquistarlas, amarlas, halagarlas, colmarlas de caprichos..., y olvidarlas. Eso se lo había enseñado muy bien su padre, quien, a pesar de su matrimonio, tuvo tantas amantes que incluso había perdido la cuenta. Él jamás llegaría a igualar al viejo, pero reconocía que había pasado por unas cuantas camas españolas, francesas, inglesas, italianas e incluso turcas. ¿Qué veía de malo aquella mojigata en que un hombre fuese hombre?

Con paso silencioso, gatuno, acortó la distancia que había entre ambos, notando un tirón en los riñones cuando al aroma a jazmín que envolvía a la muchacha le aturdió los sentidos. Ella hubo de alzar el rostro para poder seguir enfrentándose a aquellos ojos demoníacos cuando lo tuvo tan cerca que pensó que escucharía el latido violento de su corazón. Y cuando él alzó su mano y le acarició el mentón con los nudillos, con tanta suavidad como el roce de una mariposa, Marina retrocedió violentamente. No estaba dispuesta a que aquel hombre sintiese su miedo... y su deslumbramiento.

—Asumo todos los cargos —dijo él, en un susurro que la hizo temblar—. Pero a pesar de que pueda pareceros indeseable, mi señora, deseo ayudaros.

—¿A... ayudarme? —se maldijo mentalmente cuando le tembló la voz.

—A descubrir quién asesinó a un amigo.

La frase fue un jarro de agua fría para Marina. Se alejó de él como de un apestado. Tenía el rostro pálido, como si fuese a desmayarse, pero cuando Inés se acercó a ella la rechazó con un gesto casi brusco. Caminó hacia la fuente, introdujo la mano en la frescura del agua y se dio unos ligeros toques en la frente. Necesitó menos de un minuto para volver a ser ella misma, volverse y enfrentarse otra vez con don Carlos Arteche.

—Habláis de asesinato con mucha ligereza.

—Hablo de lo que he deducido, mi señora —dijo él—. Acabo de llegar y...

—¿De vuestras andanzas por tierras infieles? —cortó Marina.

La sonrisa de Carlos fue un fogonazo.

—De Venecia —aclaró—. Pero, ciertamente, he estado en Turquía y si deseáis que os deleite con algunos relatos acerca de las costumbres de esas tierras...

—No me interesan vuestros cuentos, señor, ya que sin duda serán desvergonzados.

—Un poco, ciertamente —volvió a sonreír él.

Bernardo, desde su posición, volvió a gruñir por lo bajo. Se estaba quedando helado y aquello iba a acabar mal, se dijo. La dama se había enfrascado en una batalla dialéctica con su amo y él sabía que, en ese terreno, don Carlos ganaba siempre.

El rostro de Marina se sonrojó ligeramente y sus ojos oscuros lanzaron chispas de irritación. Sin duda debía comportarse como una dama bien criada: doblegar la ira y despedir a aquel diablo con las mejores palabras. Algo en su interior se rebelaba, sin embargo. Algo profundo, ardiente, la obligaba a retar al hombre con los ojos y con la lengua. Ella era la señora del lugar y él se había presentado para irritarla y humillarla con sus frases hirientes. ¡Sin duda merecía un escarmiento! Las monjas habían tratado de enseñarle que al diablo hay que atacarlo con las buenas obras y el rezo, pero ella siempre pensó que había de hacerse con sus propias armas.

—¿Acaso creéis que soy tan ñoña que vuestras andanzas me escandalizan? —Tomó pose de mujer de mundo, sonriendo incluso de modo irónico—. Que las crea vergonzosas no quiere decir que vaya a salir huyendo.

Carlos volvió a acercársele. Olía divinamente, era una mezcla de sándalo y cuero. Olía a hombre, a peligro.

No, pensó Carlos, ella no saldría despavorida, desde luego. No una mujer que había aceptado quedarse embarazada de alguien que no era su esposo y... Encajó los dientes al recordar el hecho. Aquella mujer se mostraba demasiado altanera, subida a un pedestal de honorabilidad como la llorosa viuda, pero él sabía. Él conocía la verdad. Desde luego no era quién para juzgar las decisiones de ella, pero le sabía amargo ver que su amigo había conseguido lo que él jamás creyó que pudiese conseguir. Por algún extraño motivo imaginarla en la cama con un desconocido le disgustó.

—¡Me asombráis, mi señora! Seguramente una mujer de vuestro... temple, sería capaz de entender qué necesidades tiene un hombre estando lejos de su patria. Puedo relataros incluso mi visita a un burdel turco que...

La bofetada sonó como un latigazo. Marina notó un calambre en todo el brazo al golpearlo y se mordió el labio inferior, arrepentida de su falta de control. Carlos no dio muestras de haber sentido el duro golpe, por el contrario, sonrió como un maldito.

—Creo, señora —dijo, arrastrando las palabras—, que nuestra conversación ha llegado al punto de ebullición. Me retiro ahora, pero sabed que volveré, cuando estéis más calmada. Por lo que sé, Juan fue asesinado y me he propuesto acabar con quien lo hizo. A pesar de vos y a pesar del infierno si fuese preciso. Era mi amigo y estoy dispuesto a todo. Espero que podáis darme algunas de las respuestas que busco.

Se separó de ella, inclinó secamente la cabeza y salió a grandes zancadas, seguido por Bernardo.

Apenas los dos hombres desaparecieron por la puerta del patio, camino del vestíbulo de la entrada, Inés corrió hacia su señora.

—¡Jamás vi un hombre con esa osadía! —exclamó.

—¡Fantoche...! —insultó Marina, ahora roja como la grana.

—Es posible, niña, pero con una planta y una arrogancia que podría conquistar países. Si una décima parte de nuestros gobernantes fuesen como él, Castilla sería un paraíso.

Marina la miró como si estuviese loca, bufó y recogiendo el ruedo de su vestido subió el tramo de escaleras hacia sus habitaciones.

3

De mirada serena y gesto contenido, Adrian Florisz Boeyens, más conocido como Adriano de Utrecht, obispo de Tortosa, Inquisidor general de la corona de Aragón y Castilla, se paseó por la sala, las manos cruzadas a la espalda, los hombros ligeramente encorvados.

Después de haberle conseguido su entrada en el colegio cardenalicio, la distinción del rey —su pupilo desde los seis años— nombrándolo Regente mientras volvía a Alemania, donde sería designado como cabeza del Sacro Imperio, no había supuesto para Adrian más que problemas. Lejos de poder administrar el país a su modo y manera, iba a tener que enfrentar alborotos, protestas, manifestaciones e incluso revueltas. Los castellanos eran un pueblo irascible. Como niños cuando les faltaba la fuerte mano que los gobernaba. Apenas desaparecido Carlos I de la escena, habían comenzado los incidentes en las comunidades castellanas y en las germanías levantinas.

Aquella noche del 13 de febrero él, y sólo él, debía tomar

una decisión. Tres días después la noticia estaría en las calles.

—Que las tropas en Toledo, Valladolid, Burgos y Salamanca estén prontas para actuar —dijo a los tres hombres que esperaban sus órdenes—. Enviad jinetes rápidos para dar las instrucciones. No deseo comenzar una guerra civil, pero tampoco dejar que los insurrectos tomen las calles. Habrá más revueltas sin lugar a dudas.

Los tres hombres, como uno solo, saludaron con un gesto militar haciendo chocar los tacones de sus botas. Luego, uno a uno, se acercaron al cardenal y besaron el anillo que les tendía.

Adrian no maldijo en voz alta hasta que se encontró a solas en su recámara. Siempre se enfrentó a los problemas. Todo gobierno los tenía y era consciente de ello, de modo que si los castellanos querían guerra, iban a tenerla. Aunque en su fuero interno reconocía como válidas sus peticiones, él se debía a su rey.

A aquella misma hora, seis hombres estaban reunidos en una casa apartada de la ciudad, propiedad de Juan de Padilla, líder de los revolucionarios. Las mullidas alfombras y los tapices colgados de los muros, así como las pesadas cortinas que cubrían los ventanales, protegían del frío exterior a los presentes. El murmullo del Tajo llegaba hasta ellos a través de la ventana cerrada, tan fuerte era su corriente. Los acompañaba una mujer.

El ambiente, dentro de la sala, era tenso. Los braseros esparcidos por la habitación procuraban un agradable calor mientras los seis hombres bebían y planeaban su siguiente paso.

—Caballeros —dijo el anfitrión, llamando la atención del resto—, los ánimos están alterados y me temo lo peor.

—Dejemos que el pueblo hable, don Juan —aventuró uno de ellos.

—Sí, dejemos que se levante en armas definitivamente —apoyó otro—. Sabéis que podéis contar con los toledanos.

El de Padilla movió la cabeza con pesar. El peso del liderazgo le preocupaba, pero sabía que no podía evadirse, que todas las miradas estaban puestas en él. Aunque las responsabilidades no le eran ajenas, ya que desde 1518, a la muerte de su padre, había sucedido a éste en el cargo de capitán de las milicias de Toledo, liderar la revuelta contra Adriano de Utrecht y, por tanto, contra el soberano de España, era harina de otro costal. Sin embargo, instigado por su esposa María de Pacheco, dama de más alta alcurnia que él, de la familia de los Mondéjar, grandes de España, con quien acordaron su casamiento hacía diez años, le había impulsado a erigirse en cabecilla de los descontentos. De haberle sido concedido un cargo al que creía tener derecho hereditario, acaso ahora estuviese en el otro bando, pero el rey había volcado sus preferencias en los flamencos, que ocupaban cargos políticos importantes, olvidando que Castilla siempre fue Castilla y los extranjeros, cuando usurpaban, no eran bien vistos.

—Salgo de nuevo para Valladolid. Reuniré a las tropas y atacaremos Torrelobatón.

—¡No dejaremos que vayáis solo!

—Debéis quedaros aquí, guardar la ciudad de las tropas reales. Desde que, en agosto pasado, los soldados de Adriano al mando de Fonseca entraron en Medina del Campo y prendieron fuego a la ciudad, temo que pase aquí algo similar.

—¡Levantaremos Toledo en armas!

—¡Os apoyaremos!

Juan de Padilla asintió. Sentirse arropado por los suyos

era importante en un tiempo donde nadie estaba seguro, sobre todo desde que Adriano se había hecho cargo de la regencia. Sus ojos se posaron en el hombre que, un poco apartado del resto, parecía estar absorto en el borde de su copa de vino.

—Y vos, señor conde de Osorno, ¿qué decís?

Carlos Arteche alzó su verdosa mirada hacia él. Hacía apenas una semana que había llegado a Toledo y ya había sido incluido en el grupo de hombres de confianza del de Padilla. Mucho tuvo que ver doña María, que ahora lo miraba con una sonrisa en la boca, ya que su familia conocía a la de Carlos desde hacía mucho tiempo y sabían de su honradez. Conocía a los hombres que ahora estaban pendientes de su decisión. Hombres que ya habían luchado codo a codo con el líder, quien se había opuesto a una tregua con el enemigo.

Dejó la copa, se levantó y se llegó hasta los ventanales. Fuera, el viento ululaba en ráfagas heladas. Una ligera escarcha golpeaba los cristales, como anunciando problemas. Abajo, el río, tumultuoso y oscuro, lamía la tierra y arrastraba algunos troncos sueltos mientras abrazaba a Toledo. Ligeras y pequeñas motitas de luz se veían a lo lejos, hacia el centro de la ciudad.

—Tenemos un rey demasiado joven —dijo al cabo de un momento—. Y mal aconsejado. Es más flamenco que español y sus compatriotas han usurpado cargos importantes del gobierno. Eso no sería tan significativo si el rey don Carlos mantuviese los impuestos castellanos en beneficio de Castilla, pero exprimir a nuestro pueblo para costearse su coronación en Alemania es algo que no podemos permitir. —Hizo un corto silencio para ver la reacción de los otros, que asentían—. Como mi soberano, le debo lealtad y respeto, y estoy dispuesto a entregar mi vida por él —prosiguió—, pero no puedo ver con buenos ojos cómo ordeña al pueblo español para amamantar a un país extranjero.

—¿Por tanto...? —preguntó Juan de Padilla.

—Por tanto, mi espada está a vuestro servicio, señor.

Los otros cuatro caballeros se levantaron y palmearon con afecto la espalda y hombros del conde, convencidos de que tenerlo como aliado daba más fuerza a su causa.

—Entonces, señores, está todo dicho —dijo doña María Pacheco al cabo de un momento—. Los últimos días de este mes serán cruciales para España. Que Dios nos guarde a todos. Ya conocen sus posiciones.

La reunión se deshizo unos minutos después. Antes de partir, el conde de Osorno tuvo unas palabras aparte con el jefe de las tropas comuneras.

—Quiero ir a visitar a la reina Juana en Tordesillas. Tiene que mediar entre su hijo y el pueblo.

—La reina está a nuestro favor, don Carlos. Me nombró general de sus ejércitos.

—Pero si ella le escribe..., si le dice que...

—Será inútil —repuso—. Habéis estado en el extranjero y desconocéis, acaso, todo lo sucedido. Ya enviamos emisarios al rey y volvieron sólo con amenazas . Carlos se cree Dios, amigo mío. Sólo nos queda combatirle. Hacerle entrar en razón y conseguir que sea el rey que todos deseamos —le dijo—. Vos sois de gran importancia donde estáis, vuestros contactos os convierten en el hombre que mejor puede mantenernos informados.

El joven asintió, se despidió de doña María y salió al frío de la noche. En cuanto abandonó la casa fue al encuentro de Bernardo que, como si lo intuyese, ya le estaba aguardando con los caballos. Aquel maldito indio parecía tener la visión de un brujo, siempre llegaba antes que él por un paso.

Mientras le entregaba las riendas, Bernardo quiso saber:

—¿Habrá refriega?

—Pudiera ser. Padilla sale para Valladolid. Puede que las tropas realistas aprovechen su ausencia para dar una batida de escarmiento. Quiero que mañana no me acompañes. A primera hora te apostarás cerca de Ojeda Blanca y vigilarás a todo el que quiera entrar. Te llevarás diez hombres.

Bernardo guardó silencio y solamente cuando estaban a mitad del camino volvió a hablar.

—Mi deber es cubriros las espaldas.

—¡Tu maldito deber es hacer lo que te digo!

—Ualtha no tiene la culpa de que usted esté preocupado por la mujer —protestó. Cuando usaba su nombre indígena y hablaba en tercera persona era que estaba realmente molesto.

Carlos frenó su montura y esperó a que el otro hiciese lo mismo. Tras ellos, las mortecinas luces de Toledo parecieron brillar con más intensidad en medio de la noche invernal.

—Siento haberte gritado —susurró el conde—. Pero haz lo que te digo, ¿de acuerdo?

—Siempre hago lo que me dice. —Carlos espoleó su caballo y Bernardo hizo otro tanto—. Le preocupa doña Marina, ¿verdad?

—Sí.

—¿Es por su seguridad o por no poder ir a visitarla mañana como tenía previsto?

Carlos encajó los dientes y se volvió para mirar a su criado. El muy demonio sonreía de oreja a oreja mostrando una dentadura blanca y perfecta. En sus ojos anidaba una chispa de diversión.

—Jodido indio —dijo entre dientes, sonriendo. Bernardo estalló en carcajadas.

Las pocas tropas de Carlos I emplazadas en Toledo permanecían alerta, ciertamente, aunque había descontento entre los soldados, pues aunque debían su lealtad al rey y, por tanto, al cardenal regente, muchos de sus familiares se encontraban en el otro bando y una nueva revuelta parecía inminente. A algunos de ellos incluso no les pagaban la soldada desde hacía varios meses, dado que casi todos los impuestos de la Corona eran destinados a financiar las campañas del soberano en tierras extranjeras. De poco había servido que Adriano de Utrecht dijese al rey:

—Los peculios de Castilla, Majestad, deben gastarse en Castilla, no en Nápoles, Alemania o el reino de Aragón. Debéis gobernar cada tierra con sus propios impuestos.

Toledo fue la ciudad más agraviada por el aislamiento a que les sometía la influencia flamenca, razón por la que se puso a la cabeza de la rebelión. Desde que el soberano, un año antes, presto a partir desde La Coruña hacia Alemania para sofocar la difusión protestante, requirió a Padilla y a los demás regidores que viajaran a Galicia para responder ante él de su conducta, el pueblo toledano se echó a la calle para oponerse a aquellas exigencias. Aldeanos, taberneros, zapateros, esquiladores y ladrones formaban una masa compacta que atravesó las calles, todos ellos armados con lo que tenían a mano: azadas, puñales, horcas y algunas pistolas oxidadas. Junto a ellos iban algunos hidalgos cubiertos con capas, montando sus corceles, prestos a desenvainar la espada si hacía falta. Padilla al frente. Las tropas del rey, sin embargo, ya habían tomado posiciones. La refriega en medio de la ciudad causó algunos heridos, que fueron rápidamente retirados a los soportales, pero la contundencia con que los soldados realistas frenaron la primera avanzada de los amotinados, sólo consiguió enardecer más los ya revueltos ánimos. Se dejaron oír gritos contra el rey, contra el cardenal Adriano y contra los flamencos; vivas a favor de los castellanos, de Juan de Padilla y de doña María Pacheco. Aunque las tropas trataron de impedirlo, las hordas armadas con puñales y horcas alcanzaron el Alcázar. El fuego cruzado de las armas de los militares sumió la plaza en un olor acre mientras los filos de las espadas brillaban bajo el tenue sol de aquella fría mañana. Los gritos de ánimo recorrían calles y plazas.

—¡Abajo el rey extranjero!

—¡España no se rinde!

—¡Muerte a los enviados de Flandes!

El motín duró poco y los toledanos regresaron a sus casas después de constituir la primera comunidad de insurrectos. Solamente una hora después, emisarios a caballo salían hacia Valladolid con las noticias. Otros, cabalgaron hacia Segovia para dar las nuevas a Juan Bravo, regidor y jefe de las milicias de esa ciudad. Desde entonces se produjeron muchos enfrentamientos. En Segovia habían sido ahorcados dos alguaciles y, en plena calle, habían ajusticiado a Rodrigo de Tordesillas por votar a favor del rey en las Cortes de La Coruña, en nombre de la ciudad. En Guadalajara el pueblo atacó la fortaleza y quemó las casas de los procuradores. También en Burgos se habían quemado algunas propiedades y había sido asesinado el francés Joffre de Contannes por ser cómplice de los flamencos. Las tropas reales habían reducido a cenizas más de mil casas en Medina del Campo; como consecuencia, los medinenses descuartizaron al regidor Gil Nieto...

Ahora, sin embargo, las tropas imperiales no estaban del todo cómodas con su misión, a sabiendas que podía haber nuevas confrontaciones.

4

Álvaro de Cifuentes había venido al mundo como el octavo hijo de una familia de labriegos. Desde su más tierna edad, sus padres le confiaron al monasterio de Santa María de Huerta. Ellos no podían mantener tantas bocas y los frailes cistercienses gozaban del favor de los monarcas.

Álvaro creció en el monasterio y se educó en la pobreza y la oración. Sin embargo, aquella vida no fue nunca del agrado del muchacho y cuando era adolescente se marcó la meta de convertirse en el padre confesor de alguna familia adinerada donde, sabía, abundaban la comida, la bebida e incluso, a veces, alguna moza dispuesta a salvar su alma del pecado a cambio de favores particulares. Trepó en la comunidad hasta conseguir sus objetivos sin importarle dejar en el camino decencia o creencias. Ahora, a los cincuenta años de edad, gozaba de la protección de la familia de don Luis de Aranda. Sobre todo, de la confianza de doña Consuelo Parreño, a quien no se cansaba de adular y a la que sacaba sus buenos reales. Su salario como cura no pasaba de los 1.000

maravedíes al año, pero los constantes regalos de la dama, pagando trabajos especiales que nada tenían que ver con consejos y oraciones, eran suficientes para vivir en la holgura, amén de tener todas sus necesidades cubiertas.

Por eso, y porque doña Consuelo le había pedido que vigilase de cerca a su desequilibrada cuñada, don Álvaro visitaba a la joven viuda una vez cada poco tiempo.

Su visita coincidió con la nueva manifestación de Toledo, lo que le había causado demoras al encontrarse cortados algunos caminos, de modo que cuando llegó a la entrada de Ojeda Blanca y encontró a aquel grupo de hombres liderados por un joven moreno como el demonio, de clara ascendencia indígena cerrándole el paso, montó en cólera. Exigió que avisasen a doña Marina Alonso de su llegada y amenazó con lanzar sobre las cabezas de aquella tropa mil maldiciones e incluso la excomunión, aun a sabiendas de que no tenía potestad para tal cosa.

A pesar de las órdenes que Bernardo tenía de mantener el paso cerrado a la finca de doña Marina, envió a uno de los hombres a la casa. Éste no regresó solo, sino acompañado de la mismísima dama, montada en una yegua blanca, sin silla, lo que dejó perplejos a los hombres del conde y al sacerdote. Nada más llegar a su altura, la muchacha desmontó con gracia de un salto, echó una mirada biliosa al grupo, sobre todo a Bernardo, y se acercó al visitante. Se inclinó ante él para besarle la mano y luego sonrió al mal encarado y gordinflón sujeto.

—Bienvenido, padre Álvaro.

—Bien hallada, hija mía —respondió el cura, sonriendo como un zorro—, aunque debo amonestarte por tu forma de montar esa yegua; no es digno de una dama. ¿Puedes explicarme qué significa esta guardia?

—Lo lamento, padre, fueron las prisas al saber que teníais dificultades. Y no —se volvió hacia Bernardo—, no puedo explicaros qué significa esto, pero seguramente el criado del conde de Osorno podrá hacerlo.

El joven se encogió de hombros.

—Órdenes del patrón, mi señora.

—Las tierras son mías. Tu señor no es quién para poner guardia en mis propiedades. Tengo gente que me cuide la honra —se alteró ella—. Marchaos y que sea la última vez que él decide poner zorros dentro de mi casa.

—Si os fijáis bien, mi querida señora —se oyó una voz potente y ligeramente irritada a sus espaldas—, mis hombres están fuera de vuestra propiedad y la tierra toledana es de los toledanos.

Marina se volvió como picada por una víbora. Abrió la boca para replicar, pero se quedó muda al verlo. Carlos Arteche parecía haber salido directamente de la boca del infierno. Su ropa estaba manchada de barro, el oscuro cabello revuelto, la capa ladeada y un desgarrón estropeaba la buena tela de su jubón, donde le pareció ver un rastro de sangre. A ella no le cupo duda de que había tomado parte en alguna refriega, y se preguntó a favor de quién habría luchado. A pesar de todo, se lo veía imponente montado sobre su caballo negro, con el gesto fiero y los ojos verdes llameantes. Marina se fijó en que las diminutas estrellitas de sus iris brillaban como el oro.

—El padre Álvaro es bienvenido siempre a mi casa y vuestros hombres le han retenido hasta avisarme —protestó.

—La ciudad está revuelta estos días. España entera está revuelta, señora —explicó Carlos—. Es por eso que envié a Bernardo y a algunos de mis hombres a proteger Ojeda Blanca.

—¡Mi finca no necesita ser protegida y yo tampoco! —se alteró ella.

Carlos hizo chirriar los dientes, exhortó a adelantarse al caballo hasta que la bestia tocó con su morro el hombro derecho de la mujer; se inclinó sobre la montura. Marina no retrocedió, como ya era habitual en ella.

—Cualquier mujer debe ser protegida, mi señora —dijo en tono bajo, pero no lo suficiente como para no ser escuchado por sus hombres y por el gordinflón cura—. Pero vos, doña Marina, debéis ser protegida también de vuestra propia estupidez.

Si hubiese tenido plumas, todas y cada una de ellas se hubiesen encrespado. Carlos no le dio tiempo a responderle.

—De todos modos parece que la cosa se ha calmado. Puedo dejaros en vuestro sacrosanto refugio sin temor a que una horda de amotinados venga a importunaros. —Hizo un gesto seco a sus hombres y éstos partieron al galope—. Que descanséis bien, señora. —Inclinó la cabeza hacia el cura—. Padre.

No volvió la cabeza ni una sola vez mientras seguía a sus hombres para unirse a ellos. Cuando los alcanzó, uno de ellos lanzó una risotada y dijo:

—No es lo que se dice una tierna paloma, don Carlos.

El joven conde sonrió sin poder remediarlo.

—No, Écija. Bien sabe Dios que más se asemeja a una serpiente de cascabel.

Mientras el conde de Osorno pasaba recuento con sus hombres a los desastres causados por el pequeño motín, cuando las tropas trataron de dispersar a los manifestantes, don Álvaro de Cifuentes, fiel a la palabra dada a su protector, trataba de saber las últimas nuevas en casa de la muchacha.

—Todo ha estado calmado, padre, como siempre. ¿A quién va a importar una pobre viuda? Las gentes de Toledo tienen otras cosas de las que ocuparse, como usted mismo ha visto esta noche.

—Y... ¿ese hombre?

—¿Qué hombre?

—El conde.

Marina torció el gesto. No quería hablar de Carlos Arteche, ni siquiera con el sacerdote de su cuñada. No apreciaba las visitas del cura pero tampoco podía echarlo con cajas destempladas. A fin de cuentas era un representante de la Iglesia y que ella le tachase de entrometido nada tenía que ver. Pero hablar del conde de Osorno con él, era otro cantar. ¿Qué podía decirle? ¿Que desde que se presentó en su casa no se lo había podido quitar de la cabeza? ¿Que creía que podía estar asociado con los amotinados? ¿Que parecía tener la obsesión de protegerla?

—Sincérate conmigo, hija —insistió Cifuentes.

Tal vez hubiese debido confesarle que veía su boca en cada lugar en el que posaba sus ojos, que su mirada la perseguía constantemente y que apenas había podido pensar en otra cosa que no fuese él desde que se fue de la casa prometiendo volver para obtener respuestas sobre la muerte de Juan. ¡Qué temeridad! Cuando ni siquiera al fraile había hecho partícipe de sus desvelos. Por otro lado, era una tontería. Simplemente hacía mucho tiempo que no tenía visitas de extraños y la de Carlos la alteró. Eso era todo.

—Era amigo de mi difunto esposo —contestó—, y dados los tiempos revueltos que corremos debe de creerse en la obligación de proteger mi finca. Lo cierto es que solamente lo he visto dos veces. Por lo que sé acaba de llegar de tierras italianas.

—Estabais sin embargo demasiado enojada con él para haberlo visto sólo un par de veces.

—Como lo hubiese estado con cualquier otro, padre.

No más. Siempre me ha alterado que me protejan demasiado, como si con ello limitasen mi libertad.

—Una dama, sobre todo de buena cuna como la vuestra, no debe tener más libertad de la que su protector le regale, hija mía. La mujer es débil de cuerpo y alma, ya lo sabéis.

—Sí, padre. —Marina agachó la cabeza para que no viese el mensaje de rebeldía escrito en sus ojos. Lo hubiese asesinado, simplemente, y lamentó no poder hacerlo—. Sin embargo...

Afortunadamente, el grito de Inés cortó la frase que iba a soltar. Ella y el fraile alzaron la cabeza y observaron la carrera de la criada, que atravesaba el patio y se abrazaba a una mujer. Marina la reconoció de inmediato. La hubiese reconocido tapada incluso cabeza y todo con una manta. Uno sólo de sus bucles dorados era suficiente para ella; no sabía de nadie que tuviese un cabello como el de Elena.

—Discúlpeme, padre.

También ella salió corriendo del saloncito en el que se encontraba con el cura, para unirse al abrazo de Inés. Álvaro de Cifuentes vio, a través de los cristales empañados, que las tres mujeres, abrazadas por los hombros, bailaban y reían en medio del patio. Debería reprender a doña Marina por su actitud, a fin de cuentas era una mujer de luto.

Fue la recién llegada quien puso fin a la algarabía que ocasionó su presencia.

—¡Basta ya, me estáis destrozando la capa!

Marina rio de buena gana y plantó dos besos a su amiga en la mejilla.

—¿Qué haces aquí?

—Congelarme el trasero —repuso Elena, con una sonrisa pícara—. ¿No vas a ofrecerme el calor de tu chimenea?

Riendo aún por sus palabras atrevidas, Marina la condujo hasta el salón de donde acababa de salir. Inés, por descontado, se unió a ellas mientras que dos de los criados se hacían cargo ya del equipaje de la dama y su carruaje.

—Tenemos compañía —advirtió Marina muy bajito.

Elena alzó una de sus doradas cejas y sonrió.

—¿Le conozco? —preguntó, guiñando un ojo.

—Eres un demonio. —La joven anfitriona ahogó una carcajada. Elena Zúñiga no cambiaría nunca, se dijo—. Lo conoces, sí.

—¡Estupendo! —Pero al entrar en el salón y ver el rostro sonrosado y la prominente barriga de don Álvaro, su sonrisa se evaporó—. Quería decir que, de haberte sabido ocupada, habría venido en otro momento.

Inés hubo de taparse la boca para no reír abiertamente y, con una disculpa a medias, indicando que iba a preparar las habitaciones de la recién llegada, se escabulló de inmediato. Marina tuvo verdaderas dificultades para no lanzar una carcajada. Sabía la ojeriza que su amiga sentía hacia el fraile; más de una vez habían coincidido y la confrontación entre ellos había sido inevitable.

Don Álvaro frunció el entrecejo al ver de quién se trataba. A pesar de todo, extendió la mano cuando la muchacha se acercó a él para besársela.

—Doña Elena —dijo con voz cavernosa—, siempre es un placer volver a verla.

Ella se le quedó mirando un momento y sonrió con toda frescura.

—Créame, don Álvaro, que lo dudo mucho.

El fraile carraspeó, visiblemente alterado, pero la mujer no hizo más caso del asunto y tomó asiento en uno de los sofás, cerca de la chimenea, echando una mirada admirativa al salón. El lugar era lo suficientemente grande para que resultase cómodo. Y no cabía duda que el gusto de Marina era refinado. Cubriendo casi todo el suelo de baldosas rojizas había extendido alfombras mullidas de color crema tostado, que hacían juego con la tapicería de los sillones y las enormes cortinas. Los cojines combinados en marrón y crema, parecían pedir a gritos acomodarse en ellos. Los muebles eran macizos, castellanos, oscuros. Los tapices espléndidos. Había un agradable olor a cera y jazmín en toda la habitación y varios jarrones de flores —sólo Dios sabía dónde las conseguía Inés en aquellos meses de invierno—. Elena siempre se encontró como en su casa en Ojeda Blanca, aunque en los últimos tiempos no había ido mucho allí de visita, ya que Marina se alojaba hasta su viudedad en la hacienda de los Aranda, al otro lado de la ciudad.

—Me alegro que hayas dejado Villa Olivares —dijo, acercando las manos al fuego que ardía en la chimenea, después de quitarse los guantes—. Aquella casa no me gustó nunca. Demasiado fría y aburrida. Sin embargo aquí se respira tranquilidad..., algunas veces —apuntilló sin querer mirar al sacerdote—. Espero que puedas darme cobijo durante unos días. La ciudad no está como para buscar posada.

—Eres bienvenida todo el tiempo que quieras estar —respondió Marina.

—¿Cómo es que habéis venido sola, doña Elena? ¿Y vuestro esposo? —quiso saber don Álvaro.

—El conde de Bellaste está muy bien, gracias —sonrió la muchacha, haciendo énfasis en el título de su marido, simplemente para que el gordinflón recordase que no estaba hablando con una mujer cualquiera.

—¿Se quedó en Valladolid? —quiso saber Marina.

—No. Diego ha tenido que viajar a Alemania. Asuntos de gobierno, ya sabes. ¿No vas a darme algo de beber? Este maldito clima me está matando.

Aunque don Álvaro se atragantó al escucharla maldecir, se guardó mucho de comentar nada. Aún recordaba la última vez que se encontró con aquella mujer en casa de los Aranda, cuando aún vivía don Juan, quien, a pesar de sus muchas faltas, era un bendito por acoger bajo su techo a semejante arpía. La discusión sobre el porqué los hombres podían usar palabras que a las mujeres les estaban prohibidas, casi les hizo llegar a las manos. Desde entonces se la tenía jurada. La condesa de Bellaste no era más que una mujerzuela, a su modo de ver. Por de pronto, su cabello rubio claro, casi platino, y sus ojos azules, rasgos heredados de su abuela inglesa, se asemejaban más a los de una casquivana extranjera que a los de una dama de alta cuna española. Y luego estaba aquella lengua, viperina a todas luces. Elena Zúñiga decía siempre lo que pensaba y eso no era admisible en una mujer que, según su criterio, debía siempre guardar recato y contener sus opiniones. Para opinar, estaban los hombres.

Marina, mordiéndose los labios, se levantó para preparar unas copas de vino especiado y caliente. Ofreció primero una al sacerdote, que la aceptó con agrado y otra a Elena, sentándose luego para degustar la propia. Menos mal que a don Álvaro le gustaba empinar el codo, y pareció relajarse en cuanto probó el vino.

—No es tiempo para que una mujer viaje sola desde tan larga distancia, doña Elena —dijo el fraile después de echarse al gaznate la mitad de su copa y arrellanarse en el sofá, lo que hizo que pareciera más grueso—. Hay revueltas.

—Me alegra saber que os preocupáis por mi seguridad, padre. No debéis inquietaros. Mi esposo contrató a seis guardianes para que me acompañaran en el viaje. Ahora están alojados en una posada, cerca del río. Dos de ellos venían en el carruaje. —Miró a su amiga—. Uno de tus criados les iba a buscar alojamiento en las dependencias de la servidumbre.

—Perfecto.

—Preferí que el coche se quedase aquí, conmigo —dijo Elena, mirando al sacerdote—, de ese modo podremos utilizarlo cuando salgamos de compras.

—Doña Marina sigue de luto —gruñó el cura.

—De luto, sí —admitió la joven—, pero no está presa, ¿verdad? Supongo que ni siquiera a vos os parecerá mal que ella salga de Ojeda Blanca para respirar un poco de aire fresco. ¿Acaso hay algo que yo no sé?

—Desde luego que no me opongo —zanjó el hombre—. Doña Marina es libre de ir a la ciudad cuando guste, siempre y cuando guarde el debido decoro por su estado.

—Quiere usted decir siempre que vaya envuelta en veinte refajos negros y con un velo en la cara.

La palabra refajos hizo atragantarse al cura. Don Álvaro se bebió el resto de su copa y se incorporó. El volumen de su cuerpo le dificultó hacerlo con celeridad, como deseaba. Echando una mirada biliosa a la mujer, dijo:

—Creo que es hora de retirarme. Espero que sus criados tengan lista mi habitación.

—Inés se encargó personalmente —repuso Marina, muy seria. Se acercó a una de las paredes y tiró de un cordón. Casi al momento apareció Inés—. El padre Álvaro se retira ya; acompáñale a su cuarto.

Marina besó la mano extendida del sacerdote y miró de soslayo a la otra. A pesar de todo, Elena se incorporó e hizo lo mismo.

—Buenas noches, señoras.

—Buenas noches, padre.

—Que sueñe con los angelitos —deseó Elena.

Apenas el hombre desapareció en pos de Inés, ambas muchachas se miraron muy serias, en silencio. Sólo cuando calcularon que el cura había llegado ya al piso superior, estallaron en carcajadas, dejándose caer sobre el sofá.

Marina hubo de secarse las lágrimas con el dorso de la mano.

—Eres tremenda —dijo, aún entre risas.

—Odio a ese cochino —comentó Elena, llegándose a la jarra de vino y volviendo a llenarse su copa—. ¿No lo has visto? ¡Por la Santísima Virgen! Tiene tanta barriga que si se cae rodará como un tonel. ¿A qué demonios ha venido esta vez?

—Esa lengua...

—No seas ñoña. Sé que cuando te enfureces usas un vocabulario peor que el mío. Lo que pasa es que sabes contenerte. Yo, lo siento, soy incapaz de hacerlo delante de ese gocho calvo.

Marina sonrió y abrazó de nuevo a su amiga.

—¿Cómo te va la vida de casada? ¿Diego sigue siendo tan encantador?

Elena alzó las doradas cejas.

—Es una palabra poco adecuada para describirlo. Arrogante, pedante, inmodesto, engreído, insolente..., maravilloso, fascinante, soberbio... Usa cualquiera de ésas y darás en la diana.

—Veo que cada día estás más enamorada de él —sonrió Marina, preguntándose si realmente la otra estaba describiendo a su esposo o al conde de Osorno.

—Me tiene loca —suspiró la rubia. Tomó la mano de su amiga entre las suyas y clavó su mirada azul en la oscura de Marina—. Ansío tanto que encuentres a un hombre de verdad... Alguien que te haga vibrar como me hace vibrar Diego a mí —dijo—. Un hombre al que llegues a desear tanto que te duela el alma. Alguien por el que irías de cabeza al infierno si te lo pidiese. Que corresponda a tu amor, a esa pasión que tienes escondida muy dentro y que aún no has podido mostrar.

Marina puso el gesto serio y retiró su mano. Cuando Elena sacaba a colación el tema se sentía violenta.

—Amaba a Juan —dijo.

—No te engañes, Marina. Honrabas a Juan, que no es lo mismo. Le honrabas porque era tu esposo, porque era tu deber. Porque él también te honró, al menos en el aspecto fraternal en el que vivíais. Yo hablo de otra cosa, cariño —utilizó un tono sereno para llegar a sus defensas—. Yo hablo de pasión en la cama, de desear el cuerpo de un hombre, de querer besarlo, acariciarlo, sentirlo dentro...

—¡Por favor, basta!

Las palabras de Elena la habían empujado a pensar de nuevo en Carlos Arteche sin saber la causa. Imaginarse besando aquella boca, abrazando su cuerpo alto y granítico le hizo sentir ahogo y sus mejillas tomaron un tinte rosado. Elena la observó largamente mientras veía cómo se estrujaba las manos.

—¡Me he perdido algo...! —dijo al cabo de un momento.

—¿Qué quieres decir? —preguntó Marina, aún turbada.

—Parece que mis palabras te han recordado a alguien. Tengo dos años más que tú y te conozco, de modo que no trates de escabullirte —pidió Elena cuando vio que Marina negaba con la cabeza—. Ahora vuelvo a hacerte la pregunta que te hice a mi llegada. ¿Lo conozco?

—Solamente lo he visto dos veces —titubeó Marina—. Colocó guardias a la entrada de Ojeda Blanca, según dijo, para protegerme de los amotinados, si llegaba el caso. ¿Te imaginas? El sujeto se tomó derechos que no le corresponden.

—¿Lo conozco? —insistió Elena.

—No lo sé. Se llama Carlos Arteche y Ruiz de Azcúnaga.

La condesa de Bellaste lanzó un largo y nada femenino silbido.

—Nada menos que el conde de Osorno —dijo luego con voz de asombro—. Chica, apuntas muy alto.

—No apunto a nada.

—No te enfades, es una manera de hablar. De todos modos, ¿te has puesto a pensar que tal vez esté cumpliendo alguna promesa a Juan? —Marina parpadeó, evidentemente sin seguir el hilo de los pensamientos de su amiga—. A Carlos Arteche no lo conoces de ayer, cariño; estuvo en vuestros esponsales.

—¿De veras? No lo recuerdo.

—No me extraña. Aquella mañana sólo tenías ojos para Juan y eras una criatura. Tu esposo y él eran amigos.

—Sin embargo, Juan nunca me habló de él.

Elena se encogió de hombros.

—Juan trataba de proteger su coto de caza, imagino. Aun cuando él no cazase —dijo en tono insinuante—. Supongo que a ningún hombre, tenga las preferencias que tenga, le gusta que otro gallo entre en su gallinero. Además, por lo que oí tiempo después, parece que regañaron por algo y sus vidas se distanciaron. Pero si conozco un poco al conde, sigue siendo fiel a aquella amistad de muchachos.

—Y ¿lo conoces?

—Tengo ese placer —sonrió—. Diego y yo coincidimos en Venecia con él y se hicieron inseparables. Seguramente porque ambos son orgullosos, empecinados, insolentes e inmodestos. Me encantará volver a verlo.

—¿Por eso hablas de una promesa?

—Pudiera ser. Tal vez tu marido le pidiese que, si a él le pasaba algo...

—¡Qué tontería! —se irritó la joven— ¿Qué podía pasarle para tener que pedir ayuda a un consumado libertino?

Elena guardó silencio un instante. Sin apartar sus ojos azules de los oscuros de Marina dijo:

—¿Acaso que pudiese morir en un incendio?

Marina tuvo una sacudida. Ella, realmente, pensaba que había habido algo extraño en la muerte de su esposo, pero le desagradaba que alguien más lo creyese. Era un asunto suyo y sólo suyo, en el que no tenían cabida los demás mortales. Ni siquiera Elena Zúñiga. Juan había sido su esposo durante casi cinco años y ella era quien debía sacar a la luz cualquier posible confabulación. Pensándolo bien, la idea le parecía incluso absurda. Juan no tenía enemigos. Ni uno. Su hermano, primos y demás parientes dependían de él y le querían. ¿Quién iba a desear su muerte?

Sin darse cuenta hizo la pregunta en voz alta.

—Un competidor —respondió Elena—. En los negocios se mueven muchos reales y tu marido tenía negocios importantes. Eso crea siempre enemigos.

—No quiero pensar ahora en eso. —Se oprimió las sienes Marina—. Cuéntame qué has hecho en estos meses. Cuéntame algo de Italia, me parece un país fabuloso. Juan y yo teníamos pensado viajar allí cuando...

—¿Quieres que te cuente de Italia o de los italianos? bromeó Elena haciéndola sonreír de nuevo—. ¡Qué hombres tan guapos, Marina! —Suspiró dramáticamente—. ¡Qué voz, qué apostura!

Sin que ninguna de las dos mujeres se percatase, la puerta del salón se cerró sigilosamente. El rostro de Álvaro de Cifuentes era una máscara sonriente. No había escuchado toda la conversación entre las dos mujeres, pero sí lo suficiente como para poder informar a su protector sobre el aparente interés del conde de Osorno en la viuda de Juan de Aranda. Con esa simple información se había ganado el alimento.

5

Estaba tumbado boca arriba. Los brazos cruzados bajo la cabeza. La mirada clavada en el alto techo. No miraba a nada. Si el techo se hubiese venido abajo ni siquiera lo hubiese notado. Su mente estaba más allá de aquella espaciosa habitación.

Cerró los ojos al dolor que le produjo el recuerdo de su riña con Juan, punzante como siempre que lo rememoraba. Se sentía culpable de aquella discusión que los alejó durante tanto tiempo. No debería haber hablado. No debería haberle dicho a Juan lo que le dijo. No tenía derecho. Ahora, pasado el tiempo, se daba cuenta de que su actuación fue estúpida, que cada cual debía vivir su vida como Dios se la había dado a entender y que él no era el adalid de las causas perdidas. Nunca lo había sido, aunque creyese lo contrario. Resultó lógico que Juan se enfadase, le dijese cosas que no sentía y se distanciase de él.

—Te has casado para echar una capa sobre tu honorabilidad —le había casi gritado cuando Juan insistió en que amaba a su joven esposa—. ¡Maldita sea! ¿Qué derecho tienes a destruir la vida de esa muchacha? Es una niña.

—Te digo que la quiero, Carlos —había insistido Juan.

—¡Y una mierda, hombre! ¿A quién quieres engañar? ¿A mí? ¡Mírame, condenado seas! Soy yo, tu amigo, Carlos Arteche, no alguno de esos papanatas con los que vas de cuando en cuando.

—No lo entiendes.

—Demasiado bien. Otros hombres han permanecido solteros y nadie ha dudado jamás de su hombría. Hay formas de hacerlo, Juan. Pero no casándose con una criatura, apenas salida de las faldas de las monjas. ¿Qué excusa vas a darle cuando te pida tener un hijo?

—Le explicaré más adelante —titubeó Juan—. Le diré que... Ella me comprenderá, es una mujer criada en la obediencia a sus mayores.

—¿Estás seguro de que te comprenderá? ¿Qué es lo que va a comprender, muchacho? ¿Que la has engañado? —estalló Carlos. Por fortuna se encontraban lejos de cualquier oído indiscreto. Habían salido de caza, aunque él no pensaba ese día cobrar pieza alguna sino dejar claras las cosas con su amigo—. Toda mujer, tarde o temprano, desea tener un hijo. Y tú, un heredero. Podías haber nombrado a Luis como tu sucesor y ¡Santas Pascuas!

—Le... le buscaré... un hombre y...

Carlos se quedó atónito al escucharle.

—He oído mal —dijo, entre dientes. Su mirada verdosa se hizo más intensa al mirar a la cara a su amigo—. Dime que he oído mal, maldito seas.

—¡Es la única solución! —chilló Juan, a punto de echarse a llorar como una criatura—. Esa única noche..., la noche de bodas... ¡Dios, pensé que no lograría..., que no iba a poder...! —lo miró con ojos suplicantes.

El conde de Osorno se envaró. Lanzó a un lado el arma de caza que llevaba consigo para no ceder a la tentación de utilizarla contra su amigo.

—Eres un jodido bastardo —insultó—. Podías haber arreglado el problema como lo han hecho otros, haciendo lo que esperaban de ti. Pero no. Tenías que casarte con ella, darle tu apellido y mostrarte ante los demás como un verdadero varón castellano. Si eso significa hundir la vida de esa chiquilla, no importa. ¡Me das asco!

—¡No podía hacer otra cosa! ¡Todos me empujaban a ello! Mi familia, mi título, mis propiedades...

—Tu título... —dijo Carlos con desprecio—. Un título que se perderá si ella se niega a lo que estás pensando. ¡Meterle a otro hombre en la cama!

Juan de Aranda se rebeló contra su amigo, contra la única persona en su mundo que sabía lo que realmente sentía, de sus apetencias y sufrimientos. Acaso esperaba su apoyo. En lugar de encontrarlo, solamente halló un reproche que lo estaba sumiendo en la desesperación. Se irguió en toda su estatura y clavó su mirada en los ojos del otro.

—¿Querrías ser tú ese hombre? —preguntó con ironía, tratando de herir a Carlos como él le estaba hiriendo.

Por toda respuesta, el conde de Osorno lanzó el puño. Juan acabó desmadejado en el suelo del bosque, aturdido por el brutal golpe y con los ojos enceguecidos por las lágrimas.

—Para ser un hombre no sólo es necesario casarse, Juan.

Aquélla fue la última vez que se vieron cara a cara. Carlos puso distancia entre ellos marchando a Italia una vez más. Realmente aquella escena fue la que lo empujó a enrolarse en una nave corsaria y guerrear contra los turcos sin importarle si mataba o moría, a las órdenes del capitán Doménico. Si aquella discusión tuvo lugar casi un año después de la boda, no fue por falta de ganas de Carlos, sino porque su inminente partida el mismo día de los esponsales de Juan y Marina se lo había impedido. Tan pronto regresó, sin embargo, había ido en su busca y le había dicho lo que lo estuvo carcomiendo casi doce meses. En aquel momento, Marina Alonso y de la Vega le importaba un comino. Quien le importaba de veras era Juan, su amigo, el hombre que le había salvado la vida exponiendo la suya hacía ya años, cuando ambos eran unos muchachos imberbes. Le debía ser franco en todas las ocasiones y ésa era una. Seguramente la más importante. Por eso hizo lo que hizo. Por eso se le enfrentó. Y por eso, condenada fuese su alma, perdió su amistad para siempre.

Al llegar a ese punto de los recuerdos, Carlos se alzó de la cama. No podía dormir, las imágenes grabadas en su mente y rememoradas una y otra vez no lo habían dejado dormir bien desde hacía mucho tiempo. Se acercó al arcón dispuesto a los pies del lecho, lo abrió y sacó una pipa turca. Con los movimientos rápidos y seguros de quien la había preparado en muchas ocasiones, la dejó lista para encender. Se aproximó a los ventanales y se sentó en el saliente mientras el humo del tabaco turco le llenaba los pulmones como una droga.

—«Para ser un hombre no sólo es necesario casarse» —volvió a recordar.

Su mirada se perdió en los campos que se divisaban desde la casa. El Palacio de Hidra. Era un curioso nombre que eligió su abuelo cuando mandó construirla, amante como era de todo lo relacionado con Grecia. En la fachada, sobre la puerta de entrada, protegida por la doble escalinata de piedra que ascendía hasta ella, arrogante y temible, como si retase a los hombres y a los elementos, había hecho grabar en la piedra una enorme cabeza que representaba el rostro de una mujer con cabellos de serpiente. Recordaba que a él le resultaba una visión terrible cuando era un crío, pero llegó a agradarle ver aquel rostro casi satánico cada vez que regresaba a casa. La construcción, sin embargo, nada tenía que ver con aquella imagen diabólica y casi blasfema. Era una casa regia, cuadrada, con un enorme torreón en el lado oeste, el que él había utilizado para montar sus dependencias. Más de quince habitaciones que nadie utilizaba desde hacía mucho tiempo, que quedaron en el olvido cuando sus tres tíos murieron, sucesivamente, en batallas de las que ya nadie hablaba y el palacio pasó a manos de su padre.

Recordó que, cuando era un muchacho, su madre organizaba fiestas y reuniones, y aquellos muros, ahora tristes y solitarios, albergaban siempre música, bailes y risas. Fue por aquel tiempo cuando se enteró de que su padre, el muy noble don Pedro Arteche, tenía una amante. Luego supo que no era la primera y más tarde, un año antes de la muerte prematura de su madre, Isabel Ruiz de Azcúnaga, supo también que ella conocía los constantes devaneos del esposo. Carlos se había enfrentado a su progenitor, aunque apenas era un mozuelo imberbe al que el otro podía haber partido la cara de un sopapo.

—¿Por qué?

La pregunta, a voz en grito, se la había hecho mientras se encontraban en la biblioteca a solas —su padre le había hecho llamar para preocuparse por sus estudios, dado que había tenido quejas de sus profesores.

Don Pedro había alzado una ceja. Sus ojos lanzaron relámpagos al observar a aquel mocoso que le estaba pidiendo explicaciones.

—¿Por qué? —sonrió con sarcasmo—. ¿Por qué un hombre busca la compañía de otras mujeres? ¿Por qué prefiere a veces a una prostituta? ¿Es eso lo que me estás preguntando, Carlos?

El joven había enrojecido, pero no retrocedió aun cuando sabía que su padre podía ser un hombre en extremo duro cuando se le contrariaba.

—Eso es exactamente, señor, lo que os estoy preguntando.

Don Pedro se encogió de hombros. Se sirvió una copa de vino y se retrepó en uno de los sillones para, desde allí, mirar a su vástago. No cabía la menor duda de que aquel muchacho delgado, de cabello negro como la noche y ojos verdes era producto de su cuerpo. No solamente el parecido, sino la ira que desprendían aquellos ojos, le gritaban al mundo de qué simiente procedía.

—Bueno, ya tienes edad suficiente, imagino, para saber según qué cosas —dijo, dando vueltas a su copa entre los largos dedos—. Un hombre necesita algo más que una mujer sumisa en la cama, Carlos. Un macho necesita, de cuando en cuando, a una puta en su cama.

La respuesta hizo tragar saliva al muchacho. Se irguió y encajó la mandíbula. Ardía por dentro, pero sabía que si estallaba su padre podía enviarlo fuera con cajas destempladas, e incluso mandar que le diesen un escarmiento. No era la primera vez que probaba la correa de uno de sus lugartenientes. Era mejor acomodarse, seguirle la corriente ahora que parecía dispuesto a hablar.

—Una puta —murmuró—. ¿Quieres decir que Emilia de Camporredondo es eso, una puta?

La carcajada de don Pedro resonó en la biblioteca. Parecía realmente divertido por el azoramiento del joven.

—¿Te extraña? ¿Porque es una dama de la Corte? —Volvió a reír estruendosamente—. Vamos, Carlos, creí que habrías aprendido un poco. Sólo hay dos tipos de mujeres, hijo: las que se acomodan al esposo y hacen su voluntad y las que se saltan la empalizada. Emilia de Camporredondo es de las últimas. Una verdadera fiera en la cama, muchacho. Una hembra capaz de deshacerte, de saborearte, de dejarte medio muerto cuando acaba contigo. Y lo mejor es que cuando te cansas de ella, la dejas y en paz. Deberías probarla.

Carlos sintió en aquel momento ganas de vomitar todo cuanto pensaba de aquel hombre, de las humillaciones que procuraba a su madre, pero su risa le advirtió que aquél no era el momento.

—Yo espero encontrar a una mujer que me quiera, simplemente.

—No, mi querido muchacho —repuso don Pedro. Se incorporó, dejó su copa sobre una mesa y se acercó a él para ponerle una pesada mano en el hombro—. Tú eres como yo, aunque te reviente. Nunca podrás ser fiel a una sola mujer, porque en tu espíritu está el mío, hijo.

—Tampoco es necesario saltar de cama en cama para demostrar que se es un hombre de verdad —se rebeló el joven—. Hay otros modos, señor, y no haríais sufrir a mi madre.

—¿Otros modos? Por supuesto que los hay, jovencito. Alistarse en el ejército y marchar a la guerra es uno de esos modos. —Su mirada se volvió oscura—. Yo prefiero los míos.

Fue entonces cuando se juró que demostraría a aquel desgraciado que él era capaz de ser un hombre sin tener varias meretrices bajo su protección. Y sin embargo el vaticinio de su padre había resultado casi exacto. Casi. Había tenido más mujeres que las que hubiera querido, era cierto, pero jamás trató a ninguna como a una prostituta, aunque lo fuesen. En eso, al menos, había conseguido ganar a aquel cabrón.

«Yo lo amo, Carlos», escuchó la voz de su madre en su cabeza.

Sí, a pesar de la diferencia de edad —se llevaban más de veinte años— Isabel había amado a aquel hombre. Acaso por eso se dejó llevar por la apatía, cesaron las fiestas y el Palacio de Hidra se convirtió en lo que era ahora, un enorme mausoleo donde él, Arteche, se pudría poco a poco. Las enormes extensiones de terreno con olivares y más de tres mil cabeza bovinas, a los que tenía poco aprecio en aquellos momentos, no significaban demasiado para él. Tierras en las que trabajaban un montón de jornaleros. De todos modos amaba aquella casa. Y el río que la bañaba. El Tajo. Siempre tumultuoso, irascible, peligroso y embrujador.

Por un instante deseó estar lejos. En otro país. En otro mundo, acaso, si es que lo había. Se preguntó qué diablos estaba haciendo en Toledo, en una época revuelta, plagada de descontento hacia el rey y donde, en cualquier momento, podía estallar una revolución y encontrarle en medio de la refriega. Apenas preguntarse, le vino la respuesta: las cartas de Juan.

La primera misiva había llegado seis meses después de su acalorada discusión, encontrándose él en tierras italianas. Resultó patética. Mientras la leía, casi vio el gesto angustiado de Juan. Le hablaba de su arrepentimiento, de que él aceptaba su razón, de que su boda había sido una farsa. Le pedía consejo, como siempre, como hacía desde que fueron unos críos. Habían nacido el mismo mes, del mismo año y, sin embargo, Carlos siempre fue como el hermano mayor. ¿Qué podía decirle? ¿Cómo aconsejar sobre algo que ya no tenía remedio? Si se separaba de Marina Alonso la mujer caería en desgracia, todos pensarían que no era apta para darle un heredero o algo mucho peor. Las lenguas de la gente eran como serpientes, siempre enroscándose, siempre dispuestas a la maledicencia. Juan no podía sino seguir adelante con aquella farsa a la que él mismo había dado vida. Así se lo dijo.

La segunda carta le llegó estando en Florencia. Juan le pedía verse con él, estaba desesperado. Había aclarado las cosas con su esposa, ella había entendido su problema. Por descontado, nada acerca de tener descendencia. Ni siquiera contestó a aquella llamada de socorro. No podía ayudarle y eso lo estaba matando.

La tercera y última había sido la que le puso en movimiento, pero la palabra dada en Italia al capitán Doménico no le permitió partir antes de aquellas tierras y se demoró mucho tiempo. Juan hablaba del malestar del pueblo y de una confabulación. Temía que algo le sucediese. No era nada específico, no daba nombres, pero en sus palabras se advertía que estaba asustado. Más asustado por Marina que por él mismo. Le pedía que cuidase de su esposa si a él llegaba a pasarle algo. España estaba a punto de alzarse en armas. Le hablaba sobre el descontento general, sobre la constitución en Ávila de la Santa Junta del Reino..., que no era otra cosa que un gobierno revolucionario. Hablaba de documentos, pero no entraba en detalles. Al recordar la última frase de Juan, con la que se despedía, sintió que todo su cuerpo se tensaba:

—«Marina espera...» —No acababa la frase—. «Si me pasara algo..., cuídala por mí.»

De repente, notó que le dolían todos los músculos del cuerpo, como si hubiese recibido una paliza. Recordó la rabia que sintió al saber que su amigo le confiaba la seguridad de su esposa. Si alguna vez sintió lástima por la joven, en ese momento se evaporó. «Cuidarla.» ¿Qué mierda había querido decir Juan con eso?, se había preguntado mil veces desde que leyó aquella condenada misiva. Cuando vio a

Marina por segunda vez en su vida entendió el significado. Ella era una mujer completa, con seguridad, apasionada. Una mujer que necesitaba de un hombre, no para apoyarse en él, sino para caminar a su lado; no para sentirse protegida, sino para compartir; no para criar a los hijos de él, sino para educarlos juntos. Tal vez por eso había accedido a quedarse embarazada, como le contó Bernardo, de un hombre que no era su esposo, porque necesitaba, al menos, tener a alguien a quien proteger y amar. Marina era lo que siempre había buscado él en una mujer, aun sin saberlo, sin intuirlo siquiera. No parecía una mujer acomodaticia, obediente y ordenada, cumplidora de las órdenes del esposo como si de la palabra de Dios se tratase.

Marina era una loba que defendía su territorio con uñas y dientes. Él se veía como un soltero empedernido, un libertino que no tenía derecho a hacer infeliz a la mujer que pudiese ser su esposa. Al menos, no le había llegado la hora de sentar la cabeza y pensar en un heredero. Su padre no lo concibió a él hasta casi los cincuenta. Sin embargo, desde aquella visita a Marina Alonso y de la Vega, en medio del patio de Ojeda Blanca, enlutada pero altanera y orgullosa del apellido que llevaba, a pesar de que él sabía su secreto y el de Juan, las demás mujeres parecían haber desaparecido del mapa. Incluso Isabel Velarde, la cortesana a la que apenas pisar Toledo se llevó al lecho, arrebatándosela a un obispo delante de sus narices, había sido relegada a un rincón de su mente.

Desde que puso los ojos en Marina, sólo ella acaparaba cada minuto de sus pensamientos. A pesar de haber aceptado el denigrante pacto de Juan. A pesar de saberla haciendo el amor con... ¿quién demonios habría elegido para engendrar un hijo? Había estado incluso a punto de sufrir un percance durante el motín, al distraerse cuando vio pasar a su lado a una mujer enlutada que blandía una horca, y recordarla. La herida que le procuraron aún escocía.

Apoyado en los fríos cristales echó un vistazo a la recámara. Baldosas rojas, cubiertas de esponjosas alfombras color vino con ribetes blancos. Los sillones del mismo tono con mullidos cojines también blancos, cortinas a juego. Las paredes forradas de seda granate traída de Turquía. La cama amplia e inmaculadamente blanca, sin baldaquín, sin opresiones ni colgaduras que cubriesen a los durmientes. En el techo blanco, una ligera greca de color vino tinto, siempre buscando el conjunto con el resto de la habitación. Una habitación adecuada para revolcarse con cortesanas y mujeres de cascos ligeros. La había mandado decorar así la primera vez que regresó de Turquía, acaso para recordarle siempre sus aventuras y devaneos jugándose la vida.

No era una habitación para Marina Alonso.

Aunque deseaba tenerla allí.

En su cuarto. En su cama. Su cuerpo delgado y moreno esperándolo sobre la nívea colcha. Retándolo con aquellos ojos suyos, oscuros, ligeramente rasgados, casi gatunos. Incitándolo a que la acariciase, a que uniese su boca a la suya, a que la amase...

Sacudió la cabeza. Debajo de la bata de seda estaba excitado como un mozalbete. Maldijo su poco control. Se llegó hasta la cabecera de la cama y tiró del cordón que llamaba a Bernardo.

—¿Una copa? —preguntó el indígena cuando entró en el cuarto, desde luego sin llamar a la puerta.

—Un masaje. ¿Te importa?

A Bernardo no le importaba. Había aprendido aquella práctica mientras acompañaba a su señor en sus viajes a tierras que los cristianos llamaban infieles. Mientras que Carlos se quitaba la bata y se tumbaba desnudo boca abajo en la cama, él sacó del arcón un pequeño frasco de crema con olor a sándalo, se untó las manos y se situó junto al castellano. Carlos Arteche tenía un cuerpo espléndido. Largo, delgado pero musculoso, tostado por el sol salvo en las prietas nalgas. Solía navegar ataviado solamente con un corto calzón.

Durante un instante, observó las cicatrices, apenas visibles ya, en su espalda. Aquellas que le produjo el látigo del contramaestre de un barco.

—Aprieta —pidió Carlos—. No tengas compasión.

Bernardo comenzó por los hombros y la nuca. El cuerpo del español parecía de acero y el indígena trabajó los músculos con los pulgares mientras el aroma del bálsamo se extendía por todo el cuarto.

—Se romperá si no se relaja un poco —dijo—. ¿Es por la revuelta?

—No.

—¿Por lo que puede venir después, cuando regrese el rey?

—No —gruñó Carlos.

Bernardo guardó silencio un instante, mientras seguía masajeando, ahora las anchas espaldas de su protector.

—Por la mujer —dijo al fin.

El conde se irguió como si le hubiese picado un escorpión, ladeándose para lanzarle una mirada irritada. Pero Bernardo lo obligó a tumbarse de nuevo.

—No se me altere, señor. De nada sirve. Cuando una mujer se le mete a uno entre ceja y ceja no hay nada que hacer.

—¡Qué sabrás tú!

—De mujeres poco, aunque no soy virgen —sonrió Bernardo mientras hundía los pulgares en la zona lumbar, arrancándole un gemido—. De usted, bastante. Casi soy capaz de saber cuándo está dispuesto a saltar sobre alguna pieza. Aunque esta vez parece que la pieza es escurridiza.

—Acaba de una vez y vete —rezongó Carlos—. Tu charla me levanta dolor de cabeza.

—Y el recuerdo de esa paloma dolor de otra cosa —rio el indio.

6

La lluvia había convertido los caminos en un barrizal donde las ruedas del carruaje se atascaron en varias ocasiones. Al atravesar la muralla fue incluso peor. El barro, mezclado con la paja y los excrementos de algunos animales, hacían las calles intransitables en algunos tramos. No fue hasta que llegaron cerca de la catedral cuando el coche pudo avanzar con más ligereza. Toledo era una mezcolanza de colores y olores —algunos de ellos desagradables—, pero a Marina le gustaba aquella ciudad donde había nacido, arropada y besada por el fiero caudal del Tajo, cuajada de edificios de ladrillo y torrecillas abovedadas, donde lo mismo se podían ver almacenados a la puerta de las casas blancas, cestos de frutas, hierbas o desperdicios.

—¡Jesús! —exclamó Elena, tapándose la nariz con un pañuelito de seda—. Podrían limpiar un poco las calles, no hay quien respire.

Marina sonrió, aunque cubriéndose también la nariz con el pañuelo.

—La mayoría de los hombres están alistados al ejército en estos días.

—¿No hay presidiarios? —Elena cerró la ventanilla, pero Marina volvió a retirarla para admirar el entorno por donde el coche traqueteaba—. Serían una excelente mano de obra para quitar estiércol del pavimento. De paso, dejarían de pudrirse en las celdas.

Talleres de zapateros, curtidores y herreros. Campesinos, hidalgos y soldados. Musulmanes que habían abrazado la religión cristiana forzados por las circunstancias, judíos que prestaban sus buenos reales a los grandes señores, que trabajaban el oro, vendían medicamentos o confeccionaban zapatos de delicado cuero. Y su catedral. Para Marina, la más hermosa de la cristiandad, aunque no conocía demasiado mundo. Pero por fuerza debía de ser la más hermosa. Aquel edificio soberbio comenzado a construir el año 1226, hacía ya tres siglos, sobre la Mezquita Mayor. Su increíble girola de arcos entrecruzados de tipo árabe. Una catedral a la que se dedicaban unos ocho mil ducados para su conservación y ampliación. A ella le parecía que no sólo era un lugar de rezo y recogimiento, para eso estaban las pequeñas iglesias, o las capillas como la que ella tenía en Ojeda Blanca, donde un par de bancos y alguna pequeña imagen ya daban muestras de ser la casa de Dios. Era algo más. Era un recinto místico de grandeza, donde cualquier ser humano empequeñecía.

Descendieron del coche frente a la puerta de la catedral con ayuda de uno de los lacayos, y caminaron del brazo, despacio, procurando no pisar las heces de algún chucho, asno, caballo o persona.

La catedral estaba creada para brillar, pensó Marina levantando la cabeza y contemplando la magna presencia del edificio. Para resplandecer y demostrar al mundo la grandeza de los templos cristianos. Brillaba con luz propia el gótico, tanto en sus naves como en el coro. En el transepto, la Puerta del Reloj mostraba el resplandor de sus esculturas y las tallas del coro magnificaban a Alonso Berruguete que les dio forma. Seguramente, pensó, erigida como ofrenda a Dios por las venturas desgranadas sobre sus hijos. O para gastar un dinero que debería haberse utilizado en «dar de comer a los hambrientos», como decía Elena, siempre tan terca y puntillosa.

Vestida con el riguroso negro que la exigía su luto, el cabello cubierto por una cofia y el rostro por un velo oscuro, Marina saludó con la cabeza a varias personas que acudían, como ellas, al oficio. A su lado, Elena saludaba a su vez a quienes conocía. Eran como el día y la noche, pensó Marina con un poco de envidia al mirar a su amiga de reojo mientras avanzaban hacia la Puerta del Perdón. O mejor como el sol y la noche, se dijo. Elena lucía una capa verde oscuro, de suntuosa tela con ligeros brillos, cuya capucha echó hacia la espalda cuando entraron, dejando ver el velo que cubría sus rubios cabellos, pulcramente peinados sobre la coronilla. Ella, una capa negra como el ojo de un murciélago. Elena, bajo la capa, un vestido de terciopelo de un tono ligeramente más claro que la otra prenda, que ondulaba según avanzaba por la nave central, llamando la atención de los campesinos y caballeros reunidos ya en el templo. Ella, uno negro, tan soso y falto de gracia que no se le podía comparar.

Elena pareció adivinar sus lóbregos pensamientos al ver el gesto de su cara, bajo el velo. Por fortuna, sólo ella se dio cuenta porque estaba justo a su lado.

—Parece que te has tragado un puercoespín —dijo—. Alegra esa cara.

—Se supone que una viuda debe estar triste —gruñó Marina entre dientes—. Odio esto.

—Anímate. Dentro de poco podrás lucir tal y como eres, en vez de parecer un cuervo.

—Muérdete la lengua —sonrió Marina tras el velo.

—No, gracias. Si lo hago puedo envenenarme, según me dice siempre Diego.

Marina tuvo que hacer un esfuerzo para no echarse a reír. Al lado de Elena era muy difícil comportarse como las normas le exigían a una viuda. Ella era joven, acababa de cumplir veinte años, y aunque las muertes de sus seres queridos la habían sumido en la desesperación hacía meses, su espíritu —que según su padre no había comulgado jamás con las normas establecidas— ansiaba volver a reír, pasear, disfrutar de la ciudad y de las fiestas. Estar enterrada en vida, desde luego, no era para ella.

—Me compré un vestido rojo en Venecia que va a dar mucho que hablar —dijo Elena a su lado—. Pienso prestártelo. A ser posible cuando el padre Álvaro se encuentre de visita, a ver si con un poco de suerte le da un ataque y se nos queda en el sitio.

—¡Elena! —exclamó Marina, pero no pudo remediar lanzar un ligero gorjeo que ahogó con rapidez tapándose la boca.

Algunos le sonrieron con ternura, dando por sentado que la joven debía de estar a punto de llorar, lo que le causó un ataque mayor de risa que le costó trabajo reprimir. Dio mil gracias al velo que la cubría; era la primera vez que se sentía agradecida por ir cubierta hasta las cejas.

La condesa de Bellaste saludó con un pequeño movimiento de cabeza a un matrimonio al que conocía desde hacía años, mientras caminaban por la nave central, congratulándose interiormente de haber escandalizado a su amiga. Nada más regresar de Italia y recibir la carta preocupada de Inés, se había puesto en marcha, dispuesta a sacar de su tumba a Marina. Haría lo que hiciese falta para que volviera a ser la muchacha alegre, altiva, dispuesta e incluso atrevida que fue en otros tiempos. Una mujer como había pocas, comprometida con los más desfavorecidos, capaz de decir en voz alta lo que pensaba y consecuente con sus puntos de vista. Antes de casarse con Juan de Aranda, era así. Marina no lo sabía, pero ella conocía la debilidad del difunto, aunque jamás quiso hacérselo ver a su amiga por temor a mortificarla. No era agradable para nadie que le preguntasen cómo se sentía al haberse casado con un hombre que prefería la compañía de otros hombres a la de su esposa.

Ocuparon un banco cerca del altar mayor. Marina no pudo remediar sentirse pequeña ante el majestuoso retablo.

—Es precioso —dijo en voz baja.

Elena la miró de soslayo. Se encogió ligeramente de hombros.

—¡No va a serlo! En esta catedral se gastan buena parte de los dineros de España. Sobre todo en quienes la cuidan. Francamente, cuarenta canónigos me parecen una exageración.

—Irás de cabeza al infierno —susurró Marina.

—Creo que Satanás me tiene ya reservado el sitio —bromeó la rubia.

En el coro se escucharon ligeros los roces de los pies de los sacerdotes que iban a entonar los himnos. Y el silencio dentro del templo se hizo sepulcral cuando el representante de Dios que iba a oficiar la misa alzó los brazos.

—*Dominus vobiscum*.

—*Et cum spiritu tuo* —repuso la catedral en pleno.

Justo en ese momento, la tos de una mujer que de inmediato sofocó llevándose un pañuelo a la boca, hizo volver el rostro a Marina. La catedral al completo, sus cinco naves, el claustro, la bóveda, se hundió sobre la cabeza de la joven. A menos de cinco metros de ellas, erguido y arrogante como sólo podía ser un hidalgo español, vestido totalmente de negro, se encontraba Carlos Arteche. Lo que era peor, parecía poco interesado en el oficio religioso porque la estaba mirando directamente, sin decoro a las formas, sin importarle que lo viesen. Tenía el gesto serio y sus ojos brillaban bajo la luz de las mil llamas que iluminaban la catedral. Más verdes que nunca. Más hermosos y atrayentes que nunca. Más peligrosos que nunca, se dijo Marina.

A pesar de desearlo, no era capaz de dejar de mirarlo, de prestar su atención al sacerdote y los acólitos que acompañaban el oficio. Le resultaba imposible mirar a otro lado teniendo ante sus ojos a aquel hombre. Amparada por el tupido velo, lo observó a placer. Podía ser un tarambana, un calavera empedernido, pero no cabía duda de que era un hombre atractivo. Demasiado, pensó. Las palabras de Elena regresaron a su mente con fuerza y sus ojos se quedaron clavados en la boca de él. Era una boca hecha para pecar y para hacer pecar. Una boca que podría causar estragos en el cuerpo de una mujer, que podía llevarla al paroxismo sobre el que algunas veces le hablase Elena. Tontamente, se preguntó qué hacía el mismísimo Señor de los Infiernos escuchando misa mayor en la catedral.

Los cánticos provenientes del coro la acercaron, nuevamente, a la realidad, porque en esos instantes Elena le susurraba algo.

—¿Qué?

—Que intentes al menos mover los labios durante el rezo. Eres objeto de observación de algunas comadrejas —le advirtió.

El sonrojo acudió al rostro de Marina, que se sentía culpable de haber perdido la concentración por culpa del conde. Encajó los dientes y trató de seguir la misa con interés, mientras pensaba que debería visitar a su confesor.

A pesar de decirse que ella no era culpable de que aquel diablo la hubiese estado observando toda la ceremonia, no se sintió con fuerzas para comulgar. Como si el simple hecho de verlo la hubiese ensuciado. Los pensamientos que habían acudido a su mente al verlo, no eran de mujer decente. Afortunadamente la misa terminó y ella, cogida del brazo de Elena, apuró el paso para salir de la catedral lo antes posible. Toledo en pleno parecía haberse dado cita aquella mañana bajo los arcos, como si deseasen recibir el apoyo divino ante lo que se avecinaba. Huir entre el tumulto parecía de cobardes, pero era la mejor opción. Simplemente, no quería tener nada que ver con aquel hombre. Al pasar por la capilla de la Santísima Trinidad, que estaba siendo remozada, se dio la vuelta. No lo vio y respiró algo más tranquila.

Su sosiego duró apenas unos minutos, porque cuando la llovizna les azotó el rostro él, que parecía haber salido como por arte de ensalmo, avanzó hacia ellas. Marina hizo como que no lo había visto y buscó con la mirada el carruaje de Elena que debería estar esperándolas. Ni el coche ni el cochero se veían por ningún lado.

— Buenos días —se llevó la mano al ala del sombrero.

La voz de Carlos Arteche la sacudió de pies a cabeza. La cortesía hizo que respondiera al saludo. Elena, por su parte, lo miró de abajo arriba y sonrió.

—Odio la lluvia —dijo—. Toledo es frío en invierno.

Carlos lanzó una risita.

—Si fueses espía, sería un buen santo y seña, Elena.

Marina respingó al escucharle tutear a su amiga. Aunque se conociesen, no resultaba muy caballeroso, pero ya se había dado cuenta de que aquel hombre no se atenía a las normas. Como ella, pensó de inmediato reprimiendo un atisbo de sonrisa.

—¿Cuánto hace que no nos veíamos? —preguntó la rubia—. ¿Seis meses?

—Si la memoria no me falla, solamente cuatro. Espero que no resulte atrevido si les ofrezco mi carruaje. —Carlos miró hacia el cielo—. La lluvia arrecia.

—Tenemos nuestro propio coche, gracias —dijo Marina, incómoda al sentir que la lluvia le estaba entrando por el cuello a pesar de la capucha.

—Lamento tener que informarles que sufrió un... ligero percance —dijo el caballero, y Elena alzó sus bonitas y doradas cejas—. Una rueda. O algo así. Recomendé a tu cochero visitar al herrero, pero al parecer no han debido de acabar su reparación.

—Las ruedas estaban perfectamente —sonrió la condesa de Bellaste—. Indudablemente es un percance de lo más inconveniente, pero si nos ofreces tu coche...

—Con mil amores.

—Entonces, vamos.

—Prefiero esperar a Gaspar —gruñó Marina.

—¡No seas tonta, mujer! ¿Quieres pillar una pulmonía? Gaspar sabe el camino de Ojeda Blanca. —Y tiró de ella, siguiendo ya a Carlos, que se había vuelto y caminaba resuelto en dirección a la plaza, haciendo señas a su cochero.

El coche se abrió paso entre campesinos, soldados y caballeros que intentaban cubrir a las damas de la lluvia, además de chiquillos que ya comenzaban a revolcarse en los charcos a pesar del frío. Carlos abrió la puerta y ayudó a Elena a subir con premura. Luego tendió la mano a Marina y ella no fue capaz de negarle la suya. A pesar de los guantes de ambos, una corriente corcoveó desde la palma de la mano hasta la clavícula cuando los largos dedos de él apretaron los suyos. Al notar la otra mano del hombre en su cintura se envaró y casi entró en el carruaje a trompicones. Se acomodó frente a Elena, cuyas amplias faldas ocupaban casi todo el asiento.

—A Ojeda Blanca, Anselmo —gritó al cochero, que azuzó los caballos casi antes de que su amo saltase al interior. Una vez dentro, Carlos pareció dudar qué asiento ocupar y, por desgracia para Marina, lo hizo a su lado.

Elena echó hacia atrás la amplia capucha de su capa y se ahuecó un poco el cabello.

—Estás tan hermosa como siempre— aduló él, mientras entregaba sendas mantas a las damas, para que se cubrieran durante el trayecto.

—¡Qué decepción! —rio la muchacha—. Diego dice que cada día estoy más bonita.

—Diego es un hombre de suerte. Y un zalamero, aunque con motivo.

—¿Verdad? —coqueteó ella, sonriendo cuando vio que Marina le lanzaba una mirada irritada. Descorrió las cortinas y echó un vistazo fuera, arrugando la respingona naricilla—. ¿Crees que llegaremos? Están cayendo chuzos. Al menos ha dejado de oler a demonios.

—El Palacio de Hidra está a mitad de camino —dijo él, quitándose el sombrero.

—¿Parar en la guarida de un corsario? —exclamó Elena, como si se escandalizase, pero sonriendo de oreja a oreja—. ¡Fantástico! He oído decir que tu casa es una ver...

—Si no te importa, Elena —cortó Marina—, prefiero ir a la mía.

—Aguafiestas.

—Señora —Carlos se giró ligeramente en el asiento para mirarla. El movimiento acercó su muslo al de la muchacha; a pesar de los metros de tela, fue como si le hubiesen puesto un ascua ardiendo—, si os preocupa vuestra reputación, debo deciros que ya lleváis carabina.

—¡Valiente carabina está ella hecha! —gruñó, ganándose la carcajada de Elena—. El padre Álvaro nos estará esperando.

—El padre Álvaro se quedó hablando con uno de los canónigos de la catedral —atajó Elena—. Si mi intuición no me falla, no lo veremos hasta que haya sacado sus buenos reales.

—De todas formas...

—¿De qué tenéis miedo? —preguntó Carlos de repente.

Lo miró a los ojos. Aquellos malditos ojos verdes que quitaban el aliento. Ojos de embaucador, de bribón. Ojos de seductor. Sonreía perversamente, sin duda burlándose de ella. Aquella sonrisa despertó en Marina una furia casi olvidada.

—¿De qué habría de tener miedo? —lo enfrentó.

—Acaso de que intente seduciros en mi... ¿«guarida» dijiste, Elena?

—¡Qué tontería!

—¿No me creéis capaz de seduciros, mi señora?

—¡Ni por un momento!

—Pero vuestras mejillas están arreboladas, doña Marina.

—El calor del coche.

—Concededme un poco de crédito. No estoy tan decrépito para no distinguir cuándo el sonrojo de una mujer se debe al calor. O cuándo a otros motivos...

Elena dejó escapar una risita y Marina la miró con ganas de asesinarla. Desde luego, él podía ser todo menos decrépito, ¡por amor de Dios!

—Sois demasiado arrogante, conde.

—Culpable.

—Y demasiado insolente.

—Culpable también.

—¿Engreído?

—Lo confieso, señora. —Su sonrisa fue un fogonazo de luz.

—Desvergonzado, cínico, impertinente, atrevido... —se irritó ella.

—¡Santa Madre de Dios, frenad vuestra lengua! —Carlos lanzó una carcajada que fue coreada por Elena—. Vais a acabar con todos los insultos del vocabulario. ¿Os queda alguno en el tintero?

—Deberían ahorcaros.

—Acepto, si eso os hace sonreír como cuando observabais el retablo en la catedral.

Marina se removió en el asiento. Parecía tener cien cardos debajo de la falda. Decidió guardar silencio, ya que cada frase que decía era atajada por un comentario pícaro, cada insulto parecía empujarlo a ser más cínico. Él se había acercado un poco más, casi sin notarlo, y el aroma a sándalo que emanaba de su cuerpo la estaba excitando sin poder remediarlo. Notaba su aliento cálido junto a la oreja, la dureza de su muslo pegado al de ella. Por un instante pensó que aquel tunante hasta sería capaz de besarla allí mismo, delante incluso de su amiga que, por otra parte, parecía estar pasándolo divinamente. ¡Ya ajustaría cuentas con ella! Para cortar el toma y daca enojoso descorrió las cortinillas y miró al exterior. Habían salido ya del centro y atravesaban en esos momentos las murallas. El aguacero se había intensificado y ella rezó para que los caminos no se hubiesen vuelto del todo intransitables.

—¿No podemos ir más aprisa?

—Anselmo sabe muy bien cómo sacar el mejor partido de los caballos con este tiempo.

—A este paso nos quedaremos en mitad de alguna vereda —dijo Marina.

—Si ello trae quedarme encerrado en este coche con dos

bellezas semejantes, creo que rezaré para que la lluvia no cese hasta mañana —sonrió Carlos.

—Y batirte con Diego al día siguiente —sonrió Elena.

Carlos lanzó una nueva carcajada. El muy maldito, pensó Marina, parecía estar pasándolo muy bien. Minutos después el aguacero perdió intensidad convirtiéndose en una lluvia fina aunque pertinaz. Durante el corto viaje Carlos dedicó su atención a la condesa y ambos charlaron animadamente sobre la última vez que se vieron. Marina parecía haber sido olvidada por ambos, y aunque eso la tranquilizó, también la enfureció sin entender la causa. Atravesaron la puerta de Ojeda Blanca y cinco minutos más tarde Inés y otro criado salían de la casa para recibirles, cubiertos con grandes mantas. Carlos abrió la puerta y saltó del coche. Inés, al ver al sujeto, hizo señas hacia la casa llamando a otro criado. La rápida orden de Marina, desde el interior del carruaje, la dejó con el brazo en alto.

—El conde de Osorno no se queda, Inés. Tiene asuntos que atender.

Carlos desplegó la escalerilla. Ofreció su brazo a Elena que lo aceptó con una sonrisa. Antes de separarse de él dijo:

—Espero que puedas venir a visitarme, Carlos.

—Lo haré si no me reciben a punta de pistola —bromeó.

—Procuraré que todas estén descargadas —le hizo un guiño y aceptó cobijarse bajo la manta del criado hasta llegar al interior.

Carlos se volvió y extendió la mano hacia Marina. Ella estuvo tentada de despreciarla, pero el recuerdo del contacto anterior le hizo sentir un hormigueo agradable en el bajo vientre. Aceptó la ayuda y puso un pie en el escalón del coche. Su tacón se dobló haciéndola caer sobre el duro pecho de Carlos y, al segundo, la tuvo abrazada para evitar la caída en el barro. Ella se quedó sin respiración y a él se le olvidó que existía el aire. Por un breve instante ambos se miraron a los ojos. No dijeron nada. No apartaron sus miradas. Ella no podía y él, maldita fuese su alma, no quería. Marina parpadeó cuando las gotas de lluvia le cayeron sobre el rostro y eso pareció hacerle despertar. Él le pasó un brazo por los hombros y otro por las corvas, alzándola como si no pesase. Pegándola más a su cuerpo corrió hacia la casa. Pasaron mil años hasta que la depositó sobre las baldosas, dejando que el cuerpo de ella resbalase sobre el suyo en una caricia solapada, excitante y seductora. El cabello de él, lo suficientemente largo para cubrirle el cuello de la capa, chorreaba, brillante y negro como el ala de un cuervo. Un mechón le caía sobre el ojo derecho, y ella, sin darse cuenta, alzó la mano y se lo colocó. Carlos cogió su mano y depositó un suave beso en la parte interna de la muñeca; el contacto la hizo inspirar de golpe.

—Ahora rehuís mi compañía, señora —lo escuchó decir muy bajito—. Puede que en un futuro no muy lejano seáis vos la que me busque.

—Cuando el infierno y el culo de Satanás se congelen, conde —le espetó ella.

Carlos se mordió los labios para no reír abiertamente ante la pícara y rápida respuesta de Marina. Cómo no, la suya fue fulminante.

—Vigilaré el trasero de Lucifer, anhelando el momento, señora.

Antes de darse cuenta de lo que había pasado, el conde de Osorno había dado media vuelta, había corrido hasta el carruaje, saltado al interior y partido.

Marina se sintió acalorada y viva cuando Inés la acompañó al interior y cerró la puerta.

7

Marzo

Fue el padre Álvaro quien llevó el panfleto. Cuando
entró en el salón, lo enarbolaba en su mano derecha como
si fuese un dictado de excomunión o una condena de la Inquisición. Su rostro, siempre rubicundo, estaba a punto de
ebullición. Lo lanzó sobre la mesa en la que Elena y Marina examinaban en esos momentos un precioso bordado que
regalarían a la capilla de Ojeda Blanca.

—¡Herejes! —escupió—. ¡No son más que unos herejes!
Menos mal que el rey los acaba de poner en su lugar.

Elena fue la primera en leer la hoja de burdo papel.

—Se ha hecho público un edicto en Burgos, firmado por
el soberano en Worms. Condena a 249 comuneros a muerte;
para los que son clérigos, otras penas. Declara traidores, rebeldes e infieles a cualesquiera que ayuden o apoyen a la comunidad. Parece que ha habido una revuelta popular y algunos muertos. Gracias a Dios que Diego no se encuentra aquí.

—¡Esos desgreñados piensan que pueden impedir que nuestro soberano obtenga lo que le corresponde por derecho! —graznó de nuevo el cura—. ¡Deberían pasar a todos a cuchillo!

Marina arrebató la hoja impresa a su amiga y leyó.

—Dicen que Adrian Florensz lo sabía desde diciembre.

—Ese hombre tiene madera de líder —intervino de nuevo el clérigo—. Nada me extrañaría que consiguiese sentarse en el sillón de San Pedro.

—Hablan de varios muertos y decenas de heridos —apostilló Elena.

—Yo hubiese pasado por las armas a todo Burgos —zanjó el cura, mientras se servía una copa de vino. La bebió de un trago—. Marcho esta misma mañana, doña Marina, si me prestáis vuestro carruaje.

—¿Por qué tan pronto?

—El deber me llama, hija mía. Doña Consuelo debe de encontrarse aterrada ante los acontecimientos y ya sabéis que mis desvelos son para con ella. Mi presencia la confortará.

—En ese caso, partid cuanto antes, padre. No seré yo quien prive de vuestra ayuda a mi cuñada. Por supuesto que podéis utilizar mi carruaje.

—Os lo agradezco, criatura. Prepararé mi bolsa ahora mismo.

En cuanto el sacerdote hubo salido del salón, Elena estrujó el panfleto y lo lanzó a la chimenea.

—Más parece que Gutenberg ideó la imprenta sólo para dar malas noticias —dijo—. Espero que las revueltas no lleguen aquí.

—Todo el país está en son de guerra —aventuró Marina—. Este edicto colma el vaso. Toledo no dejará que maten a Padilla. Y te recuerdo que aquí ya ha habido revueltas, estamos en el centro de ellas.

Elena sonrió torcidamente y se sentó junto al fuego.

—Se siente una muy extraña, siendo traidora.

—¿Qué quieres decir?

—Que mi corazón está con los comuneros, Marina. Ese edicto me atañe.

—Nos atañe a todos.

Fue a últimos de febrero cuando Juan de Padilla, con su ejército, había conseguido tomar Torrelobatón. Fueron tres días de batalla interminables donde perdieron la vida tanto comuneros como soldados realistas. Lluvia, barro y sangre mezclados a partes iguales, pero al final la ciudad se rindió. La victoria contribuyó a firmar una tregua que sólo se mantuvo hasta el 11 de marzo.

Pero en marzo, la ciudad de Toledo seguía agitada. Más que nunca, el ardor comunero ondeaba en las calles, seguros de poder vencer a las tropas del rey y obligarlos a él y al regente a aceptar las peticiones del pueblo, a pesar del edicto. La insurrección era el desayuno, la comida y la cena de muchos toledanos. Carlos se había encargado de hacer llegar a Padilla noticias sobre el estado de la ciudad, ampliando la información con la llegada de Acuña a la ciudad de Ocaña. Aunque su colaboración con los comuneros no era, de momento, activa, estaba llevando a cabo un trabajo para el que estaba dotado. El de espía. Sin duda en aquellos días agitados los revolucionarios tenían necesidad de sus contactos y, por tanto, de los conocimientos que le alcanzaban.

De todos modos no olvidaba su principal obsesión: Juan.

Aquella desapacible tarde, Carlos y Bernardo llevaban recorridas más de cuatro tabernas, siguiendo una pista tan débil como un hilo de seda, pero era la única que tenían para esclarecer el asesinato de Juan de Aranda y los motivos de su muerte. Aunque Marina Alonso se había negado a facilitarle información alguna, él no había dejado en el olvido su particular investigación.

El barrio en el que se encontraban, en los arrabales de la ciudad, estaba habitado en su mayoría por judíos conversos y antiguos musulmanes. A pesar de que se les había prometido un trato justo y la obtención de los mismos derechos que los hombres cuya religión habían abrazado, unos y otros eran llamados «cristianos nuevos», cuando no marranos y moriscos. Aunque algunas familias gozaban de privilegios, ocupaban viviendas dentro de las murallas y trataban con los señores castellanos como mayordomos, contables o consejeros, muchos otros debían ganarse la vida como podían: los moriscos trabajando en su mayoría en el campo, casi siempre en peores condiciones que los cristianos. Los judíos —a quienes no agradaba ese tipo de trabajo— optaron por la sastrería, medicina, platería... Y abrieron tiendas orfebres y vendedores de perfumes, cirujanos, físicos (médicos) y escribanos, que podían encontrarse por toda la ciudad. También era zona de maleantes —claro que por todo Toledo se podía encontrar facinerosos, ladrones y asesinos que llevaban a cabo sus fechorías por un par de monedas, o por el simple placer de rebanarle el cuello a cualquiera.

—Cincuenta maravedíes —dijo Carlos, poniendo una bolsita de cuero sobre la sucia mesa del tugurio.

El hombre que tenía enfrente lo miró torvamente, pero estiró una mano y se guardó la bolsa dentro de la sucia túnica que lo cubría.

—¿*Mádá turíd*? —«¿Qué quiere usted?»

El conde de Osorno, lejos de molestarse cuando le habló en lengua extranjera, repuso:

—Información. Me han dicho que sois capaz de saber incluso cuándo defecan las palomas que sobrevuelan la catedral.

El aludido sonrió, mostrando una dentadura picada y negra, al ver que quien lo miraba serenamente no era un alfeñique ni un idiota. Se pasó el dorso de la mano bajo las narices y sorbió con fuerza.

—¿Qué clase de información?

—Todo lo que sepáis sobre un incendio en Villa Olivares, hace un año. —El hombre se removió, inquieto—. Si vuestras palabras me agradan, puede que ganéis otras cuantas monedas.

—Poco sé de ese caso, mi señor —dijo al cabo de un momento—. Únicamente que fue provocado.

—¿Por quién?

—Hombres pagados. Lo que escuché por ahí, en alguna otra taberna o de boca de alguna puta.

—¿Qué puta? —Los ojos de Carlos, velados como la noche que ya se cernía sobre Toledo, se achicaron.

—No dije que el informador fuese una *mar-a* —dijo.

—El nombre —exigió.

—La conocen como La Andaluza, aunque en realidad se llama Esther. —Se encogió de hombros—. Es una judía conversa que trata con altos señores y les calienta la cama y la bragueta a cambio de dinero y favores. De vez en cuando se mezcla con el resto de los mortales.

—¿Dónde puedo encontrarla?

—Vive junto a Nuestra Señora del Tránsito, la vieja sinagoga. No podéis perderos, es una casa baja y blanca con ventanas y puerta pintadas de verde.

Carlos asintió. Hizo una seña a Bernardo, que le aguardaba al otro lado de la taberna y echó su silla hacia atrás para incorporarse.

—¡Hey, caballero! —El tipo le agarró de la capa—. Pague al menos un plato de comida.

El conde sacó otra bolsita de su jubón y la lanzó sobre la mesa.

—Cuida que no te corten el cuello para hacerse con el dinero —gruñó antes de salir. Bernardo estaba entregando un par de monedas a los chiquillos que les habían guardado las monturas—. Al barrio judío.

—¿Alguna pista nueva?

—Una mujer.

—¡Ja! ¿Por qué será que siempre acabamos en lo mismo? Las hembras parecen el centro del mundo.

—*Son* el centro del mundo, Bernardo.

Estaba oscureciendo y el barrio, a aquellas horas, podía resultar peligroso. Sin embargo, los dos personajes, aunque conscientes de ello, se apearon del carruaje y caminaron decididos, embozados en ampulosas y sucias capas. Una atenta mirada podría haberles puesto en un apuro, pero la incesante lluvia quitaba a los pocos transeúntes las ganas de ocuparse de otra cosa que no fuese su propia protección. El suspiro fue unísono cuando vieron la vieja sinagoga, convertida en iglesia cristiana por los Caballeros de Alcántara, a quienes les fue adjudicada. La casa que buscaban estaba muy cerca y se llegaron a ella sorteando los detritos de alguna montura, los orines y las mondaduras de fruta y pescado lanzadas desde algún balcón.

—Llama antes de que me arrepienta —dijo una de las figuras.

La otra, a pesar de la incomodidad de la lluvia, de los intensos y desagradables olores de aquella zona y de la protesta de su amiga, sonrió bajo el ala del ancho y desgastado sombrero que la cubría. Tomó la aldaba de la puerta y golpeó tres veces la ajada y desconchada madera pintada de verde.

Habían salido de Ojeda Blanca por la tarde e ido directamente a casa de Leonor Cortés, una antigua compañera de estudios de Marina. Elena no imaginó el motivo hasta que, apenas cruzar unos saludos con la dueña de la casa, ésta les hizo subir a su propia habitación. Una vez allí abrió el enorme armario y descubrió una cámara pequeña y oculta de la que sacó un par de sacos.

—¿Te importa que hoy Elena ocupe tu lugar, Leonor? —preguntó Marina mientras comenzaba a abrir los bultos.

—Por supuesto que no.

—¿Que ocupe qué lugar? —quiso saber la rubia.

Por toda respuesta, Marina le había tirado a las manos unos calzones de hombre. Luego siguió un jubón, una chaqueta de cuero y unas botas altas. Elena alzó las cejas y sonrió.

—No sé de qué se trata, pero parece entretenido —dijo, comenzando a quitarse el pesado vestido de terciopelo—. ¡Jesús, voy a estar indecente con estos calzones! —Se echó a reír—. Contadme de una vez.

—No es un juego —dijo Marina—. Debemos ir a un lugar y es peligroso hacerlo como mujer, por eso nos disfrazaremos de hombres.

Elena asintió, perdiendo la sonrisa.

—Sabes que está prohibido. La Ley lo prohíbe. Si nos pillan...

—No lo han hecho nunca hasta ahora.

—¿Quieres decir que haces esto habitualmente?

—Una vez al mes —asintió Leonor.

—Leonor suele acompañarme. Yo no podía tener estas ropas en Villa Olivares, por eso las guardamos aquí. Ayudadme con estos malditos corchetes —pidió.

Tardaron menos de quince minutos en desnudarse completamente y enfundarse en largos calzoncillos de lana sobre los que se pusieron los calzones de terciopelo oscuro, los jubones y las chaquetas de cuero. Elena, sentada en el suelo, luchaba por calzarse las botas de caña alta mientras Marina, habituada a vestirse de aquella guisa, estaba ya recogiendo su larga cabellera en una trenza, ayudada por Leonor.

—¿Puedo al menos saber adónde vamos? —preguntó la condesa de Bellaste, lista ya, mientras se miraba con ojo crítico en el espejo situado en una esquina de la amplia habitación.

—A casa de una judía.

—Bien. ¿Quién es?

—Una meretriz —dijo Leonor con una sonrisa.

Elena había abierto unos ojos como platos. Pero nada preguntó, le pareció que sería lo más acertado, de modo que guardó silencio y se trenzó también el cabello. Leonor las ayudó a recogerlo sobre la cabeza con horquillas y una redecilla. Para cuando se encasquetaron los sombreros de ala ancha y volvieron a mirarse en el espejo, a la condesa le pareció que habían cambiado tanto como dos palomas disfrazadas de lechuzas.

—Genial —musitó, calándose aún más el sombrero.

Leonor les entregó dos estoques y dos puñales. Elena vio cada vez con más asombro el modo en que la, hasta entonces, atribulada viuda de Aranda, se ceñía el acero a las caderas dejando que cayese con indolencia al lado izquierdo, y luego escondía el puñal en su bota derecha. Sin decir palabra, hizo otro tanto. Al menos, pensó, ella sabía cómo usarlos. Recogieron las amplísimas capas negras que les entregó su anfitriona.

—Julio está preparado —dijo Leonor—. No os envidio el trabajo con la noche que hace.

En lugar de salir por la puerta de la recámara, lo hicieron a través de un panel disimulado tras un tapiz que representaba una batalla romana. El pasadizo se abrió ante ellas sin ruido alguno y tras un corto recorrido bajando escaleras fueron a dar a la parte trasera de la casa, donde las esperaba un carruaje negro, cerrado, sin escudos en las puertas. Elena estaba empezando a disfrutar de aquella aventura y dejó escapar una risita entre dientes.

—Os estaré esperando con un buen vino y cordero recién guisado —sonrió Leonor al despedirlas.

—Mantén la carne caliente —retribuyó la sonrisa Marina.

Mientras aguardaban a que les abriesen, un trueno hizo retumbar hasta las piedras de la calle y las hizo respingar. Marina maldijo entre dientes con la palabra más fea que conocía y Elena rio por lo bajo. Cuando la puerta se abrió ligeramente, y por la rendija se asomó el rostro de una mujer cubierto por un fino velo, la condesa no esperó, empujó la madera y ambas se colaron dentro de la casa antes de que su dueña pudiese decir ni pío. Ya al abrigo de la tormenta, se quitaron los sombreros para sacudirlos de agua. La dueña de la vivienda movió la cabeza, asombrada.

—Están locas viniendo con esta tormenta —dijo a modo de saludo, sin extrañarse de ver a las dos damas vestidas con ropas masculinas y lanzando una mirada recelosa a la mujer rubia que no conocía.

—No es que luciese el sol cuando salimos, pero te aseguro que nada auguraba este temporal. Mi amiga se llama Elena; puedes confiar en ella como en Leonor. Ella es Esther —presentó Marina con prisas.

—¿Qué han traído? —quiso saber la judía al ver la pequeña bolsa de lona que le tendía Marina, haciendo desaparecer la desconfianza de sus ojos—. Pero antes pasen y tomen algo caliente. Déjenme sus capas.

Una vez con las empapadas prendas en el brazo, las precedió hasta el interior de la vivienda, pequeña pero limpia, atravesando un patio cubierto de tiestos con geranios mustios y una pequeña fuente seca.

—Acérquense al fuego, les serviré ahora mismo.

Agradecidas por el calor de la habitación principal, pulcramente adornada aunque sin demasiado lujo, tomaron asiento en un banco junto a la chimenea. Permanecieron en silencio hasta que Esther extendió las capas sobre una silla cerca del fuego y escanció algo que humeaba en dos peltres, entregándoselos.

—¿Cómo está el niño?

—Las medicinas han hecho un milagro —contestó la mujer, quitándose el velo y mostrando unos rasgos hermosos y morenos, de almendrados ojos oscuros, espesas pestañas, cejas perfectas y labios gruesos—. Muy pronto estará repuesto del todo, gracias a usted, doña Marina.

—Me alegro. Hay más medicina en la bolsa, pero debes administrarla con cuidado; mucha podría ser contraproducente. También hay una carta que te servirá de presentación si el niño empeorase. Él no hará preguntas cuando se la muestres. Sin embargo, estoy segura de que alguno de los hombres de tu raza podía haberte administrado el medicamento. Son reconocidos como buenos sanadores.

—Recordad, mi señora, que no soy más que una prostituta a la que buscan los castellanos. Los judíos, mi propia gente, reniegan de mí.

—Tu hijo no tiene la culpa de que debas ganarte la vida de este modo —intervino Elena, con un gesto disgustado al quemarse la lengua con el brebaje.

—No es de cristianos, como dirían ustedes, hacer pagar a una criatura por los pecados de la madre. Pero el mundo está hecho así. Yo cometí el error de enamorarme de un caballero segoviano y tener un hijo de él, como imagino le habrá contado ya doña Marina. El desgraciado me regaló el oído con palabras bonitas hasta que le dije que estaba embarazada, y luego no sólo me echó de su lado sino que me delató a la Inquisición como si yo fuese un demonio. Hube de escapar, cambiar de nombre y venirme a Toledo. ¿Qué otra cosa puede hacer una mujer sola con una criatura de pocos días?

—Podías haber buscado empleo en alguna casa.

—No era para mí, señora —negó la joven con una sonrisa triste—. Los hombres, por la calle, se me quedaban mirando embobados, me decían requiebros. Me di cuenta de que tenía la oportunidad de explotar ese potencial y lo hice. Ahora soy una de las putas más famosas de Toledo, los señores me buscan, me pagan y me hacen bonitos regalos. Gracias a eso he podido sacar a mi hijo adelante y vivir con cierta comodidad. De ahí a pedir a un judío que me ayude, va un abismo. Aunque su vida dependiese de ello, no lo harían. He deshonrado a mi casta y a mi religión.

—No debes pensar ahora en eso —dijo Marina—. Sólo en curar del todo al niño. Luego deberías pensar en la oferta que te hice para trabajar en mi casa.

La judía negó con la cabeza, recogió los peltres y los puso en un barreño, al fondo del cuarto. Cuando se volvió a mirar a las damas, sus ojos oscuros resplandecieron de gratitud con lágrimas contenidas.

—Habéis hecho por mí lo que nadie en todo Toledo, doña Marina. Es por eso que no ensuciaría vuestro apellido con mi presencia.

—¡Eso es una majadería y lo sabes! —protestó la joven.

La aldaba del portón de entrada volvió a sonar tres veces. Las mujeres se miraron entre sí. Esther les hizo unas señas para que pasaran a la pieza adjunta y se escondieran tras la cortina de cuentas de colores que separaba las habitaciones.

Mientras la judía se encaminaba hacia el patio, Elena echó un vistazo al cuarto y resopló. Era una habitación de unos doce metros cuadrados, donde una cama redonda y revestida de sábanas de seda verde esmeralda ocupaba casi todo el espacio. Enormes cojines verde claro y oscuro estaban diseminados sobre un lecho que, a todas luces, había sido diseñado para ejercer el oficio de la dueña. Había un buen número de velas distribuidas sobre una pequeña cómoda y sobre el tablero que hacía las veces de cabecero, convirtiendo la habitación en algo íntimo, acogedor y terriblemente seductor. Elena se imaginó a aquella mujer de cuerpo curvo, melena negra y suelta y rasgos exóticos, tumbada sobre la seda verde de la cama y entendió que los hombres perdiesen la cabeza por ella. La seda era una tela especial. Aún recordaba cuando Diego la llevó a aquella casa y... Sacudió la cabeza cuando escuchó el siseo que se escapó de los labios de Marina. Y se quedó definitivamente pasmada cuando reconoció la voz en la habitación contigua.

8

Carlos había llegado a casa de la judía de un humor de perros. Las noticias que había recibido después de la victoria de Padilla en Torrelobatón no eran halagüeñas. Al parecer, las tropas reales estaban preparándose para dar un escarmiento ejemplar al ejército comunero y él no había conseguido saber nada de los planes enemigos. Aquella maldita guerra no tenía trazas de acabar pronto y eso provocaría matanzas en uno y otro bando. Por si fuera poco, las escasas pistas que obtuviera sobre el incendio en el que había perecido su amigo, lo habían tenido muchos días deambulando por los peores barrios de Toledo, obligándole a mezclarse con filibusteros de la peor calaña y a mantener incluso dos enfrentamientos con arma blanca que, por fortuna, no tuvieron mayores consecuencias. Para rematar, la tormenta que se había desatado hacía un rato los había dejado a Bernardo y a él como peces recién pescados. Las calzas se le pegaban a los muslos de forma incómoda, tenía las botas llenas de agua y la capa y el sombrero eran incapaces de absorber más agua, de modo que camisa y jubón estaban también empapados.

Cuando la puerta de la casa se abrió ligeramente, no esperó a presentarse; simplemente empujó la puerta con fuerza haciendo retroceder a la mujer. La tomó del brazo, atrancó y casi la empujó hacia la pieza principal donde se adivinaba un fuego reconfortante.

Esther miró al recién llegado con interés cuando él echó la capa a la espalda, se quitó el sombrero y lo sacudió contra el muslo. Alto, delgado pero musculoso, de hombros anchísimos, estrechas caderas. Se adivinaba que debajo de aquellas calzas ajustadas y mojadas no había un gramo de grasa y sí atributos mucho más placenteros. Cuando cruzaron las miradas y se enfrentó con unos ojos verdosos con chispitas doradas sintió una ligera zozobra. Había entrado en su casa por la fuerza y su gesto fiero le hizo temer que fuese uno de aquellos hombres que gustaban de hacer el amor mientras atormentaban a la mujer con una correa o con su puño. Era una lástima, se dijo. De no haber ejercido la prostitución, lo habría gozado desde el rebelde rizo que le caía sobre los ojos a la punta de los pies. Ella entendía de hombres, era su oficio.

Carlos vio un atisbo de miedo en los almendrados ojos de la prostituta y se obligó a relajarse.

—Quiero comprar un poco de vuestro tiempo.

—Todo el que quieras —tuteó ella, incitante—, pero no ahora. Tengo otra visita —señaló las capas con la barbilla.

Carlos vio las capas y los sombreros y enarcó las cejas.

—Supongo que podrás prescindir de ellos. Pagaré su parte. La de ambos.

—No trabajo de ese modo, mi señor. No echo a mis clientes si guardan mis normas. Si tanto interés tienes vuelve en..., digamos una hora.

Los ojos del conde recorrieron con descaro el rostro de la judía. Llevaba el cabello suelto y ligeramente ondulado, oscuro y brillante como la obsidiana, cuidado. Tenía una línea esbelta, muy bien proporcionada. La ropa que llevaba, una túnica verde esmeralda ceñida a los pechos por un cordón negro, ayudaba a crear la ilusión de una diosa. Con aquel cuerpo podía conseguir lo que quisiera de un hombre. Una mujer a la que dedicar un tiempo sin arrepentirse.

—Sólo necesito dos minutos —dijo él. Cuando vio que la joven alzaba las cejas de golpe se echó a reír—. Os aseguro que para lo que estáis pensando me tomo algo más de tiempo, señora.

La judía echó una mirada rápida y nerviosa hacia la otra habitación.

—Dos minutos.

—¿Qué sabéis sobre el incendio en la hacienda de los señores de Aranda? —Como la joven parpadeó, confusa, añadió—: Villa Olivares. Hace un año.

Ahora, aquellos ojos verdes se achicaron al mirarla. Esther se preguntó si el sujeto trabajaba para algún alguacil. Aquel incendio ocurrió hacía ya algún tiempo para que aún se interesase por él la justicia.

—Sé lo que todo el mundo. Que algo prendió fuego a las caballerizas y ardieron por completo. Nada más.

—Alguien me ha dicho que podéis darme más información. Un nombre. Con eso me basta. Un nombre y os dejaré seguir con vuestro trabajo.

La joven se irguió. No quería involucrarse en aquel asunto ni deseaba que doña Marina, que sin duda escuchaba en el otro cuarto, supusiese que ella le había ocultado información sobre la muerte de su esposo. Sin embargo no vio modo de escabullirse del hombre que tenía delante.

—Guzmán de Alba —dijo con un hilo de voz.

La exclamación proveniente de la otra habitación hizo que Carlos echase mano a la empuñadura de su espada. Su confusión fue absoluta cuando tras la cortina de cuentas apareció Marina Alonso seguida por la condesa de Bellaste.

—¡Qué demonios...!

—Guzmán de Alba murió en diciembre en Tembleque —dijo la viuda de Juan—. Ahí se perdieron mis pesquisas.

Carlos no podía dar crédito a sus ojos. Marina resultaba arrebatadora incluso vestida de luto, pero embutida en calzones masculinos ajustados a sus largas y esbeltas piernas era pura lujuria. De todos modos, y aunque el amplio jubón y la chaqueta que la cubrían ocultaba sus formas de mujer y llevaba con cierto garbo una espada colgada a la cadera, era lo menos parecido a un varón que él hubiera visto en su vida.

—Supongo que tendréis una explicación —exigió entre dientes, señalando su indumentaria.

—Que no he de daros, señor mío —repuso ella—. Yo diría que sois vos quien debe explicarse.

—No hagas preguntas, Carlos —advirtió Elena.

—¿Explicarme? —bramó el conde que pareció no escucharla—. Si me hubiéseis prestado un poco de atención recordaríais que os dije que pienso dar con el asesino de Juan. Sin embargo, me encuentro con vosotras dos disfrazadas de varón, aun sabiendo el riesgo que eso conlleva. ¿Acaso queréis acabar en una celda?

—No creo haberos dado permiso para hacer pesquisas sobre la muerte de mi esposo.

—¡Faltaría más!

Bernardo entró en la pieza a trompicones, tropezando con uno de los bancos y volcándolo. Al parecer tenía algo importante que comunicar a su patrón, pero se quedó mudo cuando vio a las dos damas ataviadas como caballeros.

—¿Qué pasa?

Bernardo reaccionó con un brinco.

—Una patrulla —avisó—. Borrachos. Están revisando todas las casas buscando realistas. No creo que sea conveniente que les encuentren aquí... de esa guisa.

—¡Por los clavos de Cristo! —juró Carlos. Se volvió hacia las mujeres—. ¿Habéis venido a caballo?

—El carruaje nos espera a tres calles de aquí, en la de Panadería. No nos pareció conveniente... —trató de explicar Elena.

—Maldita sea la mente femenina —rumió entre dientes—. ¿Hay salida trasera, mujer?

Esther asintió con rapidez, recogió capas y sombreros y se los lanzó a sus dos benefactoras, internándose después en su propia alcoba seguida de los otros cuatro. Bernardo lanzó un silbido al ver la opulencia de la habitación. Cuando la judía maniobró un aplique de la pared y se abrió una pequeña trampilla junto a la cabecera de la cama, Carlos agarró a su criado por el cuello del jubón y tiró de él. Sin miramiento alguno empujó a éste hacia la abertura y luego hizo señas a las dos mujeres.

—Sácalas de aquí, Bernardo. Yo trataré de entretenerlos —dijo, mientras se quitaba la capa y la lanzaba sobre un pequeño arcón.

—Podemos ir solas —se rebeló Marina.

—Llévalas de vuelta a donde diablos quieran ir —ordenó de nuevo Carlos, aparentando no escuchar la protesta femenina, mientras se arrancaba prácticamente el jubón, quedando solamente con la camisa—. Yo me encargo de tu caballo.

Marina clavó los ojos en la camisa de Carlos, empapada y pegada al cuerpo. No hacía falta más que una ligera mirada para apreciar cada músculo de ese cuerpo granítico y extraordinariamente bien proporcionado. Cuando él se quitó la prenda por encima de la cabeza, dejando ver un torso tostado y ligeramente cubierto de vello oscuro, tragó saliva.

—Venid con nosotros —dijo—. Es arriesgado...

Carlos la tomó de los hombros, la hizo girar sobre sí misma y la empujó hacia la salida propinándole un golpe en el trasero que le hizo lanzar una exclamación ahogada. Cerró la puerta de un golpe sofocando las siguientes palabras de Marina. Mientras rumiaba entre dientes algo sobre la locura de las mujeres, indicó a la dueña de la casa que lo siguiese al otro cuarto y dejó a mano su estoque.

—Señora, representemos una obra de teatro —dijo, poniendo sus grandes manos sobre los hombros de ella—. ¿Os importa? —preguntó al tiempo que desanudaba el cordón que sujetaba la túnica de la mujer y ésta caía para enroscarse en su estrecha cintura, descubriendo unos pechos generosos acabados en cumbres oscuras. La mirada de él se hizo más verde—. Preciosos —alabó.

Esther lo miró con asombro. No cabía duda de que era un hombre decidido y de determinaciones rápidas. Durante unos segundos se sintió vulnerable, medio desnuda delante de aquel desconocido. Sus ojos almendrados y oscuros recorrieron el torso del hombre, la amplitud de sus hombros, el poder de sus brazos. Se mojó los labios, repentinamente secos, con la punta de la lengua.

—¿Estáis seguro, mi señor, de que solamente queréis una representación?

Carlos no tuvo tiempo de contestar a la clara insinuación de la joven. La puerta de la entrada saltó hacia adentro y dos segundos después ruido de botas atravesaron el patio. Abrazó a la joven contra su cuerpo y bajó la cabeza para besarla.

Cuando cinco hombres irrumpieron en el pequeño receptáculo, Carlos Arteche abandonó con cierta reticencia la boca de la judía para mirar a los recién llegados con el ceño fruncido. Para asombro de Esther, la mantuvo pegada a su cuerpo, impidiendo que los otros pudiesen ver su desnudez.

—Caballeros —su voz sonó como el filo de un puñal—, espero que tengan una explicación para entrada tan intempestiva.

Los cinco sujetos se miraron entre sí. Vestían de oscuro. Calzas de lana gruesa, botas desgastadas por el uso y capas que habían conocido mejores tiempos. Los sombreros les cubrían las facciones. Dos de ellos llevaban desenfundados los estoques.

Carlos hizo volverse a la joven para dejarla de espaldas a los hombres y la empujó con suavidad hacia su habitación.

—Espérame dentro —rogó con voz dura—. No tardaré más de un minuto. —Cuando ella hizo lo ordenado prestó toda su atención a los visitantes. Se notaba que estaban muy bebidos y él sabía, por experiencia, que un hombre que ha ingerido demasiado alcohol puede ser capaz de la peor baladronada. Aquellos cinco parecían peligrosos. Y fuera, en la calle, se oían voces airadas, protestas de los vecinos, risotadas de otros borrachos y golpes. Se preguntó cuántos hombres compondrían la patrulla y rezó para que Bernardo hubiese podido sacar a aquellas dos locas del barrio, jurándose propinarles una azotaina si él mismo salía con vida de aquella aventura—. ¿Y bien, señores? —increpó—. ¿Tanta es vuestra urgencia que no podéis esperar a que yo termine lo que he venido a hacer?

El que parecía cabecilla del grupo, un tipo tosco y corpulento, se adelantó un paso. Por debajo del ala del chorreante sombrero, Carlos advirtió un rostro picado de viruela y unos ojillos pequeños y oscuros, peligrosos a todas luces.

—No hemos venido a acostarnos con ninguna puta —gruñó—. Buscamos realistas.

—Entonces podéis largaros con viento fresco, caballeros. Aquí no hay nadie más que yo.

—Y ¿quién nos dice que vos no sois un hombre del cardenal? —se adelantó un segundo—. Tenéis pinta de lechuguino adinerado.

Carlos sonrió con sarcasmo mientras se tironeaba del lóbulo de la oreja izquierda. Puso un pie sobre una de las butacas y cruzó los brazos sobre la rodilla, notando el contacto de la daga que guardaba en la bota izquierda.

—¿Queréis referencias, señores? —se burló.

Su apostura desenfadada y cómoda y su gesto de sorna, soliviantó al cabecilla.

—Tal vez primero os rajamos y luego nos dais esas referencias —dijo, acercándose al tiempo que alzaba el acero.

El conde de Osorno ni siquiera esperó a que terminase de hablar. Lanzó una tremenda patada hacia el hombre y se oyó el ruido escalofriante de hueso partido cuando la punta de su boca conectó con la muñeca del sujeto. El hombre dejó caer el arma al tiempo que lanzaba un alarido. Para cuando los otros cuatro quisieron reaccionar, Carlos empuñaba su propio estoque en la mano derecha, y en la izquierda la daga que sacó de su bota destelló a la luz de las velas.

—Sólo dadme un motivo, caballeros —incitó. Su estatura, erguido como estaba en ese momento, su mandíbula tensa, el brillo de sus ojos y aquel tono de voz suave y peligroso, hicieron retroceder a los bandidos—. Sólo un motivo.

El cabecilla echó una rápida mirada al hombre que se les enfrentaba. Ellos eran cinco y él estaba solo. O era un loco o sabía manejar el acero como un maestro. En su fuero interno, el sujeto reconoció no sentirse lo suficientemente diestro para lidiar con un peligroso espadachín y, además, la muñeca le dolía horriblemente. Con cuidado y sin perder de vista los ojos fieros de su contrincante, se agachó para recuperar el estoque con la mano izquierda.

—La noche es muy larga, muchachos —dijo—. Hay más diversión afuera. Dejemos que Su Señoría eche su polvo a gusto.

Con cierta reticencia, los otros cuatro siguieron a su líder, sin dejar de mirar cautelosamente al conde. Carlos llenó sus pulmones de aire cuando oyó el portazo en la calle.

De inmediato tuvo a Esther a su lado. La judía tenía el semblante descompuesto y había vuelto a colocarse la túnica sobre el cuerpo.

—Sois un loco, mi señor —dijo—. Esos desgraciados podían haberos matado.

—Podrían —dijo Carlos, volviendo el estoque a su funda. Guardó de nuevo la daga en su bota izquierda y sonrió a la mujer—. Estás más bonita sin ropa.

La broma hizo sonreír a la joven. Se acercó a él y pegó su cuerpo a las duras formas masculinas, alzando la mano para acariciarle el rostro.

—Tú también —susurró.

Carlos lanzó una carcajada, se agachó y besó a la mujer en la boca. Un beso ligero, de agradecimiento. Ella ronroneó, protestando por la caricia carente de una pasión que esperaba.

—¿De veras no podéis quedaros un rato?

—De veras. Pero os debo una, señora. Tendréis noticias mías.

Esther lo ayudó a ponerse de nuevo la camisa empapada, aprovechando la ocasión para acariciar los músculos de aquel cuerpo duro y caliente, para satisfacción de Carlos. Una vez envuelto en su capa, Carlos tomó su sombrero y miró a la judía con una sonrisa pícara.

—Será mejor que salga por donde los otros —dijo—. Si lo hago por la puerta principal mi hombría va a quedar en entredicho.

La risa de ella lo siguió hasta la habitación. Antes de que desapareciese por el pasadizo, Esther tomó el rostro del conde entre sus manos y lo besó. No permitió que aquel beso fuese como el que él le había dado y ahondó en su boca con la lengua, intentando retenerlo un poco más. Carlos degustó la caricia con sumo placer, pero puso fin a la misma antes de lo que ella hubiese deseado. Luego se escabulló y escuchó cómo la joven trancaba la puerta a sus espaldas.

Se trataba de un túnel estrecho y bajo. Se golpeó la cabeza dada su estatura y maldijo con palabras muy feas. Cuando aspiró el olor acre de la calle trasera y la lluvia le salpicó con fuerza, el recuerdo de Marina y Elena en aquella casa volvió a su cabeza y su humor se agrió más. Habría sido capaz de matar a alguien en ese momento. Se encasquetó el sombrero, se cubrió con la capa cuanto pudo y echó a andar. Las voces de los borrachos que habían decidido aquella noche llevar a cabo una caza de brujas se oían próximas; en cualquier momento podían aparecer doblando una de las dos esquinas.

Aquellas batidas se venían repitiendo desde hacía meses. Por supuesto, no eran ordenadas por los alguaciles, pero los grupos de borrachos le habían tomado gusto a entrar en las casas aduciendo la búsqueda de quienes apoyaban a los realistas. Su único fin era divertirse, robar algún objeto y crear el pánico. Las autoridades no daban mayor importancia a aquellas escaramuzas y los comuneros pensaban que si pescaban a algún seguidor del cardenal tanto mejor, de modo que no habían sido perseguidas. Les venía bien hacer la vista gorda. Por otro lado, las batidas se hacían siempre en las casas de los cristianos nuevos quienes, por miedo a mayores represalias, guardaban silencio y no denunciaban los abusos. Más de un hombre había sido tajado por enfrentarse a ellos o ser encontrado donde —según los asaltantes— no debería estar. Ni pensar en lo que les podía pasar a dos mujeres vestidas de hombre.

Caminó hacia la izquierda y cruzó bajo una antorcha protegida bajo los soportales. Una figura embozada en una capa oscura y cubierta con sombrero de ala ancha se le interpuso, saliendo de detrás de una columna. Carlos frenó en seco, echó su capa hacia atrás y el acero hizo un ruido sordo al salir de la funda.

—¿Estáis bien?

El aire se le atascó en los pulmones al escuchar aquella voz. Regresó el arma a su lugar, dio dos zancadas y agarró a Marina por los hombros arrastrándola hacia el soportal del que había salido y donde, sin lugar a dudas, había estado oculta durante todo el tiempo. Sus dedos se convirtieron en garfios y la zarandeó de tal modo que el sombrero se le cayó descubriendo los ojos más gloriosos que él hubiese visto jamás.

—¡Juro por Dios que os voy a poner sobre mis rodillas y propinaros tantos azotes que no seréis capaz de sentaros en un mes!

Marina le dio un par de cachetes en los brazos para soltarse y se inclinó a recoger el sombrero, con lo que la capa se ladeó. La vista de su trasero enfundado en los calzones hizo gemir al conde. Mientras volvía a colocarse el sombrero, ocultando su cabello, le miró irritada.

—¿Qué demonios os pasa?

—¿Que qué me pasa? —graznó él—. Tengo empapados hasta los calzoncillos, señora —Marina dio gracias a que la penumbra no delatara su sonrojo—, estoy cansado, acabo de jugarme el bigote y, por si fuera poco, os encuentro en plena noche, sola, sin protección y vestida de hombre. ¿Qué sois, Marina, una temeraria o una idiota?

Ella lo miró a los ojos. Brillaban como los de un gato bajo la luz mortecina de la antorcha, verdes y seductores. No dio importancia al enfado del conde ni a la clara advertencia de aquellas pupilas que parecían prometer, de veras, una tunda.

—Olvidaré vuestro insulto, señor.

—Yo os juro que no olvidaré la azotaina —gruñó él—. Ni la que le voy a dar a Bernardo por dejaros aquí sola.

—¡Sois insufrible! No he corrido ningún riesgo, estaba bien oculta y la patrulla no ha pasado por esta calle. En cuanto a Bernardo, no ha tenido otra opción.

—No —gimió—. Supongo que no.

—Desconocéis la casa donde estamos, imagino que necesitaréis un sitio donde secaros y dormir, las puertas de la ciudad ya han sido cerradas y, además, hay que recuperar vuestro caballo y el de vuestro criado. Francamente, vos me importáis un comino, pero una buena montura no se debe dejar abandonada ¿Os parecen suficientes razones para haberos esperado?

Carlos habría querido rodear el cuello de ella y apretar. ¿Razones? Jamás había escuchado argumentos tan absurdos, como los esgrimidos por ella para explicar su permanencia en aquel lugar. Sin embargo, al mirarla a los ojos, su indumentaria tan empapada como la de él mismo, las gotitas de lluvia que se detenían sobre sus largas pestañas, sobre su nariz respingona, sobre su labio inferior, le provocaron un nuevo tirón en los riñones. Dulzura y resolución, inocencia y temperamento, candor y fogosidad. Marina era una mezcla explosiva de todo eso.

—Imaginar que estabais preocupada por mi seguridad, será sin duda una necedad, ¿verdad? Realmente, señora, ¡que vuestra inquietud recaiga sobre un jamelgo no es para levantar mi autoestima!

—Creo que ya tenéis demasiada —gruñó ella, provocando la sonrisa de Carlos.

El chasquido de un relámpago y el estrépito del trueno posterior les hizo dar un brinco. Al mismo tiempo, comenzaron a oír voces y risas provenientes de una de las calles cercanas. Carlos no lo pensó dos veces, agarró la muñeca de ella y se lanzó a una loca carrera rezando por que el sonido de las botas de ambos sobre el empedrado fuese apagado por el ruido de la tormenta.

Las zancadas de Carlos hicieron que Marina tropezase un par de veces mientras corrían, alejándose del vocinglero grupo. Parecía que iban a conseguir escabullirse cuando Carlos frenó en seco haciéndola chocar contra él. El golpe la dejó un poco aturdida, como si se hubiese lanzado de cabeza contra un muro. Al mirar sobre el hombro masculino tragó saliva. Tres embozados en descoloridas y desgastadas capas les tapaban la salida de la calle, espada en mano.

Carlos la obligó a quedarse a sus espaldas y, echando la capa sobre el hombro, desenvainó el acero. Las tres figuras se desdibujaban tras la manta de agua que caía sobre Toledo.

No medió palabra alguna. Los tres individuos atacaron a la vez. Marina ahogó una exclamación cuando el estoque de uno de ellos chocó con el del conde levantando chispas bajo la lluvia. Si hubiese sido otra mujer, con seguridad se habría cobijado en un rincón y esperado a que terminase la escaramuza, pero Marina Alonso y de la Vega había sido aleccionada por su propio padre en todo cuanto se refería a armas blancas. Aunque fuese un sacrilegio —como diría el padre Álvaro—, era capaz de defenderse medianamente bien, máxime si el contrincante que tenía delante estaba más borracho que una cuba, como parecía ser el caso. Hizo lo que debía. Blandió el acero y arremetió contra el segundo de los atacantes, que en ese momento se disponía a ensartar a Carlos, que se enfrentaba a los otros dos, por un costado. El choque fue brutal y le dejó paralizado el brazo derecho, pero consiguió hacer retroceder al mal encarado sujeto, lo suficiente como para que Carlos pudiese hacer que se replegara uno de sus rivales a tiempo de parar la estocada del segundo. Fue una lucha corta y silenciosa, animada solamente por el chirrido y las chispas de los aceros y, de cuando en cuando, por algún relámpago y el rezagado retumbar de los truenos.

Marina fue consciente de que estaban peleando por su vida y eso, lejos de amilanarla, le dio nuevos bríos. Algo dentro de ella se encendió como la pólvora y consiguió parar la segunda arremetida del individuo que, sin duda, debía creerla un mozalbete atrevido e inexperto.

Carlos perdió la concentración un segundo. Sólo un segundo, cuando la vio batirse con habilidad contra el rufián. Eso le costó no poder desviar a tiempo el filo de uno de los estoques, que le provocó una incisión en el costado izquierdo. Apretando los dientes, aterrado por la suerte de la muchacha, atacó en aspa, con tal furia, que los dos contrincantes recularon. Uno de ellos resbaló al pisar los desperdicios desparramados por la calle y el estoque del conde le atravesó limpiamente el pecho. Mientras escuchaba el estertor de dolor y veía de reojo cómo Marina ponía en fuga a su oponente, volvió a atacar —esta vez de frente— hiriendo al segundo enemigo en el hombro. El barullo de la pelea y los gritos de los heridos alertaron a parte de la patrulla, que se aproximó hacia el callejón. Algunos candiles asomaron en las ventanas de las casas adyacentes.

Carlos casi le arrancó el brazo a Marina cuando tiró nuevamente de ella y corrió hacia la calle del Hospital del Rey.

Doblaron una esquina, luego otra para despistar a los perseguidores que, como sabuesos, estaban a punto de darles alcance entre voces malsonantes y risotadas. Durante unos segundos Carlos frenó la carrera, se metió en un portal, atrayendo a la muchacha hacia sí para mantenerla oculta en las sombras y se recostó en el muro, intentando recuperar el aliento. Marina hizo otro tanto, sintiendo los latidos de su corazón desbocado. Le dolían los pulmones, que notaba ardiendo, y el brazo por el que él la estaba arrastrando por medio Toledo. Abrió la boca para decir algo. Quiso protestar. Carlos la sujetaba con tal fuerza y estaba tan pegada al cuerpo masculino que hubiese podido contar sus costillas. En ese momento vio que él se llevaba la mano al costado. A pesar de la oscuridad, le pareció que era sangre lo que corría entre sus largos dedos.

—¿Os han herido?

Él no contestó, pero la mirada furiosa que dedicó a Marina lo dijo todo. Posiblemente la habría estrangulado allí mismo con su propia cabellera, pero su irritación desapareció como por ensalmo al ver su gesto preocupado.

Carlos sentía el escozor de la estocada, sí, pero otro escozor más preocupante comenzó a ponerle sobre aviso. De repente, fue consciente de cada curva del cuerpo femenino pegado al suyo. La había envuelto en su propia capa para protegerla y ahora notaba los pechos de ella clavados en el suyo, el suave contacto de sus muslos, su aliento, el dulce aroma a jazmín que emanaba de su cabello mojado.

Marina notó el cambio en su mirada. Supo que la cólera había sido reemplazada por otro sentimiento mucho más peligroso para ella. Como el ratón que se enfrenta a una serpiente, la joven se quedó mirándolo fijamente. Sus ojos pasaron desde las verdes pupilas hasta la boca de él. Una gota fría cayó desde la techumbre hasta su propia boca y ella la lamió con la lengua, notando una repentina sequedad en la garganta. Escuchaba el latido fuerte del corazón de Carlos, sentía el calor que emanaba de su cuerpo haciendo desaparecer en parte las heladas ráfagas de viento que lanzaban la tromba de agua a uno y otro lado. Sin poder abandonar la visión de aquella boca se arrebujó más contra él, agradecida por la protección y la calidez que el musculoso cuerpo le brindaba.

—No os mováis, están cerca —dijo él.

A pesar del temporal y de la herida del costado que ya comenzaba a arderle mermando sus fuerzas, Carlos Arteche notó la temible erección que surgía bajo sus calzones. ¡Por Dios, aquella mujer iba a volverlo loco! Subió la mano hasta enredar sus largos dedos en la trenza medio deshecha de ella. La suavidad de su cabello le hizo cerrar los ojos un segundo. Enroscó la larga trenza de Marina en su muñeca y el sombrero de ella se perdió, con un revoloteo, en el suelo encharcado del soportal. Le importaron un ardite las voces de sus perseguidores, el peligro en el que estaban inmersos ella y él. Le importó un comino, incluso, su propia vida. Con un gemido de frustración tiró del cabello de ella hacia atrás para dejar expuesta la suave garganta. Agachó la cabeza para depositar un beso tierno sobre la piel que no cubría el jubón. La escuchó inhalar aire de golpe y pegarse más a él mientras la mano de Marina se apoyaba sobre su pecho con los dedos abiertos, acariciando la tela del jubón. Quería resistirse. No era lugar ni momento y ella era la viuda de quien fuese su mejor amigo. No pudo. La necesidad imperiosa de saborearla le hizo mandar la razón al infierno y se lanzó como un ave de presa hacia aquella boca que tenía tan cerca para tomarla con la suya, para beber el agua de la lluvia de aquellos labios gruesos y jugosos que prometían ser el mismo paraíso.

Marina no retrocedió bajo la avidez de aquel beso, sino que acometió con su boca la de él, abriéndola para permitir el libre acceso de la lengua de Carlos, dejándolo y animándolo a buscar, a encontrar la tibieza de su propia lengua. Se puso de puntillas para poder acceder mejor a él, se pegó más, si cabía, a su cuerpo duro, notando cómo su vibrante deseo pugnaba contra los calzones.

El conde de Osorno perdió la cabeza al notar la respuesta. Ahondó más el beso mientras que su brazo armado rodeaba el cuerpo esbelto de ella para fundirla totalmente con el suyo. Su pierna derecha se abrió paso entre las piernas de Marina obligándola a abrirlas, a recibirle, presionando su henchido y palpitante miembro contra su pubis. La escuchó jadear dentro de su propia boca y su mano voló, debajo de la capa, hacia el jubón de ella. Muchas horas después, Marina aún se preguntaría cómo él pudo deshacer los lazos y llegar al interior para abarcar uno de sus pechos. Por fortuna para los dos, el contacto de la mano masculina acariciando su pezón la hizo reaccionar y empujándolo consiguió separarse.

Carlos la miró con una mezcla de deseo, culpa y resignación. Dejó escapar un suspiro, volvió a trenzar los cordones del jubón de Marina con rapidez y la envolvió en su capa. Se agachó, recogió el sombrero que sacudió para quitarle un poco de agua y volvió a colocarle el cabello antes de ponérselo. Luego, mientras el sonido de las botas del grupo sobre el empedrado parecía alejarse, la retuvo a su lado. Una vez el grupo de perseguidores pasó de largo, se lanzaron de nuevo a la carrera. Las voces y blasfemias de los hombres se oían a menos de veinte metros. Doblaron dos esquinas más, sorteando cestos apilados junto a los portales, basuras y excrementos. El corazón de Marina trotaba en su pecho, pero ella sabía que no era por la carrera, ni por el miedo a ser descubiertos. Notaba enhiestos los pezones, los pechos parecían haber aumentado su volumen y casi le dolían. Era necesidad, simple y llana. La necesidad que Carlos había hecho renacer en su cuerpo, aquella que ella había logrado desterrar al rincón más escondido de su mente cuando supo que le estaban vedadas las caricias de un hombre porque su esposo no podía entregárselas. Ahora, sin embargo, había resucitado como resucita la lava en un volcán dormido.

Cuando llegaron a la calle donde debían estar los caballos Carlos volvió a maldecir por lo bajo. Alguien dio la voz de alarma al descubrirlos. Medio ahogada, Marina dejó que él volviese a arrastrarla a través del agua y de la noche. Ya ni siquiera sabía si respiraba y las piernas comenzaban a dolerle por el esfuerzo, pero no se permitió el pensamiento de pararse. Sabía que Carlos Arteche sería capaz de arrastrarla incluso por el suelo con tal de sacarla de allí.

Durante más de diez minutos, perseguidos siempre por el grupo, dieron vueltas. Marina creyó percibir que habían regresado al punto de partida y vio sus sospechas confirmadas cuando ante ellos apareció de nuevo Nuestra Señora del Tránsito. Ya no se escuchaban voces. Carlos había conseguido burlar a sus perseguidores y, lo que era mejor, el hermoso alazán negro de él y otro que sin duda pertenecía a Bernardo se encontraban aún atados al poste del almacén, piafando, temerosos por los ruidos de la tormenta.

Marina no preguntó. Simplemente saltó hacia delante, desató las riendas de una de las bestias y, asiéndose a la silla, se aupó sobre el animal a horcajadas, con una agilidad que despertó la admiración del conde.

Segundos después galopaban por las calles de Toledo hacia la parte norte, Carlos guiado por la muchacha. Marina se dejó caer sobre el fuerte cuello de su caballo, recuperando poco a poco la normalidad de su respiración y el bombeo del corazón. Su estado era lamentable: estaba calada hasta los huesos, dolorida y desgreñado su cabello, desparramado ahora como una capa oscura a su espalda, impulsado por la galopada. Había perdido definitivamente el sombrero, la espada y la capa —que hubo de abandonar cuando la prenda se enganchó en el saliente de una esquina—, y el jubón estaba desgarrado en una manga. Debía de parecer un pordiosero, pensó mientras que el caballo, al trote ya, les alejaba definitivamente del peligro.

Cuando pudo recuperar el control de su cuerpo cansado y vislumbró las luces en las habitaciones superiores de la casa de Leonor Cortés, se volvió hacia Carlos y se percató de que él se tambaleaba sobre la montura. Retuvo a su caballo para acercársele y estiró su brazo para tocarlo. Carlos la miró con los ojos nublados y ella supo a ciencia cierta que estaba herido. Se sintió culpable un segundo. Al instante se dijo que nadie le había dado vela en el entierro, pero a pesar de todo se sintió en deuda con él. Sin su sagacidad era muy probable que el grupo de malhechores las hubiese atrapado a Elena y a ella. Rezó por que también su amiga y Bernardo estuvieran a salvo.

Las patas delanteras de la montura del conde patinaron ligeramente en el lodo y él estuvo a punto de caer por el costado izquierdo. Marina se dio cuenta de que manejaba las riendas solamente con la mano derecha y que estaba a punto de desmayarse. La lluvia había cesado como por ensalmo y la luna llena, asomando tras el cúmulo de nubes negras y cargadas, le permitió ver la palidez de su rostro.

—Aguantad —pidió con un tono preocupado—. Ya hemos llegado.

Aseguró las riendas de su caballo con la mano izquierda, se inclinó hacia el otro animal y sujetó con fuerza los cueros.

Carlos la miró un instante, haciendo un esfuerzo para no cerrar los ojos y sumirse en la inconsciencia. Cuando vio que la puerta de la casa se abría y Bernardo aparecía por ella portando una antorcha, se dejó caer finalmente sobre el cuello de su caballo.

9

Lo primero que notó al despertar fue el lacerante dolor del costado y el olor a lavanda de las sábanas que lo cubrían. No reconoció el cuarto y durante unos segundos no supo dónde se encontraba. Se incorporó de golpe y no pudo evitar lanzar un gruñido cuando la herida le recordó su estado. Dejándose caer de nuevo sobre los mullidos almohadones, cerró los ojos, maldiciendo en voz baja.

La puerta de la recámara se abrió, dando paso a Bernardo, que llevaba una palangana y vendas.

—No debe moverse —advirtió.

—A buenas horas, mangas verdes —masculló el conde, llevándose la mano al costado—. ¿Dónde está la condesa de Bellaste? ¿Y Marina?

—Abajo.

Bernardo dejó lo que llevaba sobre la pequeña mesilla de noche y se sentó a su lado, alzando la sábana. Carlos se ladeó para mirar y volvió a gruñir al ver el vendaje que le cubría parte del torso.

—¿Ha sido mucho?

—Un rasguño —sonrió el criado—. Además, los puntos son una vainica digna de ser presentada en una exposición.

Quitó con esmero el vendaje ensangrentado, descubriendo la herida. No era demasiado aparatosa. Sangraba un poco pero no cabía duda de que alguien le había proporcionado los primeros auxilios. Esperó a que Bernardo limpiara de nuevo la herida, pusiera sobre la costura un ungüento que olía a rayos y lo tapase con un apósito. Mientras volvía a vendarle la herida miró a su patrón y sonrió al ver su gesto enfurruñado.

—No ponga esa cara, lo cogimos a tiempo aunque hubimos de subirle entre tres.

—No sabía que cosieras tan bien —dijo Carlos cuando el otro hubo terminado y volvió a cubrirlo.

—¿Yo? —Abrió los ojos como platos. Luego se echó a reír—. Ah, no, mi señor. Puede pedirme cualquier cosa, pero nada que tenga que ver con hilo y agujas, eso no es lo mío. De coser la herida se encargó doña Marina en persona.

—¡Por todos los infiernos, hombre, estoy desnudo! —Hizo intento de incorporarse de nuevo, pero las fuertes manos de Bernardo lo devolvieron sin miramientos a su lugar—. Dime que no me quitaste la ropa antes de...

—Imagino que no pretendería que lo curásemos con las botas puestas —se burló—. Por supuesto que le quité la ropa, además estaba empapada de sangre y la llevaron para limpiarla.

—Mierda.

—No es tan grave, ¿o sí? En todo caso no es la primera mujer que lo ha visto en cueros, digo yo.

Los ojos del conde se entrecerraron al mirarlo, consciente de la solapada burla y el divertimento que flotaba tras la sonrisa bobalicona.

—¿Cuánto hace que llegamos?

Bernardo echó un vistazo rápido hacia la ventana, por la que se filtraban ya los primeros rayos del mortecino sol de últimos de marzo.

—El gallo cantó hace poco, de modo que unas... doce horas.

—¡Doce horas! ¡Por Jesucristo crucificado! —volvió a incorporarse.

—Vaya, y ¿qué creía? —se enfadó Bernardo—. Perdió mucha sangre, seguramente debido a la carrera: doña Marina ya nos contó su odisea. Ni siquiera recuperó la conciencia mientras ella le cosía la herida.

—¡Maldita sea, hombre! —Echó a un lado la sábana y pasó las piernas por el borde del lecho. Un repentino vahído le obligó a cerrar los ojos—. Anoche tenía una cita a las doce. Una cita importante.

Bernardo chascó la lengua, metió la mano bajo su chaqueta de cuero y sacó un papel doblado en cuatro partes que le tendió. Carlos frunció el ceño y se lo arrebató de un manotazo. Se puso trabajosamente en pie y hubo de agarrarse a una de las columnas de la cama. Mordiéndose los labios para no soltar un gemido se enderezó.

—Doña Encarnación Solares me conoce. De la cantidad de veces que lo he esperado abajo con los caballos mientras que usted y ella... —comenzó a explicar Bernardo, pero acabó por guardar silencio al ver la mirada turbia de su señor—. El caso es que acudí a su cita y le expliqué lo sucedido. Hube de esperar una media hora y me dio eso para usted. Dijo que sabría lo que hay que hacer. La dama estaba... ocupada.

—¿Quieres decir que estaba con alguien?

—Ni más ni menos. Parece que usted no es el único al que recibe. ¡Y vuelva a la cama!

—Dame mis jodidos calzones —pidió Carlos sin hacerle caso, mientras desdoblaba el documento. Le echó una ojeada rápida y asintió. Era lo que esperaba. Ahora solamente quedaba saber si llegarían a tiempo de avisar a Padilla y Maldonado y tratar de impedir un desastre—. Quiero que busques a Guillermo ahora mismo. Tienes mi permiso para sacarlo de la cama en la que esté metido, sea de quien sea la cama. Lo necesito en el Palacio de Hidra ahora —lanzó la nota sobre la cama.

Justo cuando estaba a punto de agarrar los calzones que Bernardo le tendía, se abrió la puerta. Marina, seguida por Elena, entró en la habitación llevando una bandeja con una jarra de leche y bollos.

Carlos no se fijó en el gesto divertido de la condesa de Bellaste pero se quedó apabullado cuando vio los ojos de Marina abiertos como platos. Lanzando un improperio que debió de hacer sonar los oídos incluso a Satanás, agarró la colcha y se cubrió. Abrió la boca para decir algo más, para increpar a las dos muchachas, pero se le atascaron las palabras en la garganta. Marina se volvió con rapidez para darle la espalda y Elena, más desvergonzada, estalló en carcajadas.

—Lo siento, no pensé que...

Escuchó la disculpa de la viuda de Aranda, pero adivinó la risa contenida en su voz, y el humor de Carlos acabó por cocerse en su propio jugo. Apretando los dientes contó mentalmente hasta diez para tranquilizarse y evitar cometer un desatino. Desde luego que le importaba un pimiento que una mujer lo viese desnudo, pero nunca en aquellas lamentables circunstancias..., y sin estar con ella en la cama.

—¿Podría tener un minuto de intimidad, señoras?

—¿Para qué? —bromeó Elena—. Ya te hemos visto en cueros.

Marina tendió a Bernardo, aún de espaldas, la bandeja del desayuno, arreó un codazo en las costillas de su amiga y las dos jóvenes abandonaron la habitación con rapidez. Elena le lanzó un guiño al conde por encima del hombro. Cuando la puerta se cerró tras ellas, ambos hombres pudieron escuchar sus risas sofocadas.

Carlos miró a Bernardo soltando bilis por los ojos.

—Los calzones —pidió entre dientes.

Se vistió con toda la rapidez que su estado le permitía, jurando por lo bajo cada vez que notaba la punzada de dolor en el costado. Calzones, botas y camisa solamente —afortunadamente todo seco—, y ni siquiera se preocupó de anudarse la última prenda. A fin de cuentas aquellas dos diablillas habían visto ya más de lo que él hubiera deseado. Atravesó la habitación y tiró del pomo de la puerta para enfrentarse a dos rostros cariacontecidos. Marina bajó la mirada hacia la punta de sus zapatos, volvía a vestir de mujer y Carlos advirtió que estaba preciosa. Por desgracia, seguía vistiendo de luto. Elena, por su parte, le sostuvo la mirada mordiéndose el labio inferior para evitar estallar en divertidas carcajadas.

Carlos apoyó el hombro en el marco de la puerta y se cruzó de brazos. Una sonrisa lenta y demoníaca anidó en sus labios al mirar el rubor que cubría las mejillas de Marina y lanzó una mirada de advertencia a la otra mujer.

—Según me ha contado mi criado, debo agradecer el bordado a vos, doña Marina.

Ella levantó la mirada y no pudo remediar clavar los ojos en la extensión de piel desnuda del pecho masculino. Seda tostada, pensó. Se le volvieron a encender las mejillas al recordar lo que había visto hacía un momento. El conde de Osorno resultaba espléndido vestido. Desnudo era un pecado mortal. Su mente volvió a apreciar cada músculo de aquel cuerpo, la anchura de sus hombros, su estrecha cintura, las magras caderas, las largas y musculosas piernas... y, sobre todo, aquella otra zona que la obligó a tragar saliva cuando se enfrentó de nuevo a las profundidades de aquellos ojos que la miraban con expresión divertida. Supo lo que él estaba pensando y se ahogó en su propio azoramiento. Cuando pudo recuperar el habla dijo:

—Apenas os quedará cicatriz de la que presumir, mi señor.

—Una lástima. Pensaba pedir algo a cambio de esa herida.

—¿Algo? —titubeó ella—. No os comprendo.

Carlos clavó sus ojos en los labios de la joven y deseó con más furia que nunca poder tenerla de nuevo entre sus brazos. Se removió incómodo cuando notó el tirón entre sus piernas y cambió de posición para no dar pábulo a lo que su sucia mente estaba madurando.

—Mejor —dijo—. Agradezco vuestros desvelos. Me gustaría también dar las gracias al dueño de la casa por cobijarnos anoche, pero he de partir de inmediato. Hacedle saber que soy su servidor para lo que necesite.

—¿No pensarás irte ahora? —se escandalizó Elena—. Por Dios, tienes un tajo como una raja de melón y posiblemente fiebre. —La condesa adelantó la mano para tocarle la frente, pero Carlos le atrapó la muñeca con fuerza y su mirada se tornó fiera.

—Dejemos de jugar, Elena. La herida no es tan importante, no tengo fiebre y sí cosas urgentes que no admiten demora.

—No seas loco, la herida puede volver a sangrar. El médico dijo que deberías guardar cama al menos un día. —Dio un tirón del brazo para liberarse y luego se frotó la muñeca—. Eres un bruto.

—No tengo tiempo para estar encamado.

—Pues sería la primera vez —susurró la condesa, ganándose otra mirada irritada.

Dio la espalda a ambas mujeres, y regresó a la habitación para acabar de vestirse. Elena lo siguió, empecinada en hacerlo entrar en razón.

—Se te abrirá la herida si montas ese endiablado caballo tuyo. Bernardo, por Dios, dile tú algo.

El aludido se encogió de hombros. Demasiado conocía él a su amo como para intentar hacerle cambiar de idea.

—Entre ustedes dos no pueden hacer que se quede en la cama y ¿pretende que yo consiga convencerlo? Es como una mula parda, mi señora. Si ha decidido que partamos, partiremos.

Carlos se ciñó el acero a la cadera, metió la daga en su bota derecha y tomó la capa y el sombrero que Bernardo le alcanzaba ya.

—Por cierto —dijo como de pasada—, espero que me pongan al día sobre su descerebrada aventura de anoche. Quiero una explicación ¡y la quiero ya!

Elena se hizo divinamente la sorda y se entretuvo en quitar una imaginaria pelusilla de su amplia falda. A Marina no le quedó otro remedio que contestar, puesto que Arteche la miraba directamente, como si ya hubiese adivinado que el despliegue de la noche anterior había sido idea suya. Alzó el mentón y le sostuvo la fría mirada, aunque por dentro sintió que temblaba.

—Hay personas a las que ayudar —dijo por toda respuesta.

—Se les puede ayudar de día y vestidas decentemente.

—¿Qué tiene de indecente vestir con comodidad como un hombre? —estalló ella—. ¿Acaso vos vais indecente?

—Nada más decir aquello, sus ojos volaron sin querer a los

calzones de él por un segundo, suficiente para apreciar más de lo deseado y pensó que mejor hubiera estado callada—. Empiezo a estar harta de que todo lo cómodo sea para los varones. La ropa, el lenguaje y la libertad. Creo que nosotras tenemos dos piernas, que bien se pueden enfundar en calzones, sabemos palabras malsonantes que podemos utilizar y tenemos derecho a hacer lo que nos plazca —soltó Marina de un tirón, mientras la mirada de Carlos se iba aclarando en una mezcla de irritación y placer—. Además, no recuerdo que nadie le haya asignado el puesto de protector, señor mío. Elena es una mujer casada que solamente debe dar cuentas a su esposo y yo, por si no lo recordáis, soy viuda.

Carlos se acercó tanto a ella que se vio en dificultades para mantener su altivez y no retroceder. Con la nariz casi pegada a la suya escuchó que decía:

—Diego es demasiado blando con esta arpía y me encargaré de decirle cuatro cosas para que la tenga a mejor recaudo, señora. En cuanto a vos, no olvido vuestra situación y justamente por eso me creo en la obligación de recordaros lo absurdo de vuestra escapada. ¡Por la sangre de Cristo, vestidas de hombre! Si os hubiesen pescado, ahora podríais estar en las mazmorras del Alcázar a la espera de que os quemasen por brujería. —Alzó la mano para acallar la siguiente protesta—. ¡Chitón! No digáis una palabra más o puede que olvide que soy un caballero.

Dejando a las dos jóvenes sin habla, pasó al lado de Elena sin hacer caso de sus protestas entre dientes y se paró en la puerta. Marina lo miraba muy seria, con la boca abierta, sin acabar de creerse que estaba recibiendo un rapapolvo de un hombre al que no debía explicación alguna.

—Tenemos una conversación pendiente, mi señora, si lo recordáis. Sobre las pistas que, al parecer, estáis siguiendo acerca de la muerte de vuestro esposo. Me parece interesante aunar esfuerzos, ya que os veo decidida a tomar cartas en el asunto. Os debo una visita. ¡Y a ti, Elena, una azotaina! —dijo antes de caminar hacia las escaleras que llevaban a la planta baja de la casa, seguido ya de cerca por Bernardo.

Marina tardó un minuto largo en volver a ser dueña de sí misma. La arrogancia de aquel hombre la sacaba de sus casillas. Estaba claro que se había nombrado adalid de las pesquisas sobre la muerte de Juan.

—Es el hombre más soberbio que he conocido —murmuró, mirando a su amiga.

—¿Verdad que sí? —rio ésta, sabedora de que Marina no se estaba refiriendo exactamente al orgullo de Carlos Arteche.

10

Guillermo Alves se encontró en el camino hacia su destino con una pequeña comitiva formada por dos carruajes y varios hombres a caballo. Lejos estaba el mensajero del conde de Osorno de saber que acababa de cruzarse con el mismísimo Antonio de Acuña, obispo de la ciudad de Zamora. Acuña había salido desde Ocaña para entrar en Toledo de incógnito y apoyar la causa de los comuneros desde el mismo centro de la confrontación. Sin embargo, su llegada no iba a poder encubrirse.

El mensajero de Carlos Arteche, hombre de confianza donde los hubiera, que había guerreado junto al conde bajo las órdenes del capitán Doménico, sabía que el tiempo era crucial y estaba dispuesto a reventar su montura para entregar la misiva que el conde le confiara aquella tarde. Debía cabalgar deprisa hasta alcanzar el ejército de Padilla y entregar aquella carta lacrada. Muchas vidas dependían de ella.

Una multitud gritona, riente y exacerbada recorría las calles de Toledo vitoreando el nombre de Antonio de Acuña.

Carlos observó la turba desde lejos, acodado en una de las ventanas del piso superior de la casa de doña María Pacheco. Caballeros y labradores se unían en aquella procesión vocinglera mientras llevaban casi en volandas al obispo de Zamora que, lejos de desear aquel recibimiento, había tratado de pasar inadvertido. Pero las voces se corrieron apenas traspasar la puerta de la ciudad y el pueblo toledano en pleno salió a la calle. El obispo era literalmente arrastrado por la plebe sin que los hombres que habían custodiado su viaje desde Ocaña pudiesen hacer otra cosa que impedir que el hombre se fuera al suelo.

—Van hacia la catedral.

Carlos se giró al escuchar la voz de la mujer. Sonrió a la dama que, ataviada con un vestido de tafetán verde oscuro con bordados en las mangas, se había reclinado a su lado para ver la algarabía.

—Lo lamento, tenía la cabeza en otro sitio —se disculpó mientras se frotaba el costado que aún lo alanceaba con espasmos dolorosos—. Ciertamente, van hacia la catedral. Acuña nunca querría haber levantado este jaleo.

—Pero el pueblo de Toledo necesita líderes, señor conde, y está bien que los tenga. En estos tiempos, cualquier cosa que levante los ánimos es buena. ¿Salió ya vuestro hombre?

—Esta misma tarde. Si Dios nos ayuda podrá avisar a Maldonado y a vuestro esposo del juego que las tropas del emperador tienen previsto.

—Quiera la Santísima Virgen que puedan reunir las fuerzas suficientes para frenar el ataque —suspiró ella.

Carlos asintió en silencio. Le sabía mal seguir allí, sin hacer otra cosa que recoger información y pasarla a las tropas revolucionarias, cuando era conocedor de lo que se avecinaba. Hubiera deseado mucho más estar al lado de Padilla aunque ello significara oler la sangre de los heridos, escuchar los lamentos de los moribundos y tener que espantar constantemente las moscas que se cernían sobre los cadáveres después de cada contienda. Él no estaba hecho para ser un mero observador sino para usar su estoque al servicio de quienes creía que realmente lo merecían. Aunque había visto ya demasiadas muertes durante el tiempo en que sirvió bajo las órdenes de Doménico, sabía que España tenía la necesidad de pasar por aquel duro trance. Morir y matar para poder resurgir, más fuerte y vigorosa, plena de derechos, alejando definitivamente la opresión de un rey al que sus consejeros continuaban pintándole la península como una ubre que podía ser ordeñada hasta dejarla seca.

Sin embargo, las instrucciones de Padilla habían sido muy claras: de momento él debía permanecer en Toledo, espiar, y proteger a doña María. Sabía que la mujer estaba en el ojo de mira del cardenal Adriano de Utrecht y que, si podía, el regente daría orden de apresarla o, lo que era peor, de hacerla desaparecer. Por eso la vigilaban y apenas podía salir de casa en los últimos tiempos. La mitad de los hombres apostados en los alrededores y en el interior mismo de la casa eran pagados con maravedíes de las arcas del conde de Osorno. Flaca contribución, según él, a la causa de los comuneros, pero así estaban las cosas y como soldado que había sido, acataba las órdenes de Padilla sin rechistar.

—¿Sabéis algo nuevo sobre la muerte de Juan de Aranda?

Carlos miró a la mujer con interés, el ceño fruncido.

—¿Hay algo en Toledo de lo que no estéis informada, mi señora? —sonrió, retribuyendo al momento la sonrisa que le dedicaba.

—Lo mismo que vos, tengo mis contactos. Y me intereso por los hombres que son leales a la causa.

—Tengo que ir a Tembleque. Mi última pista acaba en esa ciudad y en un hombre que murió en ella en diciembre pasado.

María Pacheco se sujetó una guedeja que había escapado de la toca y volvió a mirar por la ventana.

—Acabarán por romperle hasta la crisma al obispo —comentó con un gesto de agobio, fija ahora la vista en la alborotadora masa de gente que seguía empujándose para llegar a la catedral—. ¿Qué sabéis de doña Consuelo Parreño?

—¿La cuñada de Juan?

—La misma.

—Poca cosa. —Carlos se retiró de la ventana y se acercó hasta la mesa ubicada en medio del salón en el que se encontraban y que no era otra cosa que el despacho y retiro de la dama, donde habían estado estudiando mapas y el mejor modo de armar una defensa de Toledo, si llegaba el caso. Tomó la jarra de vino y escanció dos copas, ofreciendo una a la mujer que, olvidando ya a la bulliciosa plebe, tomó asiento en un sofá tapizado de color cereza, a juego con las cortinas—. Aparte de que Luis se casó con ella dos años antes de que lo hiciera Juan con doña Marina, al parecer por su fortuna, no tengo demasiadas noticias de la dama en cuestión. ¿Por qué?

Doña María esperó a que Carlos estuviese acomodado frente a ella. Lo miró con atención y se dijo que, de no haber hecho los votos a Juan de Padilla (los que desde luego tenía intenciones de honrar), habría deseado que un hombre como aquel... Se obligó a cortar aquellos delirantes pensamientos y sonrió ante su propia necedad. Levantó su copa hacia él y dijo:

—Por Toledo.

—Por España —brindó Carlos, arrancando una carcajada de la dama.

—Siempre tan sagaz —alabó ella—. Como os decía sobre Consuelo Parreño...

—Aún no me habéis dicho nada, mi señora.

—No, ¿verdad? Procurad indagar su relación con un tal Álvaro de Cifuentes.

—¿Su amante?

—No lo creo. —La carcajada fue clara y revitalizante—. Es un fraile de Santa María de Huerta. Por lo que sé es su... confesor. Yo creo que algo más.

—¿Algo más? —sonrió él.

María suspiró y se le quedó mirando un largo minuto. Luego sacudió la cabeza y suspiró.

—Tenéis una sonrisa preciosa, imagino que os lo habrán dicho muchas veces.

—Os aseguro, señora —sonrió él de nuevo, como un diablo—, que las mujeres que me han dicho semejante requiebro no eran... lo que se dice... damas. En cuanto a vuestro piropo..., ¿tan mal me queréis que deseáis que me bata con don Juan, vuestro esposo?

Una risa franca inundó la recámara.

María se inclinó hacia delante hasta tomar entre sus dedos la mano izquierda del conde. Al hacerlo le dio un ligero apretón.

—Sé de buena tinta que vuestras voluntades desde que llegasteis a Toledo se dirigen hacia otra persona. ¿Me equivoco si nombro a doña Marina Alonso?

Carlos la observó con seriedad y la mujer apreció que su mirada se había vuelto más verde, lo que evidenciaba que le invadía la irritación.

—Esa mirada en un hombre sólo puede querer decir dos cosas: o bien odia a la dama..., o está enamorado de ella.

Esta vez la carcajada salió de la garganta de Carlos. Aunque quiso ser divertida, María adivinó que era amarga, que algo preocupaba a su interlocutor. Sobre todo la impulsó a no dar crédito a sus siguientes palabras.

—Por esta vez vuestra intuición os ha fallado, doña María. Con esa mujer sólo tengo en común haber sido amigo de su esposo.

—Si vos lo decís... —María se encogió de hombros.

—Lo digo.

—Pero con demasiada rotundidad. Conocí a vuestra familia y os conozco a vos, Carlos. Sois un hombre frío cuando lo requieren asuntos importantes. Siempre habéis tenido la cabeza sobre los hombros y nada ni nadie puede conseguir que os apartéis de vuestro cometido. Sé de vuestra fama de libertino. —Hizo un gesto con la mano para acallar la protesta de él—. Lo sé, lo sé, no hace falta que os defendáis. La naturaleza del hombre no cambiará aunque pasen siglos. Sois cazadores. Orgullosos, arrogantes, soberbios incluso. Rara vez admitís estar bajo el pie de una mujer. Con seguridad, vos menos que nadie —sonrió con dulzura—. Pero creo, mi buen amigo, que esta vez habéis dado con la horma de vuestro zapato.

—Os juro que...

—No juréis en vano, Carlos, luego podéis arrepentiros. Ahora debéis disculparme, pero voy a retirarme. Podéis hacer uso de mi despacho el tiempo que gustéis, si deseáis seguir estudiando las defensas de Toledo, pero yo estoy cansada y me temo que mañana puede ser un día fatigoso —dijo ella, incorporándose.

—Me quedaré un poco más, con vuestro permiso, antes de partir para Tembleque. —Se levantó a su vez y besó la mano que la mujer le tendía—. Que tengáis buena noche, mi señora.

—Y hacedme caso —insistió ella—. Averiguad lo que podáis sobre ese fraile.

Carlos la vio salir del salón y encajó los dientes. Había conseguido no pensar en Marina Alonso durante dos largos días. Dos días de lucha interna, expulsando aquella imagen de ella que, cada vez con más frecuencia, acudía a torturarlo. Las palabras de María Pacheco habían vuelto a arrojarlo a la vorágine del deseo más acuciante. La sola mención de Marina había sido suficiente para notar que su miembro cobraba vida de modo insólito. Maldijo a la muchacha, maldijo a la esposa de Padilla y, sobre todo, se maldijo a sí mismo por no ser capaz de controlarse. Se sirvió una segunda copa de vino e hizo un esfuerzo para olvidarla y centrarse en los mapas. Estuvo en casa de María media hora más y luego, arropado en capa y sombrero, salió a la calle donde continuaban la juerga y la holganza celebrando la llegada del obispo de Zamora.

Salió de Toledo hacia el Palacio de Hidra antes de que se cerrasen las puertas de la ciudad. Su deseo más inmediato era ahuyentar definitivamente la molestia de su costado y descansar.

Mientras tanto, Guillermo de Alves, ajeno al alboroto existente en la ciudad que abandonara con premura, no tuvo tiempo de acabar su cometido. Lejos había estado dos horas antes de saber que aquél sería su último trabajo para el conde. Al menos, murió sin enterarse. El puñal lanzado a su espalda se clavó silencioso y mortífero traspasando el cuero de su chaqueta y la carne y alojándose en su corazón.

El de Alves ni siquiera emitió un jadeo: simplemente falleció en el acto y su cuerpo, ya inerte, cayó de la montura mientras ésta se alejaba unos pasos. El animal, notando que había perdido al jinete se frenó unos metros más adelante. Giró el cuello y piafó, como llamándolo. Pero Guillermo no podía oírlo. Su cuerpo, desmadejado, se encontraba atravesado en el camino, caído sobre un charco de barro.

El hombre que le había dado muerte salía sin prisas de detrás de unos árboles, donde permaneció escondido largo tiempo, aguardándolo. A él también le habían dado instrucciones. Y eran las de parar al mensajero del conde de Osorno. Lo hizo como todos los trabajos que llevaba a cabo, con precisión y silencio, rodeado y abrigado por las sombras de la tarde que cubrían el bosque. Con calma, hizo adelantarse su caballo hasta el cuerpo caído. Se bajó, se acercó y golpeó el cadáver con la punta de una de sus desgastadas botas. Comprobó que realmente estaba muerto, se agachó y revisó los bolsillos de su víctima hasta encontrar lo que estaba buscando. El documento estaba lacrado, pero a él tanto le hubiese dado que no lo estuviera, porque no sabía leer. Por otro lado, el contenido le importaba un ardite. Guardó la carta en su propio jubón y, con una última mirada a la víctima, dijo:

—No era nada personal, amigo.

Volvió a montar y se alejó de regreso a Toledo, silbando una melodía escuchada en alguna taberna.

Algunas horas después, el cuerpo de Guillermo de Alves seguía enfriándose en medio del camino, mientras los insectos y algunas alimañas comenzaban a cebarse en el festín.

11

No esperaba la visita, y cuando Inés avisó de la llegada de sus cuñados lamentó que Elena no se encontrara en la casa. Pidió a Inés que la acompañase; había estado ayudando a dos de las criadas a limpiar el desván, de modo que llevaba un simple vestido oscuro, un delantal y el cabello recogido en una trenza. Casi corrieron hasta su cuarto y al llegar Inés le desabrochó el vestido y ella comenzó a desnudarse frenéticamente, tirando la prenda a un lado.

—Echa un poco de agua en la palangana —dijo—. Debo de estar tiznada de pies a cabeza. Por Dios, podían haber avisado.

Mientras Inés mezclaba el agua y un poco de perfume de rosas, ella abrió el armario y echó un rápido vistazo.

—¿Éste? —señaló Marina, mirando a Inés.

—Demasiado soso.

—¿Tal vez este otro?

—Muy delicado para recibir a esa arpía.

—Entonces éste. —Marina tomó otro vestido de terciopelo negro y lo tiró sobre la cama. Se lavó el rostro y las manos con rapidez, secándose con una toalla de lino, y alzó los brazos para dejar que Inés le pasara el vestido por la cabeza, no había tiempo para más. Se dio la vuelta, dejó que se lo abrochara y de dos patadas soltó las zapatillas que calzaba, dejando luego que su criada le calzase unos zapatos oscuros de tacón mediano—. ¿Estoy presentable? —preguntó, pellizcándose las mejillas.

—Un segundo. —Inés sacó de la cómoda una redecilla y con dos movimientos recogió la trenza de Marina sobre su coronilla y colocó la pieza—. Ahora sí. Como una reina. Están en el salón dorado.

Marina le guiñó un ojo un segundo antes de salir de la habitación y bajar a la carrera a la planta baja. Cuando llegó al salón aminoró sus largas zancadas, se alisó la falda del vestido y empujó la puerta mostrando su mejor sonrisa.

Lo primero que pensó al ver a su cuñada fue que Inés tenía buen ojo para describir a las personas. Efectivamente, Consuelo Parreño parecía una lechuguina y era fea como un demonio, se dijo. Baja, apenas mediría un metro cuarenta, y extremadamente delgada, de tez demasiado oscura y reseca. Cabello oscuro que empezaba a encanecer y ojos pequeños y ratoniles. A eso había que añadir una nariz puntiaguda y unos labios finos como una cuchillada. Por un instante, Marina se preguntó qué había podido ver Luis en ella, salvo su fortuna.

—Consuelo —alargó las manos, llamándose cínica mentalmente—, Luis. No os esperaba.

La Parreño la saludó con un beso seco en la mejilla y de inmediato caminó por la pieza, como si le molestara estar cerca de ella. Luis, por el contrario, la abrazó por los hombros y le dio un beso en la cabeza.

—Estás preciosa —alabó.

—Y por lo que veo más animada —gruñó su esposa paseándose por la habitación y observando cada objeto y adorno. Se paró frente al hermoso tapiz que cubría una de las paredes. Seda belga. Era soberbio, confeccionado con hilos de oro y plata mezclados con azules, blancos, verdes y ocres y componiendo una visión del cielo y de la tierra, con caballos al galope, que quitaba el aliento. En la esquina inferior derecha, un escudo bordado rezaba *Nunc et Semper*, Ahora y Siempre, el lema de los Alonso de Cepeda. Ella siempre había codiciado aquel tapiz y algún día sería suyo, pensó. Se volvió con desdén y se sentó en el sillón de tela dorada donde acomodó su esmirriado trasero—. Parece que el luto no ha mermado tus bríos.

—Cumplió ya el año, Consuelo, y ni a mi padre ni a Juan les hubiese gustado verme hundida por más tiempo.

Luis rio de buena gana mientras tomaba asiento al lado de su esposa.

—Tú nunca podrías parecer hundida, Marina, eres demasiado bonita. Incluso con calzones llamarías la atención de un hombre —comentó mientras se quitaba los guantes.

La joven tragó saliva al escucharlo y lo miró con cierto temor. ¿Acaso se habían enterado de...? Al ver el rostro atractivo de Luis y su sonrisa franca, se dio cuenta de que su cuñado sólo había querido regalarle el oído. Se parecía tanto a Juan que sintió un tironcito en el corazón. Luis era tres años mayor que su difunto esposo, pero a veces la semejanza había hecho pensar a la gente que podían ser mellizos. La única diferencia era que el hombre que ahora la miraba de modo apreciativo tenía ya una incipiente barriguita y clareaba ya su cabello en la frente. El resto, le recordaba a Juan. Cabello oscuro, rasgos señoriales, boca gruesa.

Inés entró en el saloncito seguida por otra criada, llevando una jarra de cristal de Venecia llena de vino, copas y platos en los que se arracimaban todo tipo de dulces. Sin una palabra, pero sacando la lengua cuando pasó al lado de Marina y dio la espalda a doña Consuelo, depositaron todo en la mesa redonda cubierta por la misma tela dorada que lucían los sillones y con la que se confeccionaron las cortinas. Hizo una reverencia a las visitas y se retiró con la otra chiquilla pisándole los talones. Marina sirvió vino en tres copas y ofreció una a cada uno, tomó la suya y se acomodó luego decorosamente en un sillón, frente a ellos.

—¿Cómo están las cosas por Villa Olivares?

—Todo perfecto. La aceituna es inmejorable —repuso de inmediato Luis, lanzándose luego a explicar las mejoras que había llevado a cabo. Marina lo escuchó con atención. A fin de cuentas él hablaba de las que habían sido sus posesiones—. Hice levantar unas nuevas caballerizas que... —De repente se puso rojo como la grana y se mordió la lengua.

Marina le sonrió para darle a entender que no pasaba nada, que el tiempo había acabado por sofocar su pena.

—Bien —dijo Consuelo, que se estaba atiborrando de mazapán. La joven no acababa de entender cómo era posible que aquella mujer comiese del modo en que lo hacía y nunca ganase un gramo. Inés solía decir que debía de tener la solitaria y acaso tuviera razón porque los platos menguaban antes incluso de que su esposo pudiese echar mano a uno de ellos—. El padre Cifuentes me dijo que tenías alojada a Elena Zúñiga en Ojeda Blanca. ¿Dónde se ha escondido?

—Ha ido a la ciudad. Quería pasarse por el mercado de verduras y elegir unas cuantas cosas.

—¿No tienes criadas?

—Le gusta hacer ciertas cosas por ella misma.

—¡Qué estupidez! —Puso gesto de asco mientras tomaba una servilleta de lino fino y se limpiaba los dedos—. Esa mujer es muy extraña, no puedo imaginar dónde la criaron.

—La condesa de Bellaste fue a mi mismo colegio, Consuelo, ¿no lo recuerdas? Nos conocemos desde niñas.

—No me refiero a eso. —Alisó la tela del poco vistoso pero costosísimo vestido que cubría su cuerpo raquítico—. Quiero decir después. Claro que... —se encogió de hombros— una mujer que ha viajado por tantos países por fuerza ha debido de tomar costumbres de infieles. Estuvo en Venecia, ¿verdad? He oído que los venecianos son muy libertinos, sus mujeres unas putas y sus...

—Vamos, mujer —terció Luis—. Eso no son más que habladurías. Venecia es una ciudad preciosa y rica.

—Y tú ¿cómo lo sabes si nunca te has movido de Castilla? —le preguntó en tono despectivo. Marina vio el sonrojo de Luis y se apiadó de él—. ¿Quién te ha hablado sobre ese lugar de vicio? —Su mirada de ratón se estrechó al desviarla hacia la muchacha—. ¿Tal vez ese disoluto, calavera, tarambana e inmoral conde de Osorno del que todo el mundo parece hablar últimamente en Toledo? Dicen que ha venido de allí.

Marina se envaró. Su espalda parecía a punto de quebrarse por lo recta que se erguía. Escuchar a Consuelo referirse a Carlos Arteche con aquella sarta de insultos hizo que le brillaran los ojos de furia. Sí, podía ser cierto que él era todo eso que decían y muchas cosas más, pero también era un hombre de honor, noble, generoso. Sobre todo valiente, fastuoso, arrebatador. Sacudió la cabeza y se obligó a relajarse. Tenía claro que el correveidile del padre Cifuentes había ido con el cuento sobre el conde. ¡Maldito cotilla! Elena acertaba respecto al fraile, parecía tener oídos hasta en el borde de la sotana.

—Tengo amigos que han viajado, querida —se defendió Luis—. Y no conozco aún al conde, pero he oído que las apariencias engañan.

—¡Es un maldito comunero! —estalló la mujer—. Como

muchos otros —sentenció, lanzando una mirada de frente a la joven—. Y tú, Marina, ¿lo conoces?

Marina se mordió el carrillo para sortear el acceso de cólera que la envolvió como un sudario y evitar contestarle utilizando palabras que le iban a doler. Un carretero podía parecer un monje a su lado cuando la bilis le subía a la garganta y en esos momentos estaba a punto de notarla en su lengua. Demasiado sabía la muy bruja que conocía a Arteche: Cifuentes debía de haberle soplado su enfrentamiento a las puertas de Ojeda Blanca. Por Luis, refrenó el deseo de poner a Consuelo en su lugar.

—Lo conozco, sí. Vino a darme el pésame por la muerte de mi padre y de Juan. Luego tuvo la amabilidad de disponer hombres armados a la entrada de la finca para protegernos de la turba que inundó las calles de Toledo en el levantamiento.

—Cuídate de él, niña. Es un depredador.

Un segundo después, como si el conde de Osorno ni siquiera hubiera sido nombrado, cambió el tema para hablar de la capilla que estaban remozando en la catedral. Marina lo agradeció. Sabía que su cuñada era una de las personas que soltaban sus buenos maravedíes para la conservación del edificio y que la entusiasmaba presumir de ello, de modo que se embutió en la conversación hasta que Consuelo decidió que la visita había terminado.

Soltó un largo suspiro cuando les despidió en la puerta de la casa, les vio subir al carruaje y éste partió directo a la salida de la finca. Acaso se estaba volviendo vieja, pensó, porque las visitas empezaban a desagradarle.

—¿Un depredador? —rio la condesa—. Vaya, por una vez esa pequeña lechuza ha dado en el clavo. La descripción se ajusta perfectamente a Arteche.

—No entiendo la causa de que estuviera tan irritable. Se portó bien conmigo mientras estuve enferma y, sin embargo, ahora —dudó—, es como si me odiase.

—Y te odia con toda probabilidad. No me gusta esa mujer, si he de serte franca, ya lo sabes, en eso coincido con Inés. No entiendo que Luis se casase con semejante arpía y mucho menos que sea capaz de soportarla.

—No es tan mala.

—Es peor seguramente, pero tú eres un alma cándida, Marina. Incapaz de matar a una mosca.

—No es lo que piensa el conde de Osorno, al parecer —torció el gesto—. ¿Te has enterado de algo nuevo? ¿Llevaste a cabo las pesquisas?

Elena la miró con atención. Su amiga estaba empecinada en averiguar más y más sobre la muerte de su esposo y aunque ella misma era una mujer a la que gustaba llevar a cabo sus propias guerras, presentía que aquella investigación podía resultar peligrosa. Diego había hecho trabajos para la Corona hacía tiempo. A pesar de que no le gustaba la palabra, había ejercido de espía y conocía a personajes nada recomendables. Y ella también. Diego había tratado de mantenerla a un lado siempre, de protegerla, pero ella era hija de su madre y había terminado por conocer a algunos de esos hombres. Dos de aquellos agentes vivían aún en Toledo y ella sabía dónde encontrarlos. Maldijo mentalmente la hora en que se le ocurrió comentarlo con Marina, porque de inmediato le había pedido colaboración. No cabía duda de que si algo extraño se había cocido en la muerte de Juan de Aranda, esos hombres serían capaces de desentrañarlo, pero seguía siendo peligroso. Por otro lado, si Diego se enteraba de sus pasos, la bronca iba a hacer época. Pero Marina era su amiga de siempre y una discusión no iba a amedrentarla, de modo y manera que accedió.

Aquel día no había estado en el mercado de verduras, sino entrevistándose con los dos agentes de Diego, en un establecimiento cercano al Puente de San Martín. Expuso el caso con claridad y les pidió que removieran un poco los posos.

—Hice lo que me pediste —asintió Elena—, pero no me gusta. ¿Qué harás si averiguas que la muerte de Juan no fue un simple accidente? ¿Qué, si nos dan un nombre? No puedes coger un estoque y retarle a duelo a orillas del Tajo, por Dios. Deberías dejar esto a Carlos, él sabrá qué hacer.

—El conde de Osorno no es nada mío. Me enseñaron a luchar mis propias guerras —dijo, utilizando el mismo pensamiento que ella—, y voy a hacerlo. La justicia está para algo, Elena. Podré denunciar a los causantes y que sean encarcelados.

—¿Y si son gentes importantes?

—Igual daría.

—No, Marina, no sería igual. Esto no es una disputa entre dos pastores por el robo de una oveja, donde con seguridad el culpable acabaría en las mazmorras. Estamos hablando de que pueda haber implicada gente de posición..., y todo esto es una simple conjetura, gente con los medios suficientes como para pasarse la Justicia, en mayúsculas, bajo la suela de su bota.

Marina se irguió en el asiento que ocupaba y olvidó definitivamente la comida que picoteaba. Sus ojos oscuros relampaguearon mirando a su amiga.

—Siempre hay formas.

—Por descontado que las hay, mujer. Puedes alquilar los servicios de un asesino y enviarlo a hacer una visita a nuestros sospechosos personajes, en el caso de que saliesen a la palestra. La pregunta es..., ¿serías capaz?

Marina dejó caer los hombros. No. Sabía que no sería

capaz, en frío, de ordenar un asesinato. Pero la rabia contenida desde la muerte de Juan, y como consecuencia de ella la pérdida de su hijo, la arrastraba, la despertaba por las noches, sintiéndose culpable, como si algo muy profundo le gritase que era su obligación hacer alguna cosa al respecto, conseguir que el alma de Juan pudiese descansar en paz.

—Ya veo que no —dijo Elena. Estiró la mano sobre la mesa y tomó la de su amiga, apretándola con cariño—. Deja este asunto para Carlos, te lo ruego. Mal que nos pese, nosotras solamente somos dos mujeres en un mundo de hombres. Sé que no es justo, que desearías vengarte por ti misma, pero él está acostumbrado a tratar con gente de la peor calaña, puede perderse en los barrios más peligrosos y enterarse de cosas a las que nosotras jamás tendremos acceso.

— ¡No quiero deberle nada! Su sola presencia me irrita.

—No es irritación y tú lo sabes. Es otra cosa. He visto cómo lo miras, Marina, no puedes remediarlo y no me extraña. Mientras le cosías la herida estabas más pálida incluso que él, por todos los santos. Carlos Arteche es una mezcla de diablo y ángel, de sinvergüenza y noble. Emana fascinación por cada uno de sus poros. Vi también el modo en que las mujeres lo perseguían en Venecia, y tú no eres de piedra. Conozco los síntomas, te lo aseguro. Reconoce que te estás enamorando de ese bribón.

Marina se mordió el labio inferior. No podía engañarla, no a Elena, se conocían demasiado bien.

No solía beber demasiado, pero en aquel momento sintió la garganta tan seca que se sirvió una segunda copa y la bebió de un trago. Fascinación. Eso era exactamente lo que sentía por el conde de Osorno. Elena acertaba de nuevo. Era algo más. Un dolor intenso en el pecho cada vez que lo veía, cada vez que pensaba en él. Y pánico.

—Tengo miedo —dijo.

—Miedo ¿de qué?

—De estar, como tú dices, enamorándome. Miedo a sufrir de nuevo. Cuando me casé con Juan era casi una niña, lo sabes, a punto de cumplir los dieciséis. Juan era guapo, elegante, bondadoso y tierno. Creí que había encontrado al hombre con el que compartir mi vida y sin embargo..., Juan no pudo darme nunca lo que yo necesitaba. Me quería, sí, pero como se puede querer a una hermana. Sé que le costó un sacrificio acceder a venir a mi lecho para dejarme embarazada, pero yo le supliqué por tener un hijo y él me lo dio. No fue una unión placentera. Yo sufría sabiendo que él aborrecía estar con una mujer. Por fortuna me quedé en estado al segundo intento y para él fue un alivio.

—Por eso escondiste tus necesidades en un arcón y tiraste la llave.

—Sí, por eso. Y ahora la caja de Pandora se ha abierto, Elena. Siento necesidad de cosas que ni siquiera sabía que existían. Pensamientos impuros.

—Deseo, Marina. Eso se llama, simplemente, deseo. Y no es nada impuro, muy al contrario, es algo hermoso, sublime. Es amor, carbonilla.

—Carlos no es un hombre que sirva para esposo. Yo no podría, sencillamente, entregarme a un truhán que me olvidara en cuanto se le cruzaran unas faldas por delante. No quiero sufrir otra decepción, Elena. No la soportaría. Por eso no quiero verlo, ni deberle nada. No puedes imaginar lo que sentí la noche en que escapamos del barrio judío y me besó en... —Guardó silencio, condenándose por haber contado más de la cuenta.

La condesa de Bellaste movió la cabeza, admirada. De modo que Carlos había tomado ya la iniciativa. Marina estaba perdida si aquel rufián se lo proponía y si ella no era idiota, se lo había propuesto desde el primer día en que la vio.

—Así que te besó.

—La verdad es que yo no me retiré —admitió la joven, un poco sonrojada—. Para ser franca, no hice amago alguno de alejarme, muy al contrario. Me asusta mi propia necesidad.

—Cariño, hazme caso. Eres una mujer viuda y, como tal, no exenta de mantener un devaneo. Toma lo que puedas de la vida, Marina. Toma lo que puedas y no mires atrás. Si Carlos es un flirteo de un mes, de dos..., aprovecha ese tiempo. Atesóralo como algo glorioso y, cuando acabe, al menos tendrás el recuerdo de ese tiempo mágico. ¿O es que quieres ser una anciana sin recuerdos?

—Un escarceo —rio sin ganas, a punto de echarse a llorar.

—Una pasión, Marina. Una pasión por la que debes luchar. ¿Quién te dice que no consigues cambiar a ese calavera hasta convertirlo en un esposo que te adore? Diego era un condenado libertino y mira ahora.

—Diego es distinto.

—Todos los hombres son iguales en lo esencial, criatura. Todos son cazadores..., hasta que son cazados. Y un libertino reformado es, seguramente, el hombre más fiel.

Marina suspiró. Tenía un nudo en el estómago. Sabía que no era una belleza, que Carlos Arteche se movía en círculos en los que había mujeres muy hermosas y, por si fuera poco, la Corte era un albañal donde la infidelidad estaba a la orden del día, donde las mujeres solteras o casadas no hacían ascos a los devaneos, donde los hombres buscaban constantemente aventuras en las que complacer sus más bajos instintos. Eso así, solapadamente, disimuladamente, como si nada sucediese, siempre guardando las formas. ¿Qué haría ella si Carlos se enredaba con otra mujer después de entregarle ella su corazón? No sabía hacer las cosas a medias y era consciente de que si se enamoraba del conde de Osorno lo haría plenamente. Amar a un hombre que no la correspondiera sería un suplicio. Sonrió con tristeza y se incorporó.

—Dejemos esta conversación para otro momento, ¿te importa? Me duele la cabeza.

Elena asintió. Ella había puesto el cebo. Ahora solamente Marina podía pescar al tiburón…, si tenía el coraje suficiente para hacerlo.

12

Abril.

La primavera había estallado como una paleta de colores. Los campos verdes plagados de margaritas y amapolas resultaban idílicos y relajantes. Y los habitantes de Mora, como los de muchas otras villas, disfrutaban de primavera y aguardaban buenas cosechas. Todo era placentero en la pequeña ciudad. Todo, hasta la llegada de las tropas imperiales.

Aquel 12 de abril fue como si Dios hubiese abandonado a los habitantes de la villa, como si algún pecado olvidado estuviese pasando factura.

Ante el acoso de los soldados del emperador enviados por el cardenal Adriano, los habitantes se refugiaron en sus casas y en las iglesias. Sobre todo en las iglesias. A fin de cuentas eran las casas de Dios, y Adriano de Utrecht un representante de Cristo en la tierra. Así que las casas de Dios parecían el lugar más seguro. La seguridad que previeron los llevó a la muerte, a una muerte horrible e inhumana.

Por toda la villa, los acosados iban a la carrera ante la inminente entrada de los soldados realistas, mezclándose los gritos, los llantos de los niños y de las madres. Unos caían, arrastrados por otros. Algunos perdieron la vida en el tumulto, pisoteados por sus propios vecinos que, locos de terror, sólo veían en la huida una forma de escapar de las armas.

Los soldados entraron a saco, sin miramientos, con la única orden de doblegar a aquellas gentes, de aniquilarlas si era preciso. Tenían que cumplir una misión y, acaso porque los que comandaban las tropas se tomaron aquella batalla como algo personal, mandaron purgar Mora. Limpiarla hasta sus cimientos. La fina llovizna benefactora que caía sobre la ciudad mezcló la paja, el barro y la sangre. Los gritos de tanta víctima ensartada en los estoques inundaron las calles, y el ruido de los arcabuces, que disparaban y cargaban de continuo, ensordecía. Los cañones redoblaron una marcha fúnebre mientras los muros volaban para caer luego, entre el gentío, en una lluvia de ladrillos y fragmentos de cuerpos despedazados por el impacto.

Era el caos. Una escena dantesca que se recordaría en la Historia. Era la muerte por la muerte, el asesinato por el asesinato, el despliegue de tropas armadas y encallecidas en mil batallas contra labradores, artesanos y unos cuantos soldados que nada pudieron hacer por evitar el desastre mientras se preguntaban si recibirían refuerzos a tiempo. Los realistas estaban sedientos de sangre, y Mora les dio cuanta quisieron, hasta hartarse, hasta emborracharse con el alcohol de la victoria, los alaridos de los heridos, las súplicas de las mujeres que trataban de proteger inútilmente a sus hijos, los insultos de los hombres que, un segundo después, morían bajo los estoques y los cascos de los caballos que los pisoteaban sin piedad.

No hubo misericordia. Ni siquiera, como se ha dicho, cuando más de tres mil personas, hombres, mujeres, ancianos y niños, alcanzaron el santo refugio de las iglesias. El cardenal había mandado tomar Mora y los soldados hicieron lo que se les ordenó. Ante las puertas cerradas de los templos, los que comandaban a los soldados dispusieron que fuesen trancadas por el exterior. Luego llegó el peor de los dictados:

—¡Prended fuego!

Durante un momento, los soldados de a pie dudaron. Dentro de las iglesias había ancianos, mujeres con sus hijos. Cierto que se habían refugiado también comuneros que les habían hecho frente al entrar en la ciudad, pero incendiar las iglesias con la gente en su interior les pareció un sacrilegio.

—¡El que no obedezca será juzgado por traición! —vociferó uno de los capitanes imperiales—. ¡Lo mataré yo mismo! ¡Prended fuego!

Para dar ejemplo a sus subordinados, él mismo empuñó una antorcha, taconeó los flancos de su caballo que lanzaba espumarajos por la boca y se acercó a una de las iglesias. Lanzó la tea, que atravesó una de las ventanas. De inmediato, prendió el fuego. Los hombres que estaban dentro trataron de sofocarlo mientras comenzaban a escucharse los llantos de las mujeres y de los niños, muchos de ellos criaturas de pecho, asustadas por el griterío. De poco sirvió su intento, porque los realistas, unos animados por la cólera y otros vencidos por el miedo a ser degollados por sus propios compañeros, encendieron antorchas y comenzaron a lanzarlas también al interior y a los tejados.

Los gritos atronaron la ciudad. Las llamas comenzaron a lamer los marcos de las ventanas, escapando al aire libre como si ellas mismas tuviesen necesidad de huir de aquel infierno en el que se habían convertido los templos. Las voces y los golpes en las puertas clausuradas de aquellos pobres desgraciados, tratando de abrirlas y escapar de los dominios de Satanás, unidos a los lamentos de quienes seguían cayendo en medio de los charcos de sangre que cubrían las calles, en el interior de las casas, en los pajares, en las herrerías, alcanzó una cacofonía que hizo vomitar a algunos soldados.

El día decayó y sin embargo, en Mora, la fresca noche de abril no consiguió envolver la ciudad en la oscuridad. Las teas ardientes de las iglesias y de algunas víctimas que consiguieron arrojarse por las ventanas, e incluso desde los campanarios, procuraban luz suficiente como para confundir el anochecer.

—¡Victoria! ¡Victoria! —gritaban algunos desaprensivos soldados.

Poco a poco, los gritos se acallaron, los lamentos cesaron y los sollozos desaparecieron mientras miles de virutas negras provocadas por los incendios volaban en todas direcciones, cubriendo de ceniza las calles de la villa. Ceniza en la que se encontraban diluidas, masacradas, incineradas más de tres mil almas.

Mientras tanto, el ejército comunero al mando del obispo Acuña, a quien los toledanos habían conseguido nombrar arzobispo, arrasaba Villaseca. Y aunque los hombres de aquél no fueron tan salvajes, Castilla debería llorar también las muertes provocadas por los comuneros.

Como en todas las guerras, irracionales, brutales e infames, nunca hay ni habrá ganadores ni vencidos, sólo perdedores. Perdió Toledo, Castilla y el mundo.

Aquellas muertes no iban a ser, de todos modos, las últimas. Acuña, que había levantado Toledo en armas, reclutando a cuanto hombre pudiese empuñar espada o arcabuz, había salido con la decisión de arrasar Villaseca. Después, salió hacia Yepes. Camino de allí les llegaron las desoladoras noticias del ataque a Mora y de la carnicería perpetrada por las tropas imperiales. Locos de furia, y aunque agotados por la reciente batalla, los hombres del ejército del ya arzobispo de Toledo —los canónigos no pudieron más que acatar el fervor popular o perecer en un linchamiento— se pusieron en marcha tras aquellos bárbaros para darles alcance en Illescas.

Sin conocer aún las fatídicas noticias, seguro de que su hombre había llegado a tiempo de avisar a Padilla sobre los planes realistas, Carlos Arteche partía de Tembleque al alba de aquel nefasto día. Había averiguado más de lo que se proponía. Según supo, curiosamente después de preguntar a un par de paisanos, el llamado Guzmán de Alba era el tercer hijo de un terrateniente de la zona a quien sus primogénitos se vieron obligados a echar de la casa paterna a temprana edad, dada su bravuconería y sus actos violentos, incluso para con sus hermanas pequeñas.

—Al parecer —le contaron—, el detonante de la decisión fue causado por el enfrentamiento del joven Guzmán con su madre, a quien golpeó salvajemente. Don Álvaro de Alba, para no incurrir en el sacrilegio de dar muerte a su propio hijo, lo puso en el camino sin más fortuna que un caballo famélico y la ropa que llevaba puesta, advirtiéndole que si se presentaba otra vez ante su vista, no tendría reparos en ensartarlo con su acero.

Le dijeron también, porque era de dominio público en la villa, que el joven regresó dos años después presumiendo de montura, ropajes y bolsa lo suficientemente llena como para invitar a cuantos en las tabernas se encontrara. Que asomaba a los lupanares, fornicando con cuanta prostituta se le puso por delante, emborrachándose hasta caer rendido en plena calle y enfrentándose a todo hombre que tuviese a menos de diez metros. Por desgracia para Tembleque y para la propia familia De Alba, el padre del joven había contraído unas fiebres el año anterior y ya no era capaz de plantar cara a tan despreciable sujeto. De eso hacía ya cinco años.

—¿Y sus hermanos? —había preguntado el conde.

—Los dos hermanos mayores no se encontraban aquí —repuso el hombrecillo al que había invitado a beber mientras le narraba la historia—. Tenían sus propias tierras en Valencia y no fueron de ayuda. Dos años antes de su muerte, en diciembre del año pasado, durante la noche de Navidad, a manos de un matasietes granadino, se había aliado con dos truhanes de la peor especie.

Quienes hablaron con Carlos y le contaron, dijeron que sabían, de buena tinta, que el joven Guzmán y aquellos dos rufianes vendían sus aceros al mejor postor, ya fuese realista o comunero.

—Íñigo de Albarra y Darío Bonetti, un cabrón italiano con la cara picada de viruela —le había indicado su último confidente—. Andan por Toledo, según he oído, donde huyeron tras la muerte del De Alba.

Finalizadas las pesquisas y con una esperanza en el corazón de encontrar a aquellos hombres y clarificar el asesinato de Juan, Carlos azuzó a su caballo. Una espesa niebla cubría los caminos como una mortaja, provocándole la alucinación de sentir que estaba solo en el mundo. Apenas distinguía la vereda y hubo de procurar que su montura no tropezase en algún socavón o algún tronco caído; se arrebujó más en su capa para protegerse de la humedad de la madrugada y pensó en cuanto había conseguido averiguar acerca de Guzmán de Alba y sus dos secuaces. Tenía que dar con esos individuos y acabar de una vez por todas con aquel enfangado asunto. Sobre todo, tenía que volver a ver a Marina Alonso, tranquilizarla en cuanto a las investigaciones y procurar que la muchacha no volviese a meterse en jaleos. Le dañaba incluso pensar que a ella se le pudiera haber ocurrido viajar a Tembleque para buscar pistas sobre De Alba. Lo que era peor, que hubiese tratado de dar con el sinvergüenza en el supuesto de que hubiese estado aún con vida. Pensar en ella le provocó un sentimiento extraño, desconocido e inquietante. Siempre había pensado en las mujeres como deidades del placer en las que un hombre podía perderse unas horas, unos días o, en el mejor de los casos, unos meses. Con aquella toledana morena de ojos rasgados de color chocolate, anudar su vida a ella incluso meses le parecía insuficiente. Marina provocaba en él una congoja extraña, un amargor y una pesadumbre que le tenían en vela por las noches. Aunque le pesase, la viuda de Juan de Aranda había puesto su vida patas arriba. Le embargaba también un instinto de protección desconocido hasta entonces. Estar alejado de ella por sus obligaciones le estaba costando un triunfo. Sentía la imperiosa exigencia de tenerla cerca, de contemplar aquellos ojos grandes y oscuros, un mechón siquiera de su cabello de obsidiana, su figura grácil, su gesto altivo y casi insolente..., su boca. Recordar la noche en que la besó, en que la tuvo tan pegada a él que parecían estar fundidos, le provocó una erección inmediata.

Tenía que poseerla.

Así de simple.

Poseerla y quitársela de la cabeza de una vez por todas.

Tenerla en su cama, desnuda, mojada y ardiente, sumisa y deseosa de sus caricias. Con seguridad después de saborearla, olvidaría aquella obsesión por la muchacha y podría centrarse en lo que realmente importaba en aquellos días. No era una joven virgen, sino una hembra ya experimentada que había yacido al menos una vez con su esposo y ¡sabía Dios cuántas! con el hombre que consiguió dejarla embarazada, de modo que las sacudidas de culpa por su deseo hacia ella no tenían cabida.

Por algún peregrino sortilegio, sin embargo, supo, nada más pensarlo, que tenerla una vez no iba a ser suficiente. Agradeció la repentina lluvia que comenzó a caerle encima cuando se despejó la niebla y que, al calarlo hasta los huesos, le hizo pensar en otras cosas y olvidar, momentáneamente, la imagen de la mujer.

13

—¡Dios!

El bramido debió de oírse incluso en la mismísima catedral.

Apenas desmontado del caballo cuando llegó al Palacio de Hidra, Bernardo le puso sobre aviso acerca de los últimos movimientos de Elena Zúñiga. Carlos había decidido que no podía fiarse de la mujer del conde de Bellaste y, por tanto, de Marina. Por eso había mandado a Bernardo vigilar los pasos de las mujeres. Y el joven, como siempre eficaz, le pasaba su informe, aunque en aquella ocasión mejor hubiese sido que fracasase en su cometido porque lo que acababa de contarle era como para degollar a ambas.

—Luciano Fuertes y Rosendo de Cervera, según he sabido, siguen en activo —dijo Bernardo.

—¡No van a estarlo, por los clavos de Cristo! —masculló el conde—. Siguen siendo hombres de Diego. ¡Por todos los infiernos! ¿Pudiste escuchar algo?

—No demasiado —dijo Bernardo, y sirvió una copa de

vino especiado que el conde tomó y vació de un trago, lanzándola luego contra la chimenea, provocando un chisporroteo—. Pero lo suficiente como para saber que ella hablaba de Juan de Aranda.

Carlos se dejó caer en un sillón y cerró los ojos. Durante un momento trató de serenarse, pero lo que acababa de contarle el otro era como para enfurecer a cualquiera. ¿Qué demonios pretendía Elena entrevistándose con los dos hombres de Diego, sino llevar las pesquisas por su cuenta? Todo era, sin lugar a dudas, idea de Marina Alonso. Aquella mujer no tenía remedio, se dijo. Iba a conseguir que le cortasen el cuello, y a él se le acabarían las preocupaciones de una puñetera vez. Suspiró con fuerza y miró a Bernardo.

—¿Qué puedo hacer con esas dos locas?

—Si fuesen mis mujeres les dejaría el cuerpo morado a palos, pero ni lo son..., ni son las suyas, señor —sonrió el joven.

—¡Dios no lo quiera! —gruñó, incorporándose y comenzando a caminar de un lado a otro como una fiera enjaulada—. Compadezco al pobre Diego por haberse casado con una arpía como Elena y al hombre que acabe liado con la viuda de Aranda. ¿Algo más?

—Esta mañana ambas tuvieron otro encuentro con el de Cervera, en pleno mercado. Disimuladamente, he de decir. No pude escuchar nada.

Carlos asintió con la cabeza.

Los golpes desaforados en la puerta de la biblioteca fueron seguidos por la entrada de uno de los criados. Justo Bermúdez, de unos sesenta años, con incipiente calvicie y ligeramente encorvado, llevaba al servicio de la familia Arteche desde hacía más de cuarenta años. Otro no se hubiese atrevido ni por todos los maravedíes de Castilla a entrar sin tener el permiso del conde: todos los que estaban en aquella hacienda sabían que cuando el amo y Bernardo se encerraban en la biblioteca no debían ser molestados.

—Señor..., un mensajero...

—Yo mismo me presentaré, anciano —dijo el hombre que llegaba tras él, quitándolo de su camino e irrumpiendo hasta el medio de la pieza. Era alto y delgado, de tez aceitunada y ojos grandes. Vestía de paisano, pero se veía que había entrado en combate hacía poco por sus ropas ajadas y sucias y el vendaje que tenía en el hombro y que se apreciaba debajo de la capa. Al llegar frente a Carlos se quitó el sombrero e hizo una corta y seca reverencia con la cabeza—. Traigo un mensaje del arzobispo.

—¿Quién sois?

—Mi nombre no es importante, señor —dijo—, pero las nuevas sí lo son. Acuña y nuestro ejército acampan cerca de Illescas. —Carlos frunció el ceño y el hombre continuó—: Hemos cercado a los soldados realistas. Mora ha caído. —Encajó los dientes y parpadeó con rapidez para evitar que los ojos se le inundasen de lágrimas—. Con seguridad no queda un alma viva en la ciudad.

—¡¿Qué?!

—Han arrasado cuanto había en ella. La han destruido... —Tragó para deshacer el nudo que tenía en la garganta—. Según los informes que nos llegaron, más de tres mil personas, entre ellas mujeres y niños, han sido quemadas dentro de las iglesias.

La noticia hizo tambalearse al conde de Osorno. Miró a su interlocutor sin verlo, aturdida su mente por la escena que el recién llegado describiera.

—¿Padilla? —preguntó con un hilo de voz.

—No se presentó. Nadie acudió en ayuda de Mora, señor.

—Pero debería haber... —Carlos se pasó la mano por los ojos.

—Si queréis decir que el general debería haber sido avisado... —Tendió a Carlos una cadena que sacó del jubón—. ¿La reconocéis?

Bernardo nunca había visto a su amo tan enfurecido. Parecía a punto de matar. Le vio tomar la cadena que le tendían y mirarla con atención, estrujándola después entre los dedos.

—¿Dónde lo encontraron?

—A unas diez leguas de Toledo. Lo acuchillaron por la espalda. Lo lamento.

Arteche sacudió la cabeza. No podía creerlo. El mundo se estaba derrumbando. Claro que aquello era una guerra, no un juego de niños.

—Quienes lo lamentan son, sin duda, los de Mora. Guillermo de Alves era un soldado y, como tal, conocía los riesgos. ¿Alguna orden del arzobispo?

—Ninguna, mi señor. Únicamente daros a conocer los hechos.

El gesto del conde fue tan fiero que el enviado de Acuña incluso retrocedió un paso.

—Juro que daré con el traidor. Decídselo al arzobispo.

El enviado asintió con la cabeza, dio media vuelta y salió de la biblioteca, seguido por Justo, que cerró la puerta a sus espaldas.

—¿Queréis...?

—No quiero nada, Bernardo. Déjame solo ahora, no soy buena compañía en este momento. Y manda que me traigan una botella de vino. O mejor dos.

Bernardo asintió en silencio y desapareció.

Cuatro horas después, el conde de Osorno miraba fijamente el fondo de la última botella, totalmente vacía.

A pesar del alcohol ingerido, la furia y la exasperación no permitieron que su cerebro se embotase y olvidara las apocalípticas escenas que sacudían su cabeza con violencia, imaginando el sufrimiento de aquellos desdichados ardiendo como teas humanas. Se juró una y mil veces dar con el traidor que había hecho asesinar a Guillermo y, con él, a los habitantes de Mora. Por fuerza debía de ser alguien que había podido acceder al contenido del mensaje que él recibiera respecto a la intención de los realistas de atacar la ciudad. Vigilar sus pasos y adivinar que el hombre que salió del Palacio de Hidra portaba sus órdenes para Padilla y Maldonado, no debió de resultar difícil.

Sabía que no era culpable de nada, que en la guerra sucedían cosas como ésa. Debería estar ya acostumbrado, no en vano se movía en círculos donde el espionaje y la felonía eran el pan de cada día. Y aun así, era incapaz de encontrar un poco de serenidad. El mundo estaba loco. Primero odió intensamente al rey, por provocar que su pueblo se levantase en armas con el fin de acabar con sus abusos. Luego odió a Padilla por enarbolar la bandera de la revolución, arrastrando al pueblo a luchar y a morir. Después, la lástima le hizo odiarse a sí mismo. Rozaba ya la treintena y había visto tanto horror en su vida, tantas muertes, que los sucesos de Mora parecieron colmar el vaso. Posiblemente debido al alcohol, aunque seguía notándose sereno y lúcido, se preguntó qué diablos quería él de la vida, para qué era útil una existencia dedicada a la guerra y al acecho. Tenía edad suficiente para olvidarse de todo lo que no fuese fundar una familia y engendrar un hijo que heredase sus tierras y, si Dios les ayudaba, una nación más justa. Y eso era lo que iba a hacer en cuanto acabase aquella maldita contienda. No antes. No podía. Su obligación por el momento era colaborar para conseguir un gobierno equilibrado.

Se dejó caer en el sofá y cerró los ojos, soltando la botella que cayó sin apenas ruido sobre la mullida y lujosa alfombra de la biblioteca. Notaba en cada uno de sus músculos el cansancio de tanta infamia y perfidia.

—Necesito a Isabel —murmuró para sí mismo, en voz alta.

¿Por qué no? Hacía casi dos meses que no veía a la mujer. Pero ahora necesitaba, perentoriamente, abandonarse en los brazos de una hembra e Isabel Velarde era una de las cortesanas de elite, una mujer hermosa, profundamente conocedora de los hombres, capaz de hacer olvidar entre las sábanas de su lecho incluso el nombre de uno mismo. Por lo que sabía, después de que él tuviese aquellos tres únicos escarceos con ella, la mujer había aceptado la protección de alguien importante en la Corte. ¡Le importaba una mierda! Se la quitaría a aquel lameculos, como se la quitó al obispo, y volvería a gozar de su cuerpo. Sobre todo, olvidaría la guerra por unas horas. Decidió que le mandaría una nota a la mañana siguiente. Dado que Padilla le conminaba a seguir en Toledo, sin poder medir su estoque con los soldados del emperador, bien podía matar el tiempo con la dama..., o con el imbécil que intentase impedirlo.

Y de paso, olvidarse también de Marina Alonso.

Sabía que era una locura, que con seguridad podía poner su nombre y el de la familia de su difunto esposo en entredicho, pero no le importaba. Y no podía esperar. O no quería, que para el caso era lo mismo.

Internamente, mientras Inés le conseguía ropa de una de las criadas y la ayudaba a vestirse, sabía que estaba tratando de engañarse a sí misma, lo que resultaba estúpido a todas luces. Para cuando salió de Ojeda Blanca montada a caballo y envuelta en una raída capa oscura, el cabello recogido en dos trenzas y cubierto por una toca tan oscura como el vestido usado que llevaba, y después de ordenar a Inés que de aquello ni una palabra a Elena, que ya se encontraba descansando en su habitación, sabía perfectamente el motivo por el que había decidido viajar a aquellas horas hasta el Palacio de Hidra. Facilitarle a Carlos Arteche los dos nombres conseguidos por los agentes del conde de Bellaste, era una torpe excusa.

No quería esperar a saber más sobre la muerte de Juan, pero se daba cuenta de que la verdadera causa de ir a la guarida del león no era otra que la de ver al conde. No tenía claro cómo iba a explicarle su presencia a aquellas horas, cuando las sombras casi habían cubierto los campos y ya comenzaban a vislumbrarse algunas luces a lo lejos, en la ciudad. Con toda seguridad él la llamaría estúpida y sabía Dios qué cosas más, pero tampoco importaba.

Elena había conseguido hacerle ver las cosas con otro color. A fin de cuentas, ¿quién iba a imaginar que una criada pudiera ser otra cosa que eso, un sirviente con un encargo? Los criados iban y venían, a veces a horas intempestivas, de modo que podría pasar inadvertida para cualquiera. La capucha que le cubría el rostro, sus ropajes y el mediocre caballo que habían sacado entre Inés y ella de las cuadras, resultaba disfraz más que suficiente. Y cuando tuviese frente a ella a Carlos, sabría a ciencia cierta si sería capaz de hacer lo que se había propuesto.

Tembló bajo la capa mientras el caballo la acercaba al Palacio de Hidra, apenas distante cinco leguas de Ojeda Blanca. Se dijo entre dientes que era el frío de la inminente noche y la niebla que comenzaba a cubrirlo todo como un sudario. Pero sabía que no era eso, sino enfrentarse con Arteche y saber si él la deseaba con tanta intensidad como ella.

Elena tenía razón, era viuda, no debía dar cuentas a nadie y tenía derecho a conocer la felicidad aunque ésta durase solamente una noche. Si el conde de Osorno pensaba por ello que era una vulgar ramera, poco o nada importaba. Marina estaba decidida a dejarse arrastrar por el deseo. Una noche. Una sola y única noche.

Se mordió los labios cuando la divisó frente a ella, escapando de la bruma, la enorme edificación, la inmensa escalera doble de piedra. Frenó la montura y, por un instante, estuvo tentada de volver grupas. Luego alzó el mentón, irguió los hombros y espoleó los flancos del animal. La suerte estaba echada y pasara lo que pasase no se iba a volver atrás.

Fue Bernardo quien abrió la puerta.

—Buenas noches, señora —saludó, mirándola fijamente.

Marina no dijo nada, de repente se le habían atascado las palabras en la garganta. Tampoco dijo nada más el joven Bernardo, y después de un largo momento mirando a los ojos a la muchacha se hizo a un lado, invitándola con un gesto a que traspasara el umbral. Cerró la puerta y caminó hacia el pasillo de la derecha sin mirar atrás, seguro como estaba de que ella lo seguía. Cuando llegó a destino giró el picaporte, cediéndole el paso.

—Me encargaré de vuestra montura —dijo en un susurro.

Marina dudó un instante y miró al ayudante de Arteche. Él movió la cabeza con pesar, la empujó con delicadeza y cerró la puerta tras ella. El ruido de la madera hizo que la joven sintiese un escalofrío. La habitación era amplia, de altos techos, con pocos muebles; de inmediato se dio cuenta de que Bernardo la había hecho esperar en la biblioteca. Se trataba de una pieza rectangular ocupada en tres de sus paredes por estanterías que subían hasta el techo, profusamente adornada con pinturas que representaban escenas del

Antiguo Testamento. Una escalera de mano corredera daba acceso a las obras que estaban colocadas en la parte superior. Había espacios vacíos, pero la cantidad de libros y legajos era impresionante. Una enorme mesa de nogal repleta de mapas abiertos, un juego completo de escribanía y una lámpara que lanzaba retazos de luz entre las sombras de la recámara, convirtiendo el lugar en un sitio acogedor y terriblemente masculino. Una inmensa y mullida alfombra cubría buena parte del suelo. Los sillones eran grandes y se adivinaban cómodos, pero ella no se atrevió a sentarse. La tapicería, de un tono hueso, hacía juego con las pesadas cortinas que cubrían en parte los ventanales que daban a la balaustrada desde donde se divisaba el jardín, contrarrestando la oscuridad del resto de la habitación. Llena de curiosidad, se acercó a una de las estanterías y tomó una de las obras. Muy nueva, seguramente recién editada. Sin embargo había facsímiles antiguos que le llamaron la atención. Dejó el libro y tomó uno de tamaño medio, encuadernado en terciopelo. Estaba miniado, escrito con una caligrafía que sólo podía haber sido ejecutada por monjes. Las tapas eran una verdadera joya de artesanía y los grabados tan espléndidos que le quitaron el aliento. Soportando el peso del libro lo hojeó mientras se paseaba por la biblioteca, tratando de calmarse un poco.

De pronto, sus piernas toparon contra algo y a punto estuvo de caer. Retrocedió un paso y se quedó atónita, mirando lo que la había hecho tropezar. Primero sintió que el aliento escapaba de su cuerpo; luego parpadeó, sin acabar de creerse lo que estaba viendo.

Carlos Arteche se encontraba tumbado en el sofá, totalmente ajeno a su llegada. Se preguntó la causa por la que Bernardo no la avisó de su presencia en la habitación. Sin poder remediarlo lo miró a placer. El conde estaba totalmente dormido. Tenía una pierna estirada sobre el sofá y la otra doblada. Uno de los brazos sobre la frente mientras el otro caía hacia el suelo, con el que había colisionado. La penumbra en la que estaba sumido le hizo parecer un ser irreal, novelesco..., y terriblemente atractivo. Un mechón de cabello rebelde le caía sobre uno de los ojos, su rostro se había dulcificado durante el sueño, y parecía más joven, más asequible. Marina tragó saliva al fijarse en la porción de piel desnuda que se vislumbraba debajo de la camisa abierta.

No pudo precisar el tiempo que estuvo allí, como una necia, bebiendo con los ojos aquel cuerpo sólido. Se sintió tentada de alargar la mano y acariciar aquella piel morena que se adivinaba caliente al tacto, cubierta por un vello oscuro que se perdía bajo la tela. Decir que Carlos Arteche era un ser hermoso tal vez resultaba demasiado, pero no cabía duda de que era un hombre que emanaba poder y seducción por los cuatro costados. Un hechicero creado para tentar a cualquier mujer.

Entendió, en ese instante, por qué siempre tenía tantas faldas rondándolo.

Carlos, sumido en un duermevela, había oído el ruido de la puerta al ser abierta y cerrada, pero en un principio pensó que era Bernardo y continuó como estaba, los ojos cerrados, inmerso en sus propios demonios interiores. Se había dormido unos instantes solamente para ver, en sus sueños —o sus pesadillas—, la imagen de Marina Alonso pegada a su cuerpo. La fantasía resultó tan real que hasta pudo percibir el sabor de la boca de ella en sus labios y exhalar el perfume a jazmín. Tan auténtico, que su cuerpo reaccionó como lo hiciese aquella noche, cuando las formas maleables del cuerpo femenino se plegaron a las sólidas de él. La erección le resultó casi dolorosa y le hizo despertarse, y en ese momento oyó un susurro de tela, unas suavísimas pisadas sobre las baldosas no cubiertas por la alfombra y el leve ruido que hacía la retirada de un volumen.

Había abierto un ojo esperando ver a alguna de las criadas. Sufrió una sacudida al reparar en que la persona que dcambulaba por su biblioteca, tan cerca de él que casi podía haberla atrapado alargando una mano, no era otra que la deidad que ocupaba su quimera. Se quedó paralizado un segundo. Cuando ella se volvió, sosteniendo un libro que parecía demasiado pesado para sus manos, volvió a cerrar los ojos y dobló una de las piernas para ocultar aquella parte de su cuerpo que parecía tener vida propia cada vez que se encontraba con la mujer, tapándose al tiempo los ojos. Sabía que su rostro estaba en la penumbra, que ella no podía ver sus facciones al completo. Por eso disfrutó como un menesteroso que ansía el pan que le es negado, como un limosnero ávido de un regalo, cuando ella descubrió su presencia y se quedó allí parada, observándolo en silencio.

No se atrevía ni a respirar por miedo a que la visión —porque estaba convencido de que debía de serlo—, se esfumase en la nada. La imagen de inocencia que desprendía la muchacha le hizo sentir un tironcito en el corazón. Era encantadora, aunque advirtió que vestía casi pobremente y sus cabellos —que él pudiese apreciar largos, negros y sedosos— aparecían recogidos pulcramente bajo una sosa cofia. La capa que la cubría parecía muy usada. La estampa perfecta de una criada o de...

Eso lo hizo reaccionar. Endureció la mandíbula al darse cuenta de que Marina Alonso volvía a estar disfrazada —esta vez sólo Dios sabía la causa—, y que realmente se encontraba en su biblioteca. Su voz sonó dura.

—Espero que os agrade lo que veis, mi señora.

Marina dio un brinco y a punto estuvo de soltar el libro que tenía olvidado en las manos. Abrió los ojos como platos, notando que la irritación por la burla ganaba tantos según pasaban los segundos. ¡Condenado botarate! ¡De modo que la había estado observando todo el tiempo, sin dar muestras de...! Alzó el mentón y, muy tiesa, se llegó hasta la estantería de la que recogió el volumen para regresarlo a su refugio, mientras decía por encima del hombro:

—He visto cosas mejores.

La carcajada de Carlos la hizo volverse como si se hubiese encontrado con un escorpión a sus espaldas. El muy maldito se incorporó, lánguidamente, como si le costase trabajo moverse. Igual que un depredador —recordó las palabras ponzoñosas de Consuelo—, dispuesto a atacar a su presa.

Carlos quedó sentado en el sofá, aunque su postura y su aspecto desenfadado no eran ni mucho menos lo adecuado para estar delante de una dama, las piernas estiradas, una sobre otra, y los brazos cruzados sobre el amplio pecho. La visión consiguió aturdir a la joven y ella dio gracias a la lobreguez de la habitación, que evitaba que él advirtiese el repentino sonrojo de sus mejillas. Fascinante era una pobre palabra para definir a aquel embaucador.

—¿A qué debo el honor de la visita? —preguntó Carlos sin, al parecer, ganas de incorporarse—. ¿Otra de vuestras salidas nocturnas, cariño? ¿Con qué fin, esta vez? Veo que vuestra afición a disfrazaros toca todos los registros. Pero poneos cómoda, por favor, estáis en vuestra casa.

Marina le dio la espalda mientras se deshacía de la capa y la dejaba doblada sobre el brazo de un sillón y para escapar de aquella mirada verde y brillante que, a pesar de la sonrisa demoníaca regalada por el hombre, iba adquiriendo un tono claro, advirtiendo de su enojo. Ella se entretuvo un instante en empujar con la punta de su zapato un tronco que había escapado del montón de leña ardiente de la chimenea.

—Vine a daros una noticia —contestó Marina después de un largo silencio, cuando el conde estaba ya a punto de saltar sobre ella para sacarle la respuesta como fuese—. Hemos encontrado dos secuaces de Guzmán de Alba.

Carlos encajó los dientes. ¡Si tenía descaro la hembra! Marina le oyó moverse pero no fue capaz de escapar de sus manos cuando lo vio incorporarse como una pantera y acercarse de dos largas zancadas que lo dejaron pegado a ella. Los dedos del conde se convirtieron en garfios al tomarla por los hombros.

—De modo que los habéis encontrado —dijo, arrastrando las palabras—. Elena y tú —la tuteó sin previo aviso, y ella parpadeó, desorientada.

—Elena y yo.

Marina notó que aumentaba la presión de las manos de él en su carne. De repente la soltó, como el que rechaza un reptil. Lo vio alejarse unos pasos, mesándose el cabello, aunque el mechón rebelde volvió a caerle sobre los ojos. Por un largo minuto, Carlos caminó de un lado a otro de la biblioteca y ella contuvo la respiración. Era como un felino al acecho, magnífico, increíblemente perturbador. Cuando frenó sus largos trancos y se volvió para mirarla de nuevo, Marina retrocedió un paso hacia la chimenea y hubo de dar un salto cuando el ruedo de la capa hizo chisporrotear las brasas. Sacudió la tela con rapidez sin quitarle ojo de encima a Arteche.

Carlos libraba una cruzada. Por un lado, la presencia de Marina en aquel cuarto, en su casa, ¡maldita fuera, tan cerca de su propio lecho!, le estaba procurando un dolor casi físico por la necesidad que tenía de ella. Por otro, el espanto de que pudiese haberle sucedido algo en el trayecto, a aquellas horas, cuando los asaltantes se hacían dueños de los caminos, despertaban tal violencia en su pecho que la hubiese desollado por alarmarlo.

—Podías haberte ahorrado el viaje —le oyó decir Marina—, porque ya me han puesto al día de la locura de vuestras actividades.

—No comprendo.

—Pues está muy claro. ¿Me equivoco mucho si aseguro que el hombre que os dio razón de esos secuaces no es otro que Rosendo, de Cervera?

Ella abrió la boca para decir algo, pero las palabras se le atascaron en la garganta y sólo pudo quedarse mirando a Carlos, principesco en su dejadez, espléndido en su furia. La boca de él era un corte de daga en su duro rostro y ella sintió la necesidad de besarla de nuevo, de notar una vez más la llama abrasadora que recorrió su cuerpo cuando los labios de él saborearon los suyos.

—No os equivocáis —susurró, sin poder dejar de mirarlo, notando que sus pechos se preñaban de necesidad, que sus pezones pugnaban contra la tela, que su vientre palpitaba y un cosquilleo de excitación recorría sus miembros—. Íñigo de Albarra y Darío Bonetti, un italiano con el rostro marcado por la viruela. Elena conoce al de Cervera, es un hombre de Diego, un... agente. Pensamos que pedirle ayuda para encontrar a alguien que hubiera tenido vínculos con Guzmán de Alba era una buena idea.

—¡Una idea excelente!

—He de daros la razón respecto a que nosotras no podemos interrogar a cierta clase de personas ni acudir a algunos lugares, pero esos hombres sí pueden y lo han hecho. Ahora solamente tenemos que encontrar a los cofrades del

De Alba y saber si tuvieron algo que ver, realmente, con el incendio que acabó con mi esposo. Por eso he venido, para daros los nombres y pediros, ya que parecéis deseoso como yo de descubrir la verdad, que toméis las pesquisas a partir de aquí.

Largada la perorata, que incluso a ella le resultó convincente, Marina esperó la respuesta. Aguardó a escuchar que las ayudaría, que se enteraría de cuanto pudiera, manteniéndolas informadas. Un repentino sofoco la hizo llegarse hasta el ventanal, abrirlo y salir a la balaustrada, donde el aire fresco la reconfortó.

14

Desde aquella balaustrada
un beso avivó la llama
que entre rescoldos velada
pavesas de amor inflama.

—No has venido por eso, Marina —dijo Carlos, y ella se volvió para mirarlo y sus ojos parecieron taladrar el alma misma de la muchacha, leyendo en su interior como en un libro abierto, como si adivinase su hambre—. Realmente..., ¿quieres que te diga por qué has venido?

Cuando se fue acercando nuevamente a ella, a Marina le flaquearon hasta sus más arraigadas creencias y agarró la balaustrada a sus espaldas. ¿Necesitaba escucharle a él los motivos que la habían impulsado a verlo aquella tarde? ¿De veras lo necesitaba?, se preguntó. ¿Tan cobarde era que no sería capaz de confesar que desde que le conociera era su Némesis? Contuvo la respiración hasta que hubo de levantar la cabeza para poder seguir mirando aquellos ojos que, ahora, eran verde musgo. Lo tenía tan cerca que el aroma que exhalaba de él la aturdía, avivando su privación, su carencia de ternezas. Bajó los ojos para clavarlos en el hueco de su garganta, debajo de la nuez de Adán, en el trocito de clavícula descubierta bajo la camisa abierta, en la inmensidad de aquel pecho duro y tostado donde parecía que podía aspirarse el olor del sol.

Carlos alargó la mano muy despacio, como si tuviera miedo de tocarla, espantado por su propio apetito, por su codicia de ella. Colocó una guedeja del cabello femenino que había escapado del confinamiento de la toca y sus dedos quedaron varados allí, en la oreja de ella. Sin darse cuenta de lo que estaba haciendo, acarició el lóbulo, provocando un estremecimiento en la muchacha, que volvió a mirarlo a los ojos.

Lo que el conde de Osorno vio en aquellas pupilas oscuras, brillantes, increíblemente hermosas, enardeció sus sentidos. Era deseo. Simple y llanamente deseo, tan fuerte y atormentado como el suyo propio. Pero no se atrevió a nada, sólo se la quedó mirando, bebiendo como un náufrago de la perfección de aquel rostro moreno, ovalado, de ojos inmensos y pestañas pobladas y oscuras como el alma de un condenado.

Marina levantó su mano, que sintió que temblaba. Cuando la posó en el trozo de piel desnuda del pecho masculino, la sacudida le llegó hasta la punta de los pies. Tragó saliva y se humedeció los labios —repentinamente secos— con la punta de la lengua. Notó que los latidos del corazón del hombre se aceleraban de forma alarmante y se dijo que ya no había camino de regreso. La consumía la urgencia de su cuerpo. Estiró los dedos para abarcar la mayor parte de piel que pudiese y comenzó una lenta caricia, tan tenue que podría haber existido sólo en su imaginación. Al llegar al hombro se dio cuenta de que la tela le estorbaba y la hizo a un lado. Al apreciar más piel descubierta dejó escapar un ligero suspiro. Aquella carne abrasaba sus dedos, transmitía una sensación electrizante a sus miembros, haciendo que temiese que las piernas dejasen de sostenerla. Era una sensación tan placentera, la había ansiado tanto.

—Marina...

Carlos sintió que tenía una bula en su mano. Una bula para hacer lo que quisiera, para cubrir sus más bajas necesidades. Carta blanca para consumar sus apetencias, para anidar o fenecer en aquella agonía voraz que lo estaba consumiendo. Antes de poder arrepentirse sus dedos rodearon la nuca de Marina y lentamente, como si le estuviese dando tiempo a arrepentirse, la acercó más. Cuando ella volvió a mirarlo a los ojos, su boca estaba tan cerca que no pudo, ni quiso, escapar del tormento. Con la misma avidez con la que alguien a punto de ahogarse inhala el aire salvador, Carlos Arteche conquistó la boca de Marina mientras su brazo izquierdo rodeaba su estrecha cintura y la fundía con su pecho. La escuchó gemir en su boca y sus labios obligaron a la muchacha a abrir los suyos, a permitirle la entrada a aquella boca que se moría por volver a probar. Necesitaba saciarse de ella, poseerla por completo, marcarla a fuego para poder gritar al mundo que aquella mujer era suya, que le pertenecía. Jamás sintió una exigencia tan apremiante. Nunca hasta entonces tener a una mujer había supuesto para él una obligación. Le aterró aquella urgencia. Le horrorizó la sensación de estar perdiendo su propio sello de identidad, de libertino, sintiéndose protector y, a un tiempo, desorientado, perdido en emociones desconocidas hasta ese instante.

Lejos de lo que él esperaba, Marina no retrocedió sino que respondió al beso. La lengua de ella salió al encuentro de la suya, provocando y replegándose, instándole a ahondar la caricia, exigiendo en silencio mucho más.

Las formas del sedoso cuerpo de ella acopladas a sus músculos, lo enloquecieron. Su beso se volvió fiero, exigente, salvaje. Lamió el labio inferior de Marina, lo acarició con la punta de la lengua, lo mordió ligeramente. Notó que el cuerpo de ella se aflojaba y su brazo la sostuvo con más fuerza mientras su mano derecha, como si tuviera vida propia, desandaba el camino desde la nuca para buscar lugares más apetitosos y deseables. Como un beodo, mientras seguía bebiendo de la boca de ella, su mano encontró el monte perfecto del pecho y lo aprisionó con delicadeza mientras el pulgar iniciaba una lenta caricia sobre la punta dura como el diamante que había surgido bajo la tela.

Marina se estremeció. La conmoción fue tan abrumadora que su mente se nubló y olvidó dónde estaba. Sólo importaba su apetito, saciar aquel anhelo que la convirtió en un animal, alguien sin conciencia, sin pasado ni recuerdos. Un ser nuevo, distinto, feroz y egoísta al que sólo atañía saciarse del cuerpo de él. Sintió un tirón del corpiño y el aire, ligeramente fresco, hizo que sus pezones se endureciesen aún más mientras notaba que él la arrastraba de nuevo al interior de la biblioteca. Carlos abandonó su cintura para acabar de bajarle la parte alta del vestido, que quedó enroscada a sus caderas.

—¡Por Dios, mujer!

Sus manos, grandes y un poco encallecidas, aferraron sus pechos, los sopesaron, los mimaron como si del mayor tesoro se tratase. Marina inhaló aire cuando sus pulmones protestaron, dándose cuenta de que había estado aguantando la respiración desde que notase que él la estaba desnudando. Y no se quedó atrás. No esperó a que fuera Carlos quien continuase con las caricias, sino que comenzó a tironear de la camisa para arrancársela del cuerpo, ansiosa por sentirlo completamente, por poder paladearlo.

Carlos se separó un instante de ella para sacarse la prenda por encima de la cabeza y tirarla a un lado. Luego volvió a enlazarla, a pegarla a él. Marina notó la dureza de su virilidad apretada contra su pelvis y, sin recato alguno, se frotó contra ella. Esta vez sí lo escuchó gemir como si lo estuviesen mortificando. Volvió la boca de él a atrapar la suya, a demandar y exigir respuesta que le fue dada. Las manos abiertas de la joven acariciaron la anchura de los hombros desnudos, la imponente espalda, la estrechez de la cintura masculina. Todo era poco para saciar su hambre.

De repente, Carlos la separó de él, tomándola por los hombros y ella lo miró desorientada, vacía al sentirse sin su contacto. Los ojos de Carlos Arteche brillaban como los de un gato en la penumbra. Su rostro, casi siempre duro, lo era ahora aún más. Tenía las mandíbulas apretadas con fuerza y un músculo palpitaba en su mejilla. Marina adivinó que estaba intentando contenerse, que luchaba contra el deseo que había despertado en él y sonrió como una gata que acabara de tomarse un tazón de leche. Su duda acababa de ser aclarada. Carlos la deseaba, acaso con la misma fuerza que ella a él. A pesar de su fama de disipado, Marina supo que intentaba comportarse como el caballero que era, que no quería hacer daño, que no deseaba manchar su nombre. Esa demostración hizo que aquellos sentimientos que aún no tenía claros le inundasen el corazón, tornándose tan límpidos como el agua de un manantial. Estaba enamorada de él. Lo amaba como nunca pensó poder amar, como no había amado a ningún hombre, ni siquiera a Juan. Mirándole a los ojos, viéndolo allí parado, ávido, insaciable pero en parte cohibido, se dio cuenta de que realmente nunca amó a Juan, que sólo había creído estar enamorada de él, que cuando se casó su juventud la equivocó. Lo que sentía por Carlos era una emoción intensa, que casi dolía físicamente. Imperiosa, orgullosa y tiránica y a un tiempo tolerante. Lo quería suyo por entero, aunque sabía que eso sería un arduo trabajo. Estaba dispuesta a intentarlo, a trocar al libertino en un hombre fiel, aunque para ello tuviera que exponer su vida y su honra. Dejó escapar un leve suspiro.

—Por favor... —susurró, medio ahogada por el deseo.

Carlos no podía apartar los ojos de ella. Marina tenía las mejillas arreboladas, los ojos brillantes de pasión, los labios hinchados por sus besos. Sus pechos desnudos le llamaban como el canto de las sirenas. Sabía que si se lanzaba a aquella guerra recién emprendida iba a salir perdedor. Con las mujeres de las que disfrutó hasta entonces había sentido que dominaba la situación, que era él quien llevaba la batuta y podía terminar cuando quisiera. Con Marina tenía miedo. Miedo a ir más allá de lo que ella estaba dispuesta a permitir y que aquel preludio majestuoso se rompiese, desvaneciéndose en la niebla que rodeaba en esos momentos los muros del Palacio de Hidra. Terror a perderla. Un pánico espantoso a malograr sus pocos logros. Prefería poder seguir viendo aquel rostro cálido y ser célibe de por vida, antes que ahondar en sus avances y provocar que ella replegase sus velas. Veía el deseo en sus ojos, sí, pero sabía que ella podía confundir la necesidad con un sentimiento más profundo. No quería que eso sucediese. Él no sabía amar a una mujer, sus muchas conquistas lo habían demostrado. Pero sobre todo, no deseaba herirla. No quería hacerle creer que podía haber más. Lo que era más importante, se le antojaba insólito poder ser arrastrado por la feminidad de ella y convertirse en un pelele entre sus brazos.

Marina dio un paso hacia él y, alzando la mano, le acarició el rostro con suavidad, haciéndole cerrar los ojos. El leve roce, casi como el contacto de una pluma, provocó que

su miembro palpitase, pujando contra la tela de los calzones, avivando el dolor por la potente erección anclada
entre sus piernas desde que la descubriera en su casa. Ella
preguntó:

—¿Me deseas?

La pregunta lo lanzó de cabeza al desequilibrio mental.
¿Desearla? ¡Por los clavos de Cristo, no había hecho otra
cosa desde que la viera por primera vez!

—¿Y tú? —preguntó, notando la garganta seca.

Ella asintió con la cabeza, sonrojándose un poco más,
pero sin apartar la mirada cristalina y valiente.

—¿Estás segura, Marina?

Ella volvió a asentir. Se puso de puntillas y lo besó en la
boca. Un beso casi casto, lleno de ternura, que cortejó, fus-
tigó y excitó más al hombre. Carlos cerró los ojos por un
instante, echó la cabeza hacia atrás e inhaló aire hasta que
sus pulmones no admitieron más. Luego abrió los ojos, la
miró un segundo y antes de que ella pudiese reaccionar o
arrepentirse, sus brazos la envolvieron, la auparon para
dejarla arropada contra su pecho y se dirigió, a largas zancadas, hacia la puerta. Marina se agarró a su cuello con un
brazo mientras trataba de cubrir su desnudez porque había
adivinado que él se proponía salir de la biblioteca y llevarla, con toda seguridad, a su habitación. La vergüenza a
poder ser descubierta con aquel aspecto, le hizo esconder el
rostro en el hombro masculino. Por fortuna era tarde y, al
parecer, los sirvientes del conde se habían retirado ya a sus
aposentos, de modo que el vestíbulo estaba vacío. O al menos, eso le pareció a Marina, quien, aturdida entre la tranquilidad de no encontrarse con alguien y el nerviosismo por
lo que se avecinaba, no pudo ver la figura delgada de Bernardo que, en ese instante, se dirigía hacia ellos. El joven
cruzó una mirada con su señor y Carlos hizo una ligera seña

para que desapareciese. Como siempre, Bernardo se evaporó como si jamás hubiera estado allí, entre las sombras de la galería.

Carlos abrió la puerta sin soltar su preciosa carga, entró en la habitación y cerró con el tacón de su bota. Sus pasos, largos y un poco apresurados, llevaron a la joven hasta el lecho y allí la depositó. Apenas podía verla, su silueta tendida sobre la cama; solamente la tenue luz de la luna que asomaba entre la niebla y el fuego crepitante de la chimenea encendida, preparada por Bernardo, le permitieron deleitarse con aquel contorno deseado. Sus ojos se clavaron en la figura de Marina como si temiese que, al alejarse, ella pudiese desaparecer sumiéndole en el infierno en el que se encontraba hasta que apareció. Con movimientos rápidos se separó de ella para encender un par de candelabros que lanzaron destellos sobre las paredes tapizadas en seda y sobre el níveo lecho.

Observando la habitación con más detenimiento, cuando las sombras parecieron replegarse a los rincones, Marina lanzó una exclamación. Elena había llamado al Palacio de Hidra «la guarida». Apenas había visto más que el salón de entrada y la biblioteca, amén de la amplísima escalera doble por la que ascendieron al piso superior, pero si el resto era una mínima parte de lo que estaba viendo en ese momento, no le cupo duda que era espléndida.

Y aquella habitación, la más lujuriosa que ella hubiese visto nunca.

Las paredes forradas de seda roja, los muebles, el techo, los pesados cortinajes... Dio un vistazo a su alrededor y quedó extasiada. ¡Por todos los santos, esa cama estaba diseñada para dar rienda suelta al desenfreno! Sin baldaquín, sin cortinas que cubriesen a los durmientes o amantes. Blanca, amplísima, lascivamente cómoda. Se sintió pequeña y un poco recatada ante tan imponente despliegue de majestuosidad.

Carlos se acercó al lecho con calma y se sentó en el borde sin dejar de mirarla. Durante un largo momento, los ojos de uno se quedaron clavados en los del otro. Él formulaba una muda pregunta y ella supo que le estaba aceptando dentro del mismo silencio. La mandíbula de él se endureció repentinamente.

—Estás aún a tiempo de arrepentirte —dijo—. Puede que me convierta en un eunuco, pero si tu deseo es dejarlo ahora, lo aceptaré. Piénsalo bien, Marina. O te vas ahora o ya no podré reprimirme.

Verlo tan serio, tan hombre, tan deseoso de ella pero aún con la fuerza para darle la oportunidad de abandonar aquella locura, anegó de amor el pecho de la muchacha. Estaba donde había deseado, a un paso de poder disfrutar de lo que venía ansiando desde hacía tiempo, y no pensaba renunciar pasara lo que pasase. ¡Al infierno la cordura, la moral y las consecuencias! Al mirarlo, un tironcito de celos anidó en su corazón. Le vinieron a la cabeza las muchas mujeres a las que, con seguridad, Carlos había llevado a aquella cama. Mujeres hermosas y deseables a las que no podía posiblemente compararse. Hembras que le habrían proporcionado placer y que, indudablemente, habrían salido de aquella habitación satisfechas. Le irritó saberse poco experimentada, una pardilla en el más amplio sentido de la palabra y se preguntó si acaso por eso el conde de Osorno la deseaba en ese momento. Tal vez era la novedad en una vida de desenfreno y excesos. Una sosa viuda que apenas había conocido las delicias a las que Elena se refiriera. Algo en su interior la hizo aborrecer que él la viese como una mujer sin pericia.

Tratando de no trasmitir su nerviosismo, sonrió y se estiró ligeramente sobre la mullida colcha blanca, arrancando la cofia de su cabeza y echándola a un lado. Sus cabellos, sueltos, largos y negros, quedaron extendidos sobre la pureza de la tela, destacando como una llama en la oscuridad. Los ahuecó con las manos sin darse cuenta de que, al hacerlo, el corpiño se abría en toda su amplitud, permitiendo a Carlos ver de nuevo la gloria de su pecho desnudo.

—Me quedo si prometes que tu criado traerá buñuelos para desayunar —bromeó Marina.

Él no sonrió ante el jocoso comentario. Por el contrario, sus rasgos se hicieron más duros y severos.

—No sé si podré comer nada más cuando haya acabado contigo —respondió.

Ella abrió los ojos como platos. ¡Dios! Aquel hombre era capaz de conseguir excitarla de forma inusitada. Cada una de sus palabras eran fuego, indecentes y carnales aunque pareciese no haber dicho nada semejante.

Carlos se incorporó y estiró la mano hacia ella. Marina la tomó y en un segundo estaba de pie junto a él. Volvió a sentir la boca masculina sobre la suya y perdió la noción de tiempo y lugar. Sintió, como en un sueño, que mientras la boca de él arrasaba la suya, unas manos hábiles acariciaban su espalda, sus caderas, tranquilizándola, obligándola a deslizarse por una pendiente en la que no tenía control. La necesidad se arremolinaba en su vientre, notaba los pechos hinchados, la sangre transitando a velocidad increíble en sus venas, espesa y tumultuosa, los miembros postrados. No tenía conciencia de lo que le estaba pasando, pero tampoco le importaba.

Cuando él se separó, finalizando la caricia, su vestido y enaguas formaban un montoncito en el suelo, alrededor de sus pies. Lo miró con asombro. Había imaginado que él sería hábil en aquellas circunstancias, pero la conmocionó darse cuenta de que no se había percatado de que la estaba desnudando. Sonrió de todos modos y con una patada coqueta lanzó la ropa lejos para presentarse ante él con la única protección de los zapatos. Se sintió un poco avergonzada por estar desnuda cuando él tenía puesto aún calzones y botas. Eso la hizo sentirse ligeramente vulnerable pero, a un tiempo, seductora y un poco pagana. ¿No eran las mujeres, según decían los frailes, quienes tentaban a los hombres? ¿No fue Eva la que hizo que Adán tuviera que abandonar el Paraíso? Durante un segundo se sintió como Circe y sonrió ante tan absurdo pensamiento. Él le devolvió la sonrisa.

—Te imaginaba —le oyó decir como en una plegaria—. He forjado tantas veces tu cuerpo en mi mente... Mi imaginación nunca ha sido puritana, pero ahora reconozco que fue parca. —Los ojos verdes recorrieron desde el oscuro cabello hasta la punta de los zapatos recreándose, al descender, en los hombros pequeños y redondos, en los huesos de las clavículas, el hueco de su garganta, los pechos pequeños y altivos, la estrechez de su cintura, la curva enloquecedora de sus caderas, el vientre plano. Al llegar al triángulo que conformaban los muslos de ella, donde el delta de rizos oscuros prometía mil y una maravillas, Carlos Arteche y Ruiz de Azcúnaga, conde de Osorno, supo que estaba irremisiblemente perdido—. Eres increíblemente hermosa.

Marina le creyó. Necesitaba creerle.

Dejó que él la abrazase de nuevo, que volviese a apoderarse de su boca y de su voluntad y se estrechó contra él para notar cada músculo de su cuerpo, para sentir, pegado a ella, el miembro duro y excitado.

Carlos la alzó en sus brazos y la depositó con cuidado sobre el lecho. La miró un instante, dijo entre dientes algo que ella no llegó a entender y luego se quitó las botas. Cuando sus largos dedos agarraron la cinturilla del calzón, pareció dudar un instante, pero la golosa mirada de Marina devorando su cuerpo, le hizo arrancarse la prenda con prisas.

Marina jadeó al verlo desnudo. La vez anterior, cuando entraron sin anunciarse en la habitación donde él se reponía, había llegado a ver solamente un atisbo de lo que realmente era su cuerpo. Ahora podía hacerlo directamente, degustar cada parte de aquella magnífica complexión. Carlos tenía los hombros anchísimos, los brazos fuertes, su tórax era un trapecio increíblemente bien formado, de cintura estrecha, vientre plano, piernas musculosas y largas, larguísimas... Ni siquiera apreció un atisbo de duda cuando quedó parado ante ella, impúdico y fastuoso, mostrando aquella parte de su anatomía que se erguía profana e indecente. Nunca había imaginado la joven que un hombre pudiese llegar a aquel grado de excitación.

—Eres hermoso... —susurró.

Tragó saliva y lo miró a los ojos, abandonando con pereza la maravillosa visión que él presentaba, como una estatua de bronce. No pudo apartar sus ojos de los de él ni cuando Carlos le quitó despacio los zapatos, ni cuando apoyó una rodilla en el lecho y el colchón se hundió ligeramente. Estiró los brazos para llamarlo en silencio, para recibirlo. Un segundo después, el cuerpo de Carlos cubría el suyo, su boca volvía a apresar la de ella, sus brazos la envolvían en un capullo caliente y adormecedor.

—Te deseo —murmuró ella, lamiendo la piel del hombro de él—. Lo quiero todo.

Y él se lo dio. Le entregó su cuerpo y su alma, consciente de que estaba siendo engullido, devorado por el calor del cuerpo femenino, por el tacto embrujador de aquella piel de seda. Sus besos se volvieron arrebatadores, exquisitos, devorando y lamiendo. Abandonó la boca de Marina para besarla en la frente, en los párpados entrecerrados, en la punta de la nariz. Sus manos acariciaron los hombros de la joven, sus brazos, su cintura. Carlos parecía tener más de dos manos; estaban en todos los lugares, agasajando su cuerpo de mujer, tan tembloroso como el de él mismo.

—Marina, Marina... —Era una oración—. Dios mío, pequeña... —gimió.

Ella parecía no tener suficiente con abarcar las anchas espaldas, con saciarse del tacto de sus brazos. Bajó las manos para abarcar las prietas nalgas masculinas y apretarlo contra ella. La erección de él le resultó un regalo, casi doloroso, cuando el cuerpo de él se oprimió contra las formas dúctiles del suyo. Saber que su estado de excitación se debía a ella, la hizo sentirse idolatrada. Y cuando la cabeza de Carlos bajó para saborear su pecho, alzó el cuerpo, ansiosa por la caricia.

La boca de Carlos succionó el pezón para acogerlo después entre los dientes, tironeando ligeramente, haciendo que soltase un nuevo gemido angustiado y ansioso.

Marina, lejos de abandonarse a las caricias, tomó parte activa. Su mano derecha buscó entre los dos cuerpos hasta encontrar lo que buscaba. Duro y caliente, como seda ardiendo, el miembro masculino se amoldó a su mano. No era experta, pero el instinto la guió, el deseo la condujo en la caricia hasta hacer que el cuerpo de Carlos se tensase, apretándose contra ella. Se abrió bajo él, lo guió, hambrienta por sentirlo totalmente suyo.

Carlos había ayunado demasiado tiempo y fue incapaz de alargar el momento. Se dejó arrastrar por la necesidad. Cuando el húmedo y caliente túnel comenzó a engullirle, apretó los dientes para contenerse. Quería que aquella sensación durase siglos, toda una eternidad, pero su habilidad se tornó inexperiencia y de un seco golpe la penetró totalmente. Marina, al sentirlo dentro, llenándola, rodeó las caderas de él con sus piernas, ciñéndolo, devorándolo, notando que su corazón estaba a punto de estallar, que una lava ardiente recorría sus venas. Tomó el rostro de Carlos y buscó de nuevo su boca mientras sentía que el orgasmo la hacía vibrar desde la nuca hasta la punta de los pies. Se unió a las embestidas cada vez más potentes y gritó su nombre en la culminación.

Algunos minutos después, respirando aún agitadamente, Carlos rodó a un lado del lecho, arrastrándola consigo, de modo que quedase sobre él. Cuerpo con cuerpo. Sudorosos, agotados, vencidos por la corta batalla. Con los ojos cerrados, Marina apoyó la mejilla sobre el pecho masculino. El suave vello que lo cubría le produjo cosquillas en la nariz, pero fue incapaz de moverse. Sentía los miembros laxos. Sonrió y restregó la mejilla contra su piel al notar que las manos masculinas se movían por su espalda, en un acariciante masaje. Cuando pudo ser dueña de su mente, se aupó, apoyando los brazos sobre el pecho del hombre, y lo miró a los ojos. Carlos la observaba con una mezcla de pasión y asombro que la hizo enrojecer.

—Imagino que esto no lo aprenderías en el colegio de las monjas —dijo.

Ella estalló en carcajadas que fueron coreadas por el conde, y la vergüenza provocada por su escandaloso proceder desapareció de un plumazo.

Rodaron sobre el lecho mientras reían, como dos críos, satisfechos y juguetones. Ella gritó cuando Carlos mordió una de sus nalgas y se defendió dándole un pescozón, escapando de la prisión de sus brazos y gateando hacia los pies del lecho. Cuando se volvió para mirarlo y lo vio a cuatro patas, gruñendo entre dientes como un felino dispuesto a devorarla, las carcajadas volvieron a su garganta y se dejó atrapar.

Carlos la abrazó, colocó su cabeza en el hueco de su

hombro y una de sus piernas sobre las de ella, protector y opresor a un tiempo. Su poderoso pecho aún se convulsionaba por la risa. Ella lo besó en una tetilla, que de inmediato se volvió rígida.

—Te quiero —musitó contra la piel de él, muy bajito, casi para ella misma.

Carlos no dijo nada, pero acarició su cabello, alisando en silencio el desorden causado en sus oscuros rizos.

—Nunca he sentido nada igual —dijo ella, alzando un poco la cara para mirarlo.

El cuerpo de Arteche se endureció y ella parpadeó al ver que su rostro se volvía severo. Sin comprender lo que pasaba, asombrada por el repentino cambio, vio con zozobra que él deshacía el abrazo, se incorporaba y saltaba de la cama. Gloriosamente desnudo se acercó hasta la chimenea y, cogiendo un atizador, comenzó a revolver los troncos que ardían.

No debería haberle confesado mis sentimientos, pensó Marina. Acaso él se sienta obligado a decirme que no abriga los mismos y encuentre precipitada mi declaración.

Se sentó sobre el lecho y, repentinamente avergonzada de su desnudez, se cubrió con la colcha mientras lo observaba, la congoja quemándole en la garganta.

Carlos estaba lejos de sentirse molesto por las palabras de ella. Cierto que se había quedado sin habla al oírla decir que le quería, porque él no estaba seguro de saber si era capaz de darse de ese modo. La deseaba. Pero... ¿quererla? Su madre le había dicho, poco antes de morir, que amar a una persona significaba dar todo por nada, entregar sin esperar nada a cambio, sin exigir. Lo que sentía por Marina le hacía doler el pecho, le nublaba la mente, sentía que podía dar la vida por ella, pero regalar sin exigir no estaba en su naturaleza. Lo quería todo de ella. Su cuerpo y su alma. No podía pedirle tanto, porque no lo merecía. Había bregado y puteado demasiado para requerir de ella su total devoción. Por otro lado, la mordedura de unos celos estúpidos comenzaron a roerle cuando ella confesó que jamás había sentido nada igual. Con su esposo posiblemente no, pero ¿qué había sentido con su amante? ¿Acaso aquel hombre, fuera quien demonios fuese, no la había hecho gozar en la cama?

—Carlos...

La voz de ella, aquel susurro, hizo que los celos arraigasen aún más en su alma. Mirándola por encima de un hombro dijo:

—Le agradezco el cumplido, señora, pero no me creo tan experto como para haber hecho un trabajo mucho mejor que vuestro amante.

Marina parpadeó, aturdida. ¿Amante? ¿Su mente estaba tan nublada por el interludio amoroso que no entendía? Se levantó, arrastrando la colcha consigo a modo de toga y se acercó a él.

—¿Qué quieres decir? ¿A qué amante te refieres?

Carlos se dio la vuelta. Su corazón dio un brinco doloroso. ¡Dios! Era hermosa hasta la locura. El cabello revuelto, guedejas oscuras y brillantes que caían en desorden sobre sus hombros morenos, el rostro arrobado aún por la pasión, envuelta en aquella colcha blanca. Una diosa griega extraída del Olimpo para arrancar la poca razón que le quedaba. Deseó abrazarla, envolverla, besarla hasta hacerla desfallecer. Deseó, más que nada, volver a llevarla a la cama, hacerle de nuevo el amor, fundirse en ella. Todo lo que hizo fue sonreír de modo sarcástico, provocando el leve fruncimiento del entrecejo de la joven.

—Me refiero, cariño, al hombre que ocupó tu cama además de Juan.

Marina casi retrocedió. Le costó un triunfo no dar la

vuelta y escapar de aquel cuarto, de aquel nido de lujuria en el que había ofrecido su cuerpo y su corazón a Carlos Arteche. La mirada de él era furiosa, casi inhumana. ¡La estaba culpando nada menos que de haber yacido con alguien que no fuese su esposo! Se mordió la lengua para evitar soltar una blasfemia, odiándolo en ese instante por ser tan mezquino.

—No hubo nadie aparte de Juan —dijo, con un hilo de voz.

—¿Quieres decir que tu embarazo se debió al Espíritu Santo? —Carlos alzó la voz, irritado, altanero y sórdido—. Sé cómo era Juan. Sé que no hubiese ido a tu cama para hacerte un hijo. Y sé, por él mismo, que pensaba proponerte un idilio con cualquier otro hombre si querías descendencia. —Sin previo aviso la agarró por los hombros y la zarandeó, cada vez más colérico—. ¿Quién fue, Marina? ¿A qué hijo de puta dejaste estar entre tus muslos y foll...?

El golpe fue tan repentino, tan contundente, que la cabeza de Carlos Arteche giró hacia un lado cuando el puño de ella le alcanzó en pleno mentón. Cerró los ojos con fuerza para controlar su rabia. Cuando sometió la ira que lo embargaba como una mala fiebre, la miró. Ella se chupaba los nudillos con un gesto de dolor, pero sus ojos oscuros echaban llamas de indignación.

—¡Eres despreciable! —le gritó—. ¡Un cabrón indigno, ofensivo y ruin! Olvida lo que dije antes, confundí la palabra. No siento por ti más que odio, conde de Osorno.

—Pero lo has pasado divinamente en mi cama —respondió él, loco de violencia.

—Ciertamente.—Alzó ella el mentón, orgullosa, enfurecida y terriblemente bella en su rabia—. Lo he pasado bien. Como imagino que lo has pasado tú. Supongo que ambos hemos tenido una experiencia... agradable, a qué negarlo.

La diferencia entre tú y yo es que para ti es un escarceo más —le dio la espalda, alejándose para buscar sus ropas con prisas—, mientras que para mí era algo especial, o eso creí.

Carlos permaneció estático, los puños apretados con tanta fuerza que se estaba clavando las uñas en las palmas de las manos. Cuando la vio tirar a un lado la colcha que la cubría —trataba de meter las piernas en la amplia enagua, mostrando sin darse cuenta su bonito trasero—, una nueva erección lo aturdió. En ese instante se dijo que era un necio. Le importaba un carajo si ella había estado con un hombre o con cientos. ¡Marina Alonso era ahora suya y no dejaría que se le escapase, por Dios! De dos zancadas llegó hasta ella, la tomó de los hombros y la hizo volverse. Las lágrimas que bañaban las mejillas de la joven lo dejaron sin habla. La abrazó con fuerza, mientras ella trataba de librarse, empujándolo, debatiéndose como una cervatilla. Acabó por cogerla de los brazos, separándola de él una cuarta para mirarla a los ojos.

—Cabrón es una palabra que me define muy bien, Marina —dijo bajito—. Perdóname. Lo lamento. No tengo derecho a...

—Suéltame. —El tono de ella fue suave, pero tan lleno de cólera, que Carlos abrió las manos y la dejó libre. De inmediato, ella acabó de ponerse la enagua y atársela a la cintura.

La vio recoger la tosca falda y colocársela. Permaneció mudo mientras la miraba vestirse con prisas, sin saber qué decir, mientras las silenciosas lágrimas de ella se le clavaban como puñales en el alma. La había herido cuando ella se le había entregado completa y confiadamente. Su estúpido orgullo de macho había estropeado todo y ahora no encontraba el modo de arreglarlo. Ella lo odiaba. Lo odiaba cuando apenas unos minutos antes le había declarado amor. ¡Había que ser gilipollas para perder un regalo como aquella mujer por la testarudez y los celos! Cuando vio que ella acababa de abrocharse el blusón y se calzaba los zapatos, reaccionó. La alcanzó antes de que pudiese girar el picaporte de la puerta. Sus brazos enlazaron la cintura femenina y la pegó a su pecho. Notó la agitada respiración de ella, el repentino envaramiento de su cuerpo, el rechazo... Volvió a llamarse imbécil.

—Por favor, no llores —rogó, notando la espalda rígida de ella pegada a su pecho—. Soy un idiota, pero los celos me han vuelto loco. —Ella pareció relajarse—. No tengo derecho a pedirte cuentas. No, cuando mi vida ha sido disipada desde hace años. —La abrazó más fuerte y apoyó la barbilla en la coronilla de la muchacha—. Me costará trabajo, cariño, pero acabaré por olvidar a ese hombre.

Carlos lanzó un grito cuando el tacón del zapato de ella impactó contra su espinilla y retrocedió dos pasos para frotar la parte lastimada. Alzó los ojos y casi estuvo a punto de soltar una carcajada. Marina lo miraba con furia, sus ojos brillantes aún por las lágrimas vertidas, los brazos en jarras, el cabello desgreñado, la blusa ligeramente abierta dejando ver un trocito de cielo moreno y terso. Una guerrera en toda la extensión de la palabra. No una mujer humillada y sumisa, sino una criatura que presentaba batalla.

—¿De qué puñetero hombre estás hablando?

Los ojos del conde relampaguearon de nuevo, tornándose claros. Abrió la boca para decir algo, pero ella no lo dejó.

—¿Insinúas que dejé entrar en mi cama a otro hombre que no fue mi esposo? ¿Es eso?

Había tanta furia en las palabras de ella que Carlos se quedó atónito.

—Pero Juan no...

—¡Juan sí! —gritó ella, acercándosele peligrosamente.

Tanto, que él retrocedió un paso, cojeando aún por el golpe malintencionado—. Me parece que Juan era más hombre de lo que tú y los demás pensabais. Para tu información, fue él y no otro quien me dio un hijo. Un hijo que no pude abrazar por... —Las palabras se ahogaron en la garganta de ella y se desmoronó al recordar. Con un sollozo, se cubrió el rostro y las piernas dejaron de sostenerla, por lo que acabó arrodillada en el suelo, convulsionada por un llanto rabioso y desconsolado.

La declaración dejó estupefacto a Carlos. ¡De modo que Juan había echado a un lado su repugnancia y se había sacrificado por dar un hijo a Marina! En lo más hondo de su corazón admiró a su amigo y le dio las gracias. Se arrodilló al lado de ella, la abrazó con fuerza y luego, como si levantase una pluma, la izó para llevarla de nuevo al lecho.

Los tiernos besos de Carlos, chistándola como a una niña, fueron calmando poco a poco los sollozos de la muchacha. Y cuando él exigió de nuevo su boca se aferró a él con fuerza, le devolvió el beso con ardor, mientras notaba que su cuerpo se excitaba otra vez, que volvía a necesitar sus caricias, su fuerza.

Aquella vez, Carlos le hizo el amor lentamente. La desnudó despacio, besando cada trocito de piel que iba dejando al descubierto. La mimó, la adoró y cuando por fin la poseyó, desgranando en su oído palabras dulces y eróticas, olvidó todo y volvió a entregarle su alma y su cuerpo.

El amor era así de cretino.

15

A pesar de sus intenciones, el ejército comunero de Acuña no pudo vengar a los muertos de Mora. Durante la noche, mientras aguardaban el alba para atacar a los realistas, una desbandada de vacas y bueyes hizo poner pies en polvorosa a unos hombres temerosos, a fin de cuentas, de la inminente muerte que podía esperarlos cuando saliese el sol. Acuña hubo de regresar, vencido y desolado, mientras las hordas imperiales se vanagloriaban de su triunfo, acampadas a las puertas de Illescas.

Desde allí, los soldados del regente se dirigieron hacia Peñaflor, exactamente a una legua de Torrelobatón, donde se encontraba Juan de Padilla con sus seguidores.

La confrontación era inaplazable y el ejército comandado por hombres de confianza de Adriano de Utrecht sólo esperaba los refuerzos del condestable, don Íñigo de Velasco, para atacar y acabar con la resistencia comunera.

De todos modos, la vida seguía en la ciudad cuna de la Corte. Los caballeros de Toledo aceptaban que, a pesar de la guerra, estaban obligados a continuar con su papel y contentar a sus esposas, quienes, en la mayoría de los casos, estaban más interesadas en estrenar nuevos vestidos que en el desarrollo de las confrontaciones de los revolucionarios. Pensaban que, gobernara quien gobernase en Castilla, seguiría exigiendo impuestos; que los pobres seguirían siendo pobres y que los ricos tenían el derecho a disfrutar de los bienes que Dios les había concedido.

Don Alberto de Jonquera y Puentebarro estaba convencido de que, al final, Carlos I se haría con el poder total a pesar de la resistencia de los comuneros. Él era un hombre leal a la Corona y seguiría siéndolo, aunque lamentó, como el resto de Castilla, las muertes de Mora. Su situación, dentro de la Corte, era una de las más privilegiadas y no estaba dispuesto a que aquella guerra estropease la felicidad de su hija, a quien amaba más que a su vida. De poco o nada sirvieron las palabras de su hijo y heredero, Miguel, y las de su esposa, doña Genara Cintra, aquella portuguesa con la que se casara hacía más de treinta años, advirtiéndole que la situación no era como para fiestas.

—Adela va a comprometerse y voy a regalarle un acontecimiento del que hablarán en Toledo durante años —sentenció con voz profunda y altanera—. Está todo dicho.

—Soy la primera que deseo lo mejor para nuestra hija —argumentó su esposa—, pero concede que no es el momento. Después de lo sucedido en Mora, ¡por Dios!

El corpachón del hombre se balanceó cuando caminó de un lado a otro del inmenso salón donde ya estaba todo preparado para la celebración. Miró con ojo crítico la pulida superficie del suelo, los candelabros brillantes, los ramilletes de flores que adornaban la sala.

—Padre, por favor, piénselo —rogó su hijo.

Por un momento, Alberto de Jonquera pareció dudar.

Sólo por un momento. Luego irguió la espalda, se volvió hacia quienes le increpaban y su enorme papada tembló al decir:

—Al de Utrecht ya se le ha cursado invitación. ¿Queréis acaso que la anule? ¡Por los clavos de Cristo, es el regente!

Miguel supo en ese instante que su padre no cedería y que la fiesta se llevaría a cabo. Siempre había sido igual. Siempre, desde que tenía uso de razón, su padre había antepuesto la política a las necesidades de su familia. Cierto que su proceder les había procurado una renta magnífica al año, tierras de ganado, viñedos y olivares; que la enorme casa en la que habitaban era la envidia de muchas familias de Toledo y que él, sin ir más lejos, podía pavonearse de ser uno de los herederos más ricos de la provincia, que equivalía a decir de toda Castilla. No obstante, odiaba a aquel sapo que ahora tenía delante. Lo odiaba por haber sido para él y su madre sólo una máquina de dinero e influencias, olvidando su más sagrada obligación: la de ser padre y esposo.

Asintiendo con la cabeza, pasó un brazo por los hombros de su madre y la sacó del salón. Antes de ascender por las escaleras que daban a la planta alta, escucharon su vozarrón, gritando:

—¡Ramón! ¿Dónde te has metido? ¡Aquí faltan candelabros!

Doña Genara se encogió ante el aullido y el joven masajeó el hombro de la mujer, apretándola contra su costado.

—Será una celebración preciosa, madre —dijo, para calmarla—. Y Adela disfrutará como nunca, a fin de cuentas es su fiesta de compromiso.

La dama se detuvo a mitad de la escalera y, mirando a los ojos de su primogénito, puso una mano pequeña y delicada en el amplio pecho de él.

—Asistirás, ¿verdad? —El joven la vio encajar la mandíbula—. Miguel, hijo, sé que tenías buenos amigos en Mora, que lloras su muerte, pero, por favor, no contraríes a tu padre. No ahora.

—Asistiré a la fiesta, madre, no se preocupe.

—Y, te lo ruego, ten cuidado. Tu padre sospecha.

La carcajada cínica del joven retumbó en el hueco de la escalera. Sus ojos llamearon al mirarla.

—¡Sospecha! —dijo con asco—. ¿De vos, madre, o de mí?

Doña Genara suspiró con cansancio y continuó subiendo los peldaños. Llevaba una pesada carga desde que su corazón se puso a favor de los hombres que se rebelaron ante la tiranía de Carlos I y Adriano de Utrecht, pero al menos tenía el apoyo de su hijo.

—A tu padre jamás se le pasaría por la cabeza que su esposa, la madre de sus hijos, la mujer que siempre le ha obedecido, pudiera no pensar como él. No, Miguel, no sospecha de mí, pero tus amistades han encendido una luz de alarma en su mente. —Volvió a frenar sus pasos cuando llegaron a la puerta de su habitación—. Por Dios, ten cuidado. Sería capaz de delatarte al regente si ello supusiera un tanto para nuestro apellido.

—Demasiado bien conozco al viejo —dijo Miguel entre dientes. Se inclinó y la besó en la frente—. Buenas noches, madre.

—Buenas noches, cariño.

—¡Estás loca, Elena! —rio Marina, dejándose caer sobre la cama, encima de la cual se encontraban al menos siete vestidos, veinte enaguas y algunos chales—. ¡Rematadamente loca!

La rubia sonrió a su amiga. Marina había cambiado desde su llegada pero, lo que era más importante, había cambiado desde su visita al Palacio de Hidra. A pesar del cuidado con que tramaron Marina e Inés que su regreso a Ojeda Blanca pasara inadvertido, Elena las había pillado *in fraganti* cuando atravesaban la galería superior en dirección a sus habitaciones, zapatos en mano. Durante un instante había pensado que aquellas dos venían de ayudar a parir a alguna oveja, a la vista de la desastrada y tosca vestimenta de Marina —no era la primera vez que su amiga se escabullía para algo semejante, ocultándolo a la servidumbre para que no pensasen que estaba de atar—. ¡Una dama como ella atendiendo el parto de un bovino! Pero un momento después, al fijarse en el rostro primoroso de la muchacha, los labios aún hinchados, el cabello revuelto asomando en guedejas bajo la cofia, y el sonrojo repentino de Inés, supo que la escapada había sido por otro motivo.

Interrogó a Marina hasta la saciedad, sin conseguir ni una palabra, pero las sonrisas constantes de su amiga, sus miradas perdidas en la distancia cuando nadie parecía observarlas, su modo mucho más resuelto de moverse, eran detalles que a ella no podían escapársele.

Volvió al ataque en ese momento, mientras que Marina tenía las defensas bajas y se retorcía de risa sobre la cama, cuando le había propuesto lucir para la fiesta de los Jonquera su vestido rojo comprado en Venecia.

—No es tan escandaloso —dijo, alisando la preciosa seda del corpiño del vestido—, y a Carlos Arteche le encantarías con él.

Marina dejó de reír y la miró muy seria. Elena parecía no haber dicho nada importante, como siempre que soltaba una de sus puyas impregnadas de percepción. Cualquiera hubiera dicho que estaba ensimismada en la pedrería del vestido. Oyó la tosecita de Inés que, al otro lado de la habitación, sacaba zapatos con que combinar los trajes, y chascó la lengua. Se incorporó de la cama y comenzó a deambular de un lado a otro de la recámara.

—Eres la mayor fisgona del mundo, Elena —dijo—. ¿No se te escapa nada? No entiendo cómo es que Diego no se ha servido de ti para fisgonear secretos de Estado.

—¿Quién dice que no lo ha hecho? —Se echó a reír Elena—. Cariño, soy muy buena en eso y tú no puedes engañarme. No regresabas a las cinco de la madrugada de ordeñar vacas —aseguró tirando el vestido rojo sobre el lecho—. ¡Y estoy deseando saber cómo es ese hombre en la cama!

—¡Señora condesa! —exclamó Inés, alarmada.

—Calla tú, encubridora —la regañó Elena, mientras que Marina volvía a reírse—. Me conoces desde que era una niña, sabes que su secreto está a salvo conmigo, me pediste ayuda para que volviese a la vida —eso hizo fruncir el ceño a su amiga— y aún tratas de mantenerme en la ignorancia. ¡De menuda gente me rodeo!

—No soy quien, para...

—¿Para contarme que tu señora ha tenido un encuentro con el de Osorno? ¡Bien que me avisaste cuando viste que no llegaban niños tras el matrimonio de Marina con Juan!

—¡Inés! —aquella vez fue Marina quien se rebeló.

La criada se puso roja como la grana. Miró primero a la condesa y luego a su señora. Burla y diversión a partes iguales. ¡A su costa! Alzó el mentón como si se sintiera ofendida, cuando realmente estaba encantada de que aquellas dos palomas contasen para todo con ella, como si fuera una hermana mayor. Muy seria, caminó hacia la puerta dejando a un lado lo que estaba haciendo.

—Ustedes dos son como el tifus, niñas.

Las risas de las jóvenes la siguieron hasta que descendió al piso inferior, sonriente y orgullosa.

—Y ahora desembucha —ordenó Elena, una vez quedaron a solas en el cuarto—. No quiero que te guardes nada, necesito conocer hasta el último detalle.

Para demostrar que estaba dispuesta a escuchar el relato de su amiga, se sentó en una butaquita, apoyó los codos sobre las rodillas y cruzó las manos, dejando que su mentón descansase sobre ellas.

Riendo ante el escrutinio de Elena, Marina se sentó en el borde de la cama.

—No pienso contarte escenas escabrosas.

Al momento siguiente la tenía a su lado, tumbada boca abajo, el mentón apoyado de nuevo en las manos y los ojos brillantes de regocijo.

—Vale, lo admito. Pero... ¿vimos bien cuando entramos en el cuarto de la casa de Leonor?

Marina miró a su amiga muy seria y dijo en tono confidencial:

—Hazte a la idea de que estábamos ciegas, chica.

Las carcajadas de ambas, de nuevo inundaron el cuarto.

16

Mientras que los soldados insurgentes veían cómo el ejército enemigo iba agrandándose aguardando la llegada de las tropas del condestable don Íñigo de Velasco, y observaban, con creciente inquietud, las fogatas del campamento enemigo, cada vez más numerosas, invadiendo la noche como si de luciérnagas se tratara, los invitados a la fiesta de la familia Jonquera iban llegando poco a poco a la enorme mansión. Al menos dos decenas de carruajes se encontraban ya aparcados en la inmediaciones de la casa, ocupando el ancho camino de tierra. Los criados encargados de atender a los que iban llegando se afanaban, yendo de un lado a otro, tratando de cubrir a las damas de la escasa pero impertinente llovizna que había comenzado a caer hacía ya más de una hora y que iba convirtiendo los caminos en lodazales.

Doña Genara y su esposo, en el gran salón de recepción de la entrada, sonreían a los invitados y recibían enhorabuenas. Aunque sin perder la sonrisa, la dama no dejaba de lanzar rápidas ojeadas hacia la enorme escalera que bajaba hasta el vestíbulo.

—¿Dónde se ha metido tu hijo? —preguntó don Alberto entre dientes.

—Estará a punto de bajar.

—Más le vale hacerlo pronto o va a saber quién es su padre —amenazó en voz baja mientras sonreía a los recién llegados.

El carruaje de la condesa de Bellaste frenó en ese momento tan cerca de la entrada como le fue posible a su cochero, dada la aglomeración de vehículos. Dos sirvientes corrieron hacia él y, mientras uno tomó los caballos de las bridas otro abrió la puerta e hizo descender la escalerilla, tendiendo la mano a la primera mujer.

—Vaya —sonrió Elena Zúñiga al ver tanta agitación, aceptando la ayuda del criado con una sonrisa—, parece que todo Toledo se hubiera dado cita aquí.

Recogiéndose el ruedo del vestido y la capa, Marina descendió tras ella, admirando el boato que rodeaba la mansión. Cuando entraron, saludaron a los anfitriones y les recogieron las capas, no estuvo muy segura de haber elegido el vestido adecuado para la ocasión, pero Elena e Inés habían insistido en que luciera una creación italiana, de terciopelo azul marino, tan oscuro que parecía negro. El corpiño estaba adornado con pequeñas cuentas azules y perlas, al igual que los puños ceñidos, mientras que la falda se abría desde debajo del pecho en capas que provocaban olas oscuras a cada paso que daba. El vestido era una maravilla creada para el lucimiento de cualquier mujer, pero el escote cuadrado..., ¡aquello era otra cosa! Marina había tratado de subirlo, pero la tela no daba más de sí y al final hubo de claudicar ante la avalancha de protestas de su amiga y su criada. La Corte española era todo menos sofisticada y el vestido podía resultar, para el puritanismo imperante, provocativo. Para colmo de males, Elena se había empecinado en que cubriese sus cabellos recogidos con horquillas con una redecilla negra y se olvidase de la maldita toca. Como único adorno, una cadena de oro, sencilla, rodeaba su garganta. Rezó por que los comentarios sobre su reciente luto no se volcasen, para mal, en su indumentaria.

Elena, por su parte, había elegido un vestido rojo oscuro de tafetán, de escote redondo y cuello elevado tras la nuca, cuyo bajo y cintura estaban tejidos en hilo de plata. La redecilla que cubría sus rubios cabellos era del mismo color del vestido y en el cuello llevaba un camafeo con la miniatura al óleo de una mujer: su abuela. Algo así como un reto para el que quisiera aceptarlo.

Tan pronto hicieron acto de presencia en el gran salón, el bullicio de más de doscientos invitados las envolvió. De inmediato se vieron rodeadas de conocidos, muchachas jóvenes que deseaban admirar sus vestidos, damas que se acercaron para después criticar su atuendo y hombres de todas las edades. Las familias de los Aranda y los Alonso de Cepeda eran conocidas en sociedad y aquella celebración era la primera a la que Marina asistía después de la muerte de su padre y de su esposo, así que se convirtió en la novedad de la noche. Por otra parte, Elena se había criado en Toledo y, el que más y el que menos, siempre que rondara los cuarenta, recordaba las travesuras de las dos muchachas cuando eran adolescentes.

—Posiblemente la viuda más hermosa de Castilla —alabó uno de los hombres al tiempo que se inclinaba sobre la mano tendida de la joven—. Espero que me conceda el primer baile, doña Marina.

Su sonrisa fue su beneplácito.

—Será un placer, don Alvar.

—¿Dónde conseguisteis el vestido? —quiso saber la joven que acompañaba al caballero, una graciosa morena que no parecía cómoda con su atuendo color aceituna—. Tengo que tener uno igual. ¡Necesito saber quién es la modista!

—Temo que el modisto es italiano.

—¡Un hombre! —La miró asombrada y luego se echó a reír—. Tenía que ser. ¡Quién mejor que un varón para saber lo que queda bien a una mujer!

—¡Claudia, hija, compórtate! —susurró el caballero—. Discúlpennos, señoras. Volveré por mi baile, doña Marina —prometió.

Después de muchas salutaciones e intercambio de algún que otro cotilleo, consiguieron quedarse a solas y Elena se inclinó hacia Marina:

—Estás causando furor, carbonilla.

—Espero no estar en boca de toda la ciudad mañana por la mañana. Elena, este vestido es demasiado... demasiado...

—¿Regio? ¿Esplendoroso? ¿Sublime?

—Atrevido sería el adjetivo adecuado.

—Ñoña.

—Inmoral —sonrió Marina—. ¿Por qué estiras tanto el cuello? —preguntó al ver a su amiga buscando por encima de las cabezas del gentío.

—Busco al heredero de don Alberto. No lo veo desde que me casé.

—Tampoco yo lo he visto últimamente. Oí decir que se fue a Salamanca y regresó hace apenas unos meses.

—¡Ahí está! —Alzó la mano y saludó al joven que bajaba las escaleras para unirse al tumulto. Cogió a Marina de la mano y tiró de ella—. Vamos, nos ha visto.

Casi arrastrándola entre damas emperifolladas y caballeros engalanados, repartiendo incluso algún que otro codazo disimulado para hacerse hueco, llegaron hasta la escalera. El hombre que las contemplaba desde el tercer peldaño, con los puños en las caderas, esbozó una sonrisa divertida. Bajó el tramo que le quedaba, tomó la mano que Elena le tendía y se inclinó sobre ella sin dejar de mirarla a los ojos.

—Cada día más hermosa —dijo—. ¿Has pensado en separarte de tu esposo? —Mientras ella le regalaba una sonrisa afectada, ofreció su atención a la otra joven e hizo una corta reverencia—. Creí que llovía, pero está claro que acaba de salir el sol, doña Marina.

—¡Cuánta teatralidad para aquel muchacho que nos tapaba las travesuras!

Miguel de Jonquera echó la cabeza hacia atrás y dejó escapar una sonora carcajada que llamó la atención de los que les rodeaban. Luego, enlazó la cintura de ambas muchachas y las empujó hacia una salita adyacente donde había dispuestas bebidas y canapés.

—¿Un ponche?

—¿Está cargado? —preguntó Elena en tono confidencial.

—¿Qué ponche que se precie no lo está? —rio de nuevo el joven.

Entre bromas y recuerdos de sus días de colegio, rememorando algunas de las trastadas a las que se entregaban las dos muchachas cuando las liberaban de sus estudios y las estadías maravillosas en las casas paternas, Marina se olvidó de su vestido. Parecía que Elena había vuelto a acertar, como siempre, y su atuendo no iba a suponer el escándalo que ella temía. Por el contrario, las miradas apreciativas de los hombres le dieron alas para integrarse totalmente en la fiesta y se prometió disfrutar de ella al máximo. Aunque el dolor por la muerte de su padre y su esposo aún ocupaba un amplio hueco en su corazón, era consciente de que tenía una vida por delante y esa vida, obviamente, estaba entre las gentes de Toledo. Ni su padre ni Juan hubieran querido que se consumiese en la soledad. Por fortuna, tenía a Elena a su lado animándola e incitándola a vivir. Jamás podría agradecérselo suficiente.

Antes de cumplirse la primera media hora, tenían ya tantas peticiones de baile que posiblemente la fiesta no duraría lo bastante para cumplir con ellas. Miguel acababa de dejarlas —por un instante, dijo— para hablar con uno de los invitados, justo cuando vieron acercarse a Luis y a su esposa Consuelo. Como un forúnculo, el padre Cifuentes les acompañaba.

—Se fastidió la noche —dijo Elena entre dientes.

Luis de Aranda saludó con cariño a las dos jóvenes, dando un beso en la frente a su cuñada.

—Si hubiésemos sabido que vendrías —dijo sonriente—, te habríamos recogido en nuestro coche.

—Vinimos en el de Elena.

El hombre, como siempre encantador, tomó la mano que le tendía la condesa y se inclinó hacia ella.

—Es un placer volver a verla, doña Elena. ¿Podemos esperar que nos visitéis en Villa Olivares a no mucho tardar?

—Será un honor, desde luego. Buenas noches, Consuelo. Padre Cifuentes. No sospechaba que os gustasen este tipo de reuniones.

—Y no me gustan —gruñó él—. He venido exclusivamente porque doña Consuelo me lo ha pedido. Espera que pueda ser presentado al regente. Para mí, un oscuro y pobre siervo de Dios, sería un placer insospechado.

Oscuro, con seguridad, pensó Elena mirando con atención al gordinflón sujeto, pero no tenía nada de menesteroso ataviado con aquella sotana de la mejor tela y luciendo un par de anillos grandes y vulgares en sus dedos de salchicha.

—Se os ve muy bien —dijo la muchacha—. ¿Quizás os encuentro un poco más orondo desde que nos vimos por última vez?

Álvaro de Cifuentes se envaró. Las venillas de sus mofletes formaron un laberinto rojizo que resultó gratificante a la dama, quien, por su parte, sonreía aún de modo angelical, como si le hubiese regalado un cumplido. El fraile no fue capaz de abrir la boca para replicar y se removió, inquieto, junto a su protectora. A Luis pareció hacerle gracia la puya y carraspeó disimulando una risita que le hizo ganarse la mirada biliosa de su esposa.

—Vos sí os veis encantadora, condesa —acudió Consuelo en ayuda del fraile—. Como mi querida cuñada. —Los ojos ratoniles se pasearon desde la negra redecilla del cabello hasta el ruedo del vestido—. Por lo que he podido oír, vuestros vestidos están causando sensación, señoras mías. Y un poco de escándalo.

—La Corte española ha sido siempre demasiado opaca —replicó Elena.

—Debe serlo, si queremos guardar la compostura. Atavíos como éstos solamente pueden dar pie a que los hombres pierdan su compostura.

Elena mostró su perfecta dentadura en un gesto irónico que hizo poner en guardia a Marina. Sabía de la fobia de su amiga hacia Consuelo Parreño y era posible que si ésta seguía azuzando, se encontrase con algo que no esperaba. Elena Zúñiga siempre fue imprevisible. Por fortuna, Luis tomó a su esposa del codo y volviendo a inclinarse ante las dos jóvenes dijo:

—Nos perdonáis ahora, ¿verdad? Quiero hablar un momento con don Alberto.

Cuando el trío se alejó, Elena soltó un taco feísimo por lo bajo.

—Odio a ese seboso y odio a la cacatúa. Aléjate de ellos, Marina, no son trigo limpio.

—Creo que exageras. Te estás dejando llevar por tu mal genio.

—Más bien por mi instinto. Nadie que mire de la forma en que lo hace Consuelo puede albergar buenos sentimientos. En cuanto al curita..., ¡es como una pústula, por Dios!

Marina no pudo remediar reírse al ver el hastío de su amiga y Elena se unió a su regocijo, segura de que la presencia de Consuelo no les había amargado la fiesta. Aquellas risas llamaron la atención de algunos caballeros que se acercaron a ellas, solícitos.

La música de cámara que sonaba, extraordinariamente interpretada por cuatro instrumentistas, inundaba el salón a modo de acompañamiento y las conversaciones subieron ligeramente de tono. Los criados atravesaban el salón de un lado a otro portando bandejas con copas, pasteles y canapés salados, haciendo alarde de equilibrio entre los invitados.

Cuando Adela de Jonquera y Cintra hizo su aparición en lo alto de la escalera, su padre se apresuró a subir a la plataforma de los músicos, ordenó silenciasen los instrumentos y pidió la atención de todos.

—Queridos amigos —elevó la voz al tiempo que los brazos para hacerse oír entre la creciente algarabía—. Debería anunciar lo que voy a decir a media fiesta, como es costumbre, pero dado que a media noche posiblemente algunos caballeros no estarán tan despejados... —se escucharon risas en la sala— lo haré ahora. Adela, mi hija —estiró el brazo llamando a la joven en silencio y ella, que evidentemente había ensayado hasta la saciedad su entrada, bajó los escalones muy estirada y lo suficientemente despacio como para que todos pudiesen admirar el vestido de terciopelo rojo oscuro que lucía—, va a convertirse en la condesa de Tavira.

Al nombrar el título nobiliario de su futuro yerno colocó una mano sobre el hombro del sujeto que tenía a su lado.

Los aplausos prorrumpieron en el salón. Se escucharon algunas felicitaciones en voz alta y muchos invitados rodearon a la pareja. Miguel regresó junto a ellas en ese momento, con el ceño fruncido.

—Más le valdría quedarse soltera —murmuró por lo bajo, ganándose la mirada inquisitiva de las dos muchachas.

—¿Sabes algo que nosotras no sabemos?

—No me gusta Aquilino Castro, el omnipotente conde de Tavera. No es hombre para mi hermana. Eso sí, su amistad con el regente le hace el mejor candidato para mi padre.

Marina se fijó en la futura novia. Adela era una mezcla de pudor, honestidad y mesura que agradaba a la vista. Morena y espigada, bonita sin estridencias, pero elegante en cada movimiento y gesto. Luego observó al futuro esposo y realmente entendió qué era lo que no le agradaba a Miguel. Tenía un aire disoluto, licencioso, casi corrompido. Alto, delgado, de hombros estrechos, mirada vivaz y una frente demasiado despejada. Se movía como si cuanto le rodeaba le perteneciese, y en sus labios finos, cuando cruzaba la mirada con Adela, aparecía un rictus extraño.

—Un buitre —sentenció Elena, mucho más directa que ella—. ¿Y dices que es amigo del regente?

—Íntimo, por lo que sé.

—¡Qué interesante! Me lo presentarás, ¿verdad?

—Creía que tenías mejor gusto —repuso él.

—Ya sabes que siempre me han interesado los hombres importantes.

Hubo un intercambio de miradas entre los dos que Marina no llegó a comprender, sobre todo cuando escuchó que Miguel decía:

—Ten cuidado. ¿Nos disculpas, Marina?

La joven vio cómo aquellos dos se alejaban y atravesaban el salón en dirección a la pareja agasajada, y se preguntó en qué lío estaba metida Elena, porque no le cupo duda que algo tramaba y, lo que era más intrigante, que Miguel de Jonquera estaba al tanto.

—¡Qué belleza! ¡Estás preciosa! ¡Quiero el primer baile! —dijo una voz severa a su espalda, haciendo que se sorprendiera al notar unos dedos en su cintura—. ¡Todos los bailes!

Por un instante se quedó sin aliento. Ante ella, alto, recio, implacable, Carlos Arteche la devoraba con los ojos. No pudo remediar mirarlo desde el oscuro y brillante cabello, el mechón rebelde que caía sobre sus ojos, pasando por el jubón negro bordado en plata, los ajustados calzones del mismo color, los zapatos... Su vista regresó a los ojos de Carlos y se mordió los labios para no sonreír como una idiota. El conde de Osorno resultaba demoledor, portentoso, el hombre más atractivo que hubiera conocido jamás. Hades arrastrándola a los infiernos. Podría haber pensado que la mayoría de los adjetivos que le regalaba mentalmente no eran más que el fruto de su pasión, pero las miradas admirativas y voraces de las mujeres que les rodeaban confirmaron sus atinados desvaríos. Carlos parecía una fantasía arrancada de un cuento, una ilusión, una quimera..., que había compartido con ella unas horas plenas de placer y sexo.

No. Ciertamente no era un sueño, sino una realidad hecha hombre. Y un hombre que la miraba con nuevos deseos de devorarla. Dio gracias por estar en medio de tanta gente y tembló cuando los dedos del conde, con disimulo, acariciaron la parte baja de su espalda. El calor de la mano masculina le llegó, incluso, a través de la tela del vestido.

—Se lo prometí a don Alvar San Román —dijo con un hilo de voz que a ella misma le costó escuchar.

—Al pobre diablo le queda poco tiempo de vida —repuso él, encogiendo sus anchísimos hombros—. Lo retaré a duelo.

La risa se le escapó a Marina de la garganta y vio la sonrisa de Carlos como un fogonazo en la oscuridad.

—¿No me crees capaz?

—¡Por descontado que sí!

—Lo haré si se atreve a poner sus manos en un cuerpo que es mío.

—Soy yo quien debe decidir eso, señor mío.

—Ni lo sueñes, pequeña. Dejaste de poder decidir sobre el tema desde que te metiste en mi cama.

Marina notó que se sonrojaba. Frunció el ceño y clavó sus ojos oscuros en los de Carlos.

—No eres mi esposo para darme órdenes o decirme a quién debo prestar mis atenciones. Y aunque lo fueses, tampoco te daría ese derecho.

—Pero soy tu amante.

—¡Sólo hasta que yo quiera!

—Eso ha de verse.

—Puede verse ahora mismo. —Marina le dio la espalda, resuelta a alejarse.

Carlos la atrapó por el talle y la pegó a su pecho, y ella se envaró. Sonriendo a quienes pasaban a su lado, como si nada estuviera sucediendo, dijo entre dientes:

—Quítame las manos de encima.

—No puedo.

—¡Ahora mismo!

Carlos no la soltó, pero dejó que se separase una cuarta de él. Su aliento quemó la nuca de la muchacha cuando habló bajito, en un susurro.

—No te muevas, Marina —gimió—, o daremos un escándalo. Estoy a punto de rasgar los calzones, cariño.

El soez aserto sobre su estado de excitación la hizo envararse, pero a la vez, un cosquilleo la recorrió desde la nuca hasta el triángulo entre sus muslos. Asombrada, notó que comenzaba a humedecerse y maldijo en silencio a aquel hombre al tiempo que lo deseaba. De pronto, el ambiente se tornó caliente, pegajoso, insoportablemente bochornoso. Cerró los ojos y a su mente regresaron los momentos no tan lejanos, en que ambos se revolcaron sobre el revuelto lecho, sus miembros entrelazados, sudorosos, lamiendo uno la piel del otro, tocándose, excitándose, amándose hasta quedar saciados, ahítos de placer. Un amanecer cautivo en sus caricias. Comenzaron a temblarle las piernas.

—Tengo calor.

—Te invitaría a dar un paseo por los jardines, pero sigue lloviendo, amor mío.

¡Amor mío!, suspiró Marina. Hubiese dado la vida por que aquellas palabras fueran ciertas y no simplemente un modo de hablar. Hubiera muerto por saber que Carlos Arteche la amaba realmente, como ella lo adoraba a él.

—Necesito algo fresco —rogó.

Sin una palabra, él la tomó de la mano y tirando de ella la condujo entre los invitados. Mientras caminaban hacia el saloncito de las viandas, Marina trató de frenar sus largos pasos. Empezaba a estar harta de que hubiera tomado la costumbre de llevarla a rastras.

Ya con un ponche en la mano lo miró, notando que el calor le subía por el cuello. Sin proponérselo, sus ojos se desviaron hacia los oscuros calzones y tragó saliva.

—Te hace falta otro ponche frío..., para echártelo por encima —dijo.

Colocando el pie derecho sobre uno de los travesaños

de la mesa para disimular su violenta erección, Carlos le regaló una mirada de reproche.

—Yo no tengo la culpa.

—El calzón es tuyo..., y lo que hay debajo también —respondió Marina.

—Puedes reírte lo que quieras, pero te juro que en cuanto apaguen las luces vas a probar... lo que hay debajo.

Marina se atragantó con el ponche. ¿Apagar las luces? ¿De qué diablos hablaba Carlos? Lo interrogó con la mirada.

—Miguel dice que a las doce en punto se apagarán los candelabros. Al parecer, don Alberto quiere dar un regalo sorpresa a los novios.

—¿A oscuras?

—Ni lo sé ni me importa, mujer, pero estate atenta al reloj que hay encima de la chimenea, cerca de los músicos. Cuando falten tres minutos espérame en aquella puerta —señaló.

—Creo que no podré. Estaré ocupada bailando con cualquiera.

Arteche clavó sus ojos en ella y sonrió como un diablo.

—Si quieres que quede inútil... Tú decides, princesa. Me pareció que apreciabas bastante cierta parte de mi anatomía como para hacer que la pierda esta noche.

Ella tuvo un acceso de tos y Carlos la golpeó caballerosamente en la espalda. Cuando se secó las lágrimas y pudo aclarar la visión dejó escapar un pequeño gemido. ¡Dios, cómo oponerse a él! Le estaba prometiendo un momento de placer, un escarceo, fugarse en medio de todos aquellos invitados, esconderse en algún cuarto, volver a sentir sus brazos rodeándola... ¡Algo escandaloso! Se le hizo un nudo en la garganta y sólo pudo asentir.

Carlos sonrió. Como un maldito pirata. Se besó el dedo índice y se lo puso en la punta de la nariz.

—A las doce —dijo.

Luego, se perdió entre la gente. La música comenzó a desgranarse en notas y algunas parejas ocuparon el centro del salón dispuesto para el baile. Marina hubo de apoyarse en la mesa, las piernas convertidas en gelatina.

Elena parecía haber acaparado con su simpatía a Aquilino Castro mientras su prometida hacía las veces con otros invitados, y Marina, que había bailado ya tres piezas, se encontraba hablando con un teniente del ejército imperial en licencia por las heridas sufridas en combate, cuando el bullicio del salón se fue apagando poco a poco. Los cuchicheos comenzaron a circular y todas las cabezas se volvieron hacia la entrada. Adriano de Utrecht acababa de hacer su aparición.

Vestido con una capa oscura ribeteada de armiño blanco y una toca que cubría su cabeza, echó un vistazo a los asistentes a la celebración. Su mirada, un tanto huraña, hizo sentir desasosiego a Marina. Aquel hombre era quien regía ahora los pasos de Castilla, quien tenía en su mano las vidas de hombres y mujeres; una palabra suya y cualquiera podía ser decapitado. De repente, el triste profesor de teología de la Universidad de Lovaina sonrió cuando don Alberto de Jonquera y su esposa se aproximaron a él. La dama se inclinó para besar el anillo cardenalicio y otro tanto hizo el esposo. Intercambiaron algunas palabras y después, caminando por el pasillo que los asistentes abrieron a su paso, se dirigió para dar su felicitación y recomendaciones a los futuros esposos. La música había cesado por completo y sólo se oían murmullos. Algunos parecían encantados de la presencia del cardenal y otros tenían gesto de circunstancias, pero todos y cada uno de ellos se procuró un hueco para saludar al recién llegado.

Cuando Adriano se retiró con el anfitrión a uno de los

salones adyacentes, y sólo entonces, los músicos volvieron a desgranar las notas de sus instrumentos y el salón regresó a la vida. Casi al momento, el teniente Alcántara la invitó a una danza y Marina aceptó, echando miradas de reojo al reloj. Las once y media. Faltaba aún media hora para encontrarse con Carlos quien, misteriosamente, había desaparecido de la escena. Le resultó curioso que tanto Miguel como Elena lo hubiesen hecho también, pero la conversación fluida y divertida del hombre que la acompañaba, entre paso y paso del baile, la hizo olvidarse de los dos últimos por completo.

17

En una sala del piso superior, los tres desaparecidos bebían vino especiado y guardaban un silencio pensativo. Carlos miraba por la ventana, el pie apoyado en el asiento de piedra de la misma. Sus ojos verdes se habían vuelto más claros y tenía las mandíbulas encajadas. Miguel de Jonquera, por su parte, miraba casi con obsesión las llamas que lamían los troncos de la chimenea que caldeaba la habitación. Elena, sentada recatadamente en un sofá, daba vueltas a su copa entre los dedos.

—Debe de haber algo que podamos hacer —dijo la joven.

—No hay tiempo. Si es cierto lo que has averiguado, no hay tiempo —repuso Miguel—. ¿Se te ocurre algo, Carlos?

El conde de Osorno dejó de observar las gotas de la fina lluvia que caía con insistencia sobre árboles y macizos de flores y se volvió un poco. Conocía a Miguel desde hacía tiempo y siempre supo, desde el comienzo de la confrontación, qué lugar ocuparía.

—Sólo podemos esperar y rezar para que las tropas del condestable no sean lo suficientemente numerosas como para causar estragos en el ejército de Padilla. ¡No entiendo cómo no nos hemos enterado antes!

—Parece que era un secreto bien guardado. Tu futuro cuñado no ha tenido problemas en hablar esta noche del asunto cuando le sonsaqué, porque ya es inminente —musitó Elena—. Si Padilla y Bravo son derrotados, todo estará perdido.

—Tavira parece estar muy bien enterado de las intrigas de la Corte. No me gusta. ¡No me gusta en absoluto! Pensar en que mi hermana se va a casar con ese individuo me hace hervir la sangre. Espero que cuando se casen, al menos, deje de visitar con tanta asiduidad a la viuda Solares.

—¿Encarnación Solares? —preguntó Carlos, asombrado.

—Sí. Lo descubrí por casualidad. Es algo que me intriga. Hubiera jurado que esa dama era simpatizante de nuestra causa.

—¡Y lo es, puedo jurarlo! —exclamó el conde tensando los músculos, un remolino de inquietud repentino—. ¿Quién crees que me avisó de lo que se proponían los realistas?

Durante un instante, los tres guardaron silencio. Estaban pensando lo mismo, pero ¿cómo probarlo? Que Tavira fuera el amante de Encarnación Solares no tenía forzosamente que significar que él fuera el traidor al que buscaban.

—Investigaré a fondo este tema —susurró Miguel—, pero ahora lo más inmediato es el siguiente paso del ejército del emperador.

A Carlos le chirriaron los dientes. La furia le estaba carcomiendo las entrañas. Sabía, como sabían los otros dos, que los imperiales no tendrían clemencia con los vencidos si se alzaban con el triunfo. Demasiado tiempo llevaba

Carlos I tratando de desmembrar a quienes se oponían a él, para no aprovechar la ocasión de cortar de raíz la cuña de insurrección que tenía clavada en el trasero. ¡Y él allí varado, en Toledo, lejos del enfrentamiento y absorto en una maldita fiesta! Miró a Miguel y supo que opinaba lo mismo. La voz de Elena hizo que ambos volvieran a la realidad.

—Puede que si ellos ganan —dijo, su mirada fija en el rojo vino—, la paz vuelva a Castilla.

—No habrá paz mientras los maravedíes castellanos se sigan utilizando en Nápoles y Alemania —afirmó Miguel.

—El rey lo debe entender. No puede tener siempre al pueblo levantado en armas.

—Mejor hubiese sido que gobernase su madre, doña Juana.

—Podría haberlo hecho de no haber tenido la mente obnubilada con ese condenado flamenco con el que se casó —argumentó el conde—. Pero las cosas están como están, ella se retiró a Tordesillas y Carlos I es ahora nuestro soberano.

—¡Que nos trata como a cerdos!

—Para eso se levantaron Bravo, Maldonado y Padilla. Para eso el pueblo de Toledo, de Valladolid, incluso de Cádiz, ha dejado parte de su sangre, Miguel. Para hacerle entender, para que cambie de modo de gobernar y comprenda que Castilla es Castilla y no sus posesiones alemanas. Por eso estamos nosotros aquí, espiando como condenados para frenar sus desmanes.

Miguel arrojó el vino que quedaba en su copa sobre las brasas, observando el chisporroteo que provocaba.

—Desearía que no regresase de Alemania. Que se quedase allí. Que desapareciese.

Carlos abandonó la ventana y se acercó a él de dos zancadas. Lo tomó por el jubón y lo sacudió. Su mirada era fiera.

—¡Es tu rey! —dijo en tono severo—. No olvides eso nunca, muchacho. Tu rey. Por deseo divino, por nacimiento y por herencia. Podemos levantarnos contra él, luchar contra su ejército, espolearle y hasta ser un grano en su culo, pero seguirá siendo nuestro soberano con derecho a ocupar el trono.

El joven Jonquera asintió al cabo de un momento y se quitó las manos del conde del cuerpo.

—Nada me gustaría más que poder ponerme de hinojos ante él y ofrecerle incluso mi vida. Todos nosotros lo haríamos. No estamos en contra del rey, sino en contra de sus decisiones para con nuestra tierra.

—Es curioso —dijo Elena con una sonrisa torcida—. Luchamos contra él y a un tiempo deseamos rendirle homenaje. Si en una jauría de perros uno se desmanda, el resto se enfrenta a él, lo rechazan e incluso le obligan a alejarse. Los humanos somos, la mayoría de las veces, bastante más estúpidos que los animales. Nos rigen el honor, la sangre y la herencia, más incluso que las acciones.

Durante un momento los tres guardaron silencio, rumiando en sus mentes aquellas palabras. Tras esa corta tregua, Miguel se irguió y dijo:

—Debo regresar abajo. ¿Venís?

Carlos echó un vistazo al reloj dorado que había sobre la chimenea y asintió con un movimiento de cabeza. Faltaban cinco minutos para las doce y él tenía una cita con Marina Alonso. Ni la guerra, ni el rey, ni el mismísimo Satanás en persona iban a impedirle acudir a ella.

Si las manecillas del reloj se desgastasen por mirarlas, aquéllas habrían desaparecido hacía largo rato.

Marina volvió a observar la hora y el corazón le dio un

vuelco. Cuatro minutos para las doce de la noche. La hora de las brujas. La hora del demonio. La hora, sin duda, de Carlos Arteche. Rezó por que la pieza que estaba bailando en ese momento finalizase de inmediato. Por fortuna, el anfitrión tenía todo previsto. Un minuto después acabó la pieza, se hicieron mutuas reverencias, Marina cubriendo el suelo con el ruedo de su vestido y las parejas regresaron a los laterales del salón para descansar. Ella se disculpó con un caballero que solicitó el siguiente baile y se alejó con premura hacia la puerta indicada por Carlos. Temblaba de agitación. Cada uno de sus nervios vibraba, anticipándose al encuentro. Le hubiese gustado bailar con Carlos, notar sus manos en la cintura cuando la danza lo requiriera, mirarle a los ojos mientras se movía, intuía que divinamente, interpretando la pieza. Pero Arteche era distinto a los demás y no parecía sentirse cómodo en medio de la fiesta. Posiblemente asistió porque no tenía otro remedio, porque su título le obligaba a dejarse ver en aquella celebración, pero se había escabullido como un zorro saliendo de un gallinero, sin ruido. Bien, ahora iba a tenerlo de nuevo y la zozobra por lo que estaban dispuestos a hacer la llevaba casi al paroxismo. Lo prohibido siempre había llamado la atención de Marina. Burlar las normas había sido su obsesión casi desde niña. Con Carlos había hallado un modo de sacar la lengua a lo recatado de aquella sociedad, aparentemente estricta.

Varios criados aparecieron en la sala y comenzaron a apagar las velas. Una marea de murmullos se extendió entre los asistentes y se escuchó alguna risa femenina ante tan extraño proceder. Poco a poco, el salón se fue quedando en penumbra y solamente las luces de las antorchas exteriores, protegidas por cobertores para que la lluvia no las apagase, alumbraron los contornos del salón. Marina vio de reojo cómo un caballero, aparentemente serio, pellizcaba el trasero de la dama que lo acompañaba y ella soltaba un gritito seguido de una carcajada divertida.

Cuando llegó a la puerta, el corazón de Marina estaba a punto de salirse del pecho. El siseo asombrado de los invitados le hizo volver la cabeza hacia las puertas que daban acceso al jardín, a la derecha del salón. En la penumbra, las vio abrirse, y algo grande y pesado en donde habían colocado velas encendidas, fue empujado hacia el interior. Los invitados comenzaron a arremolinarse junto a aquella masa informe que chirriaba al ser arrastrada por seis criados hacia el centro mismo de la sala de baile. Exclamaciones de asombro, algunas risas, algún jocoso y desenfadado comentario picante en la suposición de que el presente pudiera ser una cama para los futuros desposados.

Justo entonces el reloj comenzó a desgranar sus campanadas marcando las doce de la noche. Una noche que muchos jamás olvidarían.

Colocado el regalo ya en el centro, los criados empezaron de nuevo a prender las velas y el salón cobró vida otra vez. Las expresiones de sorpresa y agrado recorrieron la sala. Marina pudo llegar a ver a medias un hermoso carruaje adornado con flores blancas y cintas azules, un segundo antes de que la puerta que estaba a sus espaldas se abriese silenciosamente y una mano grande le tapase la boca al tiempo que un brazo fuerte la tomaba por la cintura para arrastrarla hacia el interior.

Cuando la puerta se cerró y quedó parada en medio de la oscuridad, escuchando las exclamaciones y el jolgorio que el regalo de don Alberto estaba causando, el olor a sándalo que emanaba el cuerpo que la sujetaba la hizo tiritar.

Carlos le quitó la mano de la boca sólo para volver a cubrirla con sus labios mientras la estrechaba con fiereza contra su cuerpo.

El beso fue largo, ardiente, inflamado de deseo contenido. Marina sintió que su cuerpo se incendiaba de necesidad, que estaba siendo incinerado por el fuego de la pasión. Las manos de Carlos se movieron por su espalda, su cintura. Al sentir que la tomaba de las nalgas y la aupaba hacia su ya dispuesta virilidad, ella gimió.

—Te deseo —dijo con voz ronca—. ¡Dios, te deseo tanto, Marina!

Ella no dijo nada. No podía decir nada. Se estaba ahogando en sensaciones. Notaba que el corazón galopaba como un loco en el pecho, que las sienes palpitaban, que tenía la garganta seca, en contraste con la humedad que, de nuevo, anidaba entre sus muslos. ¡Santa Madre de Dios!, gimió mentalmente. Con sólo tocarla, este hombre conseguía convertirla en gelatina, volverla una mujer apasionada bajo sus tórridos besos, avara de su cuerpo, promiscua y salvaje.

Mientras Carlos la tomaba en brazos y bajaba la boca para besarle el inicio de los pechos que sobresalían por encima del provocativo escote, ella rodeó el cuello masculino, segura de caer desmadejada si él la soltaba. Echó la cabeza hacia atrás para facilitarle la tarea y un hormigueo de excitación recorrió el camino desde sus pezones hasta el bajo vientre. Los pechos se inflamaron, se endurecieron. Carlos la estaba transportando a algún lugar y a ella le importó un pimiento hacia dónde se dirigían. Como si fuese al centro del Averno. Iría con él al fin del mundo si así lo quería.

La oscuridad les envolvía como una mortaja, pero Carlos parecía saber muy bien el camino porque no tropezaron ni una sola vez. Estaba claro que conocía aquella casa y no era extraño, porque el heredero de los Jonquera y él mantenían una antigua amistad.

Anduvo él por un largo pasillo, subieron escaleras, recorrió otro pasillo, cargando siempre con Marina, hasta que se paró frente a una puerta.

—Abre.

Marina hizo girar el picaporte, entraron y él cerró con el tacón del zapato. La oscuridad era total dentro de la pieza donde se encontraban. La depositó en el suelo, dejando que su cuerpo resbalase sobre el de él, haciéndole saber que aquella caricia larga era el preámbulo de otras más ardientes. Notó que se alejaba de su lado y casi al momento vio una yesca encenderse. El rostro atezado y hermosamente viril de Carlos podía haber sido el de una aparición, iluminado por la diminuta llama que surgió cerca del suelo. La llama prendió y en un instante los troncos lamieron los contornos de una chimenea que lanzó una luz rojiza sobre el cuarto. Ella echó un vistazo alrededor y se asombró. Estaban en una habitación de tamaño mediano, lujosamente amueblada por un sofá, un par de sillones y una mesa grande y pesada de madera oscura.

—Es el estudio de Miguel —explicó Carlos.

Marina asintió, viendo el modo diestro con que él acababa de preparar el fuego. Lo vio acercarse hasta el sofá, tomar una manta de piel y tenderla frente a la chimenea. Un par de cojines grandes y mullidos fueron a parar sobre la manta.

—Ven aquí.

Carlos tendía su mano hacia ella, llamándola. Con la luz del fuego a su espalda, lo vio fabulosamente atractivo. Tenía algo de mágico y satánico encontrarse a solas con él en ese cuarto, mientras el resto del mundo bebía y bailaba un piso más abajo.

Caminó hacia él, le tendió las manos y se encontró al segundo rodeada de unos brazos fuertes que la estrecharon contra un pecho granítico. Marina apoyó la mejilla en la tela del jubón y suspiró mientras lo abrazaba por la cintura.

—¿No nos echarán de menos?

—La sorpresa de Jonquera les tendrá entretenidos durante un buen rato. —Los dedos masculinos, diligentes, estaban soltando la redecilla de sus cabellos. Dejando la prenda sobre la repisa de la chimenea, Carlos introdujo sus manos en la sedosa mata de pelo para liberarlo de las horquillas que, cuidadosamente, fue dejando una a una junto a la redecilla—. ¿El vestido es tuyo?

Marina parpadeó al observar su rostro.

—Me lo prestó Elena.

—Entonces tendré que ir con cuidado. No quiero pagarle uno nuevo si lo estropeo —bromeó Carlos, mientras atacaba los broches.

Ella lo tomó de las muñecas, frenando su avance.

—Espera.

Una ceja de Arteche se arqueó.

—Esta vez quiero ser yo la que te vea desnudo primero —dijo Marina, notando que le subía al rostro el calor de su atrevimiento.

Carlos mostró una tenue sonrisa, pero se encogió de hombros, se separó un par de pasos de ella y buscó un candelabro que encendió con rapidez. La luz de las velas danzó, procurando mejor visibilidad a Marina. Ella se acomodó en el brazo del sillón más próximo, segura de que las piernas iban a fallarle de un momento a otro. Sin ser consciente de lo que hacía, se pasó la lengua por la punta de los labios, como la gata dispuesta a saborear una taza de crema.

Carlos se quitó el ancho cinturón de plata que llevaba a la cintura, dejándolo sobre el otro sillón. Luego fue abriendo el jubón con dedos hábiles, serenos. ¡Maldito sea!, pensó ella, al verlo tan templado, ¡como si todos los días se desnudase frente a una mujer! Cuando apreció su pecho desnudo, sintió que se ahogaba. A la luz de las velas, el torso aparecía tostado, como seda oscura, cubierto de un ligero vello que cruzaba entre las tetillas. Los músculos del estómago estaban tensos, pero era lo único que daba a entender su rigidez. Se sintió pervertida e impúdica observándolo, esperando más, temiendo su siguiente paso, pero inflamada de vida, preñada de deseo. Los ojos verde musgo de él relucían de diversión.

¿Haces esto a menudo? —preguntó ella.

La risa de Carlos inundó el estudio.

—Normalmente es al contrario, mi belleza. Pero los deseos de mi dama deben ser satisfechos.

Un poco azorada por la broma, se envaró. Carlos, sin duda, se burlaba de ella. ¡Su dama! Aquel modo de llamarla le inundó, sin embargo, el corazón de una sensación cálida.

Medio sentado en el brazo del sofá, Carlos se quitó los zapatos. Luego, nuevamente de pie ante ella, llevó los pulgares hacia el borde del calzón negro. La mirada de Marina, devorándolo, hizo que el miembro, ya dispuesto, diese un brinco impetuoso hacia delante. De un solo tirón se bajó la prenda y de dos zarpazos acabó de quitársela del cuerpo. Al erguirse frente a ella, desnudo como una estatua, escuchó el siseo que escapaba entre los dientes de Marina y la erección se hizo más violenta. Ella tenía los ojos clavados en su cuerpo. Sus pupilas, oscuras gemas en su rostro ovalado y hermoso, recorrían cada centímetro de su piel, desde la anchura de los hombros, a la estrechez de su cintura. Al quedarse clavados en su henchido miembro, Carlos pensó que no sería capaz de aguantar hasta poseerla.

—Si sigues mirándome de ese modo, no voy a contenerme —dijo entre dientes.

—¿Puedes...? —Marina se mordió un dedo, turbada por su descaro—. ¿Puedes... darte la... vuelta?

—¡Por Dios, mujer! Me estás haciendo sentir como una odalisca.

—Por favor.

Accedió. ¿Cómo no hacerlo? ¡Por las llagas de Cristo, jamás se había encontrado en una situación tan embarazosa y al tiempo tan placentera! Quedó de espaldas a ella, tieso, ligeramente desconcertado y, lo que era peor, turbado. Si sus compañeros de tropelías lo viesen en ese instante, no podrían creerlo. Escuchó los pasos ligeros de Marina a su espalda y todos los músculos de su cuerpo se contrajeron. Cuando las pequeñas manos de ella se posaron sobre la parte trasera de sus hombros y comenzaron a bajar hacia la cintura, Carlos contuvo la respiración, pero al sentir aquellos dedos de seda en sus nalgas dejó escapar el aire de golpe de los pulmones, boqueando como un pez fuera del agua. ¿Qué pretendía ella? ¿Volverle loco?

Marina se dejó guiar por su necesidad. Su piel tostada era como la llama que atrae a una polilla. Caliente, aterciopelada, espléndida. Acarició la cicatriz del costado que ella misma curase y aspiró de golpe al notar la imperiosa exigencia de su cuerpo que le pedía a gritos besar cada partícula de aquel cuerpo de bronce pulido. Se inclinó y depositó un beso suave en la espalda de Carlos.

—Eres tan fascinante —oyó a Marina decirle en un susurro.

Arteche gimió. No podía soportar mucho más aquellas caricias suaves y atrevidas. Si ella continuaba con aquel juego, iba a derramarse sobre la alfombra como un condenado mozalbete en su primera cita amorosa. Cerró los ojos con fuerza cuando Marina, tomándole del brazo, le hizo darse la vuelta hacia ella. Las manos femeninas dedicaron su agasajo a su pecho, sus pequeños dedos enroscándose en el vello de él, rozando su estómago. La escuchó reír bajito cuando uno de sus dedos se introdujo en su ombligo y él gimió más fuerte. Abrió los ojos de golpe, incapaz de seguir controlando el deseo. Justo en ese instante, Marina dedicaba toda su atención al músculo palpitante e impúdico que se alzaba entre sus muslos.

Carlos desfalleció al notar que la mano de ella tomaba su miembro. El calor le llegó hasta los riñones y apretó los dientes con fuerza.

—Marina, por Dios... —casi sollozó.

Ella comenzó a frotarlo despacio, sonriendo al ver que se erguía aún más, asombrada de que pudiese alcanzar aquel tamaño. Pasó la yema del pulgar por la zona brillante y húmeda que descubrió al echar hacia atrás la suave piel que lo rodeaba...

Las manos de Carlos la tomaron casi con furia de las muñecas, separando sus manos de golpe. Ella se perdió en sus ojos y sonrió como una hechicera.

—¿Te gusta?

El rugido que salió de la garganta de Arteche casi la hizo retroceder, pero antes de que pudiese hacerlo los brazos del hombre la envolvían, la estrujaban contra su pecho, y su boca, como la de un ave de presa, caía sobre la de ella para besarla con furia. No fue una caricia lenta, sino rabiosa, colérica, casi cruel. Carlos lastimaba sus labios, la apretaba tanto que estaba a punto de partirle las costillas, pero a ella no le importó. Sabía que había jugado con fuego, que lo había arrastrado a una situación delirante. El vestido desapareció de sus hombros y sus pechos se irguieron hacia él. Carlos los tomó como un loco entre sus manos, masajeando, pellizcando, sopesándolos mientras sus labios degustaban el sabor a jazmín que emanaba del cuerpo femenino.

Un momento después, el vestido olvidado en el suelo, Carlos la emprendía con sus enaguas. Ella lo ayudó en la tarea, deseosa de quedar tan desnuda como él mismo, de sentir su cuerpo de hombre contra el suyo en toda su extensión, de tenerlo dentro. Cuando intentó quitarse las medias, él la detuvo.

—No. Déjatelas puestas. —La voz de él era ronca, ardiente como sus besos—. Resulta muy voluptuoso.

Con la única protección de las medias enroscadas sobre las rodillas y los zapatos, Marina dejó que él la tomase en brazos. Echó la cabeza hacia atrás cuando la boca de él volvió a mimar sus pechos. Su larga cabellera le rozó las piernas provocándole un apetito enfermizo. Todo en Marina Alonso era embriagador, un manjar que él quería devorar hasta las últimas migajas.

La tumbó sobre la manta de piel y muy despacio, mordiéndose los labios para controlar su necesidad imperiosa, extendió el cabello de ella alrededor de su cabeza, como una orla divina, oscuro y brillante, rojizo allá donde las llamas expandían su luz.

Por un momento largo, infinito, la mirada de él acarició la piel femenina, deleitándose con las espesas y oscuras pestañas, la nariz pequeña y casi respingona, los jugosos labios hinchados por sus besos. Se inclinó para besarle el hueco de la garganta, notando su pulso acelerado. Bajó para honrar de nuevo sus pechos, el estómago, el vientre plano. Al meter la lengua en el ombligo, el cuerpo de Marina se envaró sobre las pieles y Carlos la escuchó gemir. Sus blancos muslos lo llamaban como sirenas y el miembro palpitaba provocándole un suplicio insoportable, pero deseaba hacerla gozar hasta enloquecer. Separó sus piernas. Marina se aupó sobre sus codos para mirarlo, el cabello enredado en sus hombros, como una diosa pagana. Sin previo aviso, Carlos bajó la cabeza, perdiéndose entre aquellos muslos de seda ardiente.

—¡No!

El jadeo y la negación no detuvieron al conde de Osorno. Su boca veneró la cueva, glorificó la carne ardiente e hinchada, puerta del túnel húmedo en el que deseaba hundirse.

Marina se retorció sobre la manta de pieles, segura de que acabaría por enloquecer si él no paraba de hacerle aquello. Una borrachera de frenesí la envolvió cuando la lengua acariciaba rítmicamente el centro de su deseo. Pronunció su nombre mil veces mientras notaba la lava ardiente recorrer sus venas.

—Por favor..., por favor... —sollozó.

Carlos se irguió sobre ella, la miró a los ojos, ahora abiertos como platos, incrédulos ante tal despliegue de sensaciones. De un único movimiento entró en ella, llenándola con su cuerpo y haciendo que se arqueara.

El orgasmo les alcanzó a la vez, encerrándoles en un universo del pasión, haciendo que las piernas de uno se enroscasen a las del otro, que sus brazos se buscasen, que sus bocas se encontrasen en un beso desesperado mientras las olas de placer les arrastraban hacia el abismo. Marina gritó en su boca y Carlos gruñó cuando sintió que su simiente inundaba el cuerpo de ella.

Muchos minutos después, abrazados sobre las pieles, secando sus cuerpos sudorosos al calor del fuego, se miraron con ojos somnolientos. El pecho de Marina ascendió al suspirar y Carlos la abrazó contra su costado, mientras la pequeña mano de ella acariciaba su estómago. Era increíble, pero volvía a desearla. Cuanto más la probaba, más quería. Marina era como una fiebre que no desaparecía nunca. Hubiera deseado tenerla allí, desnuda y dispuesta, toda la noche, toda la vida incluso, pero sabía que tenían que regresar. Le dolió el alma al pensar en dejarla de nuevo.

Sin una palabra, se incorporó y la ayudó a levantarse. En silencio, la asistió para volver a colocarse las enaguas y el vestido, sin ser capaz de dejar sus manos quietas mientras la cubría, sin poder remediar ir desgranando besos ardientes en sus hombros, en su cuello y en su rostro en tanto ella volvía a recogerse el largo cabello y lo cubría con la redecilla.

Cuando ambos estuvieron de nuevo decentemente vestidos, Carlos la besó una vez más. Luego, tomó una jarra de agua y con su propio pañuelo le mojó los hinchados labios y el rostro acalorado.

—Te acompañaré hasta la puerta que da acceso al salón —dijo—. Yo saldré por la parte de atrás de la casa.

—Quiero bailar contigo —hizo ella un mohín que provocó un estremecimiento en los riñones del conde.

—Si vuelvo a acercarme a ti a menos de dos metros, volveré a tumbarte en el suelo, Marina. Me vuelves loco, pequeña, y la fiesta de los Jonquera no es lugar para un escándalo.

—Te amo.

Carlos cerró los ojos con fuerza. Todo su cuerpo se convulsionó al oírla. Una sensación abrasadora arrasó cada célula de su cuerpo y se alojó en su cerebro. La estrechó contra su pecho y apoyó el mentón en la cabeza de ella.

—Nunca he sabido lo que es amar, Marina —dijo—, pero si desear estar siempre a tu lado, descubrirte en mi cama cuando me despierte por las mañanas y llevarte a ella en las noches, reír contigo y darte hijos, educarlos entre ambos y envejecer juntos, es amar... —la miró fijamente a los ojos, brillantes ahora como centellas— entonces, señora mía, yo también te amo.

Ella cerró los ojos y lo abrazó, riendo y llorando a un tiempo. Le cubrió el rostro de besos pequeños, calientes e impetuosos. De pronto se quedó muy quieta. Se separó un poco de él y lo miró fijamente.

—No quiero que digas algo a lo que nuestros encuentros te obliguen. No pienso dejar que te creas forzado a...

—Deja de pensar, princesa —sonrió él—. Todavía no ha nacido el hombre o la mujer que obligue a Carlos Arteche a hacer algo que no desea. Anda, salgamos de aquí o la bruja de Consuelo te va a despellejar.

Echó el agua de la jarra sobre las brasas de la chimenea, recogió la manta de piel y los cojines, abrió la ventana para que entrase aire fresco y, dando un último vistazo al estudio, enlazó aquel talle que le subyugaba y abandonaron el nido improvisado.

18

Apenas entrar en el salón, donde los invitados habían subido el tono de las voces debido a la bebida tan generosamente dispensada por los anfitriones, y mezclarse en el jolgorio, una mano la atrapó del brazo. Marina respingó, pero sintió alivio al ver que era Elena.

—¿Dónde diablos te has metido? Has estado ausente más de media hora.

—¿Solamente? —sonrió ella—. Creí que había sido toda una vida.

Elena Zúñiga observó el rostro de su amiga y enarcó el entrecejo.

—¿Carlos? —El mohín suspendido de Marina la hizo suspirar—. Chica, una cosa es tener un revolcón con ese pirata y otra desafiar a las malas lenguas.

—Me ama —confesó—. Me ama, Elena.

La mirada soñadora de la joven hizo que la otra dudase. Ella había arrastrado a Marina a aquella aventura, ella le había dado alas, la había empujado a acercarse a Arteche, pero en aquellos momentos, en que sabía que la cabeza del conde de Osorno bullía por los últimos acontecimientos de la guerra, no estaba segura de que fuese el momento apropiado para sucumbir a sus encantos. Como todo soldado inmerso en una batalla, Carlos necesitaba sin duda abstraerse del horror y, acaso, había volcado en Marina sus ansias por alejarse de las atrocidades de aquellos días revueltos. Si cuando todo se calmase, él pensaba que su aventura no había sido más que un mero entretenimiento..., ¡qué demonios, ella misma lo mataría! Sonrió a Marina y dijo:

—El teniente te ha estado buscando. Y Consuelo, ¡sabe Dios para qué! Les dije que te sentías indispuesta y que te habías retirado a un saloncito hasta que se te disipase el dolor de cabeza.

—Me dolerá tanto durante la siguiente media hora, que tendremos que irnos —rio Marina.

—Entonces borra esa sonrisa tonta de tu cara, carbonilla. Tienes los labios hinchados, ¿lo sabías? —bromeó.

Los dos hombres se despidieron con un fuerte apretón de manos.

—Infórmame si hay noticias —pidió Miguel.

—Que no las haya sería la mejor señal. Al amanecer partiré hacia Torrelobatón, no puedo esperar a que envíen algún mensajero. Trataré de llegar en tres días.

—Es demasiada distancia.

—Reventaré los caballos si es preciso.

Miguel de Jonquera asintió en silencio. Cuando Arteche se dio la vuelta para partir, lo agarró del brazo. Al volver a tener la atención del conde dijo:

—Espero que lo tuyo con Marina no sea un episodio más. —Le vio encajar la mandíbula y se encogió de hombros—. Conozco a esa chica desde que era una cría y le tengo mucho afecto.

—¿Me estás pidiendo explicaciones, Miguel?

El gesto de Jonquera se tornó hosco. Un súbito temor por la suerte de la joven se arremolinó en la boca de su estómago.

—¿Y qué si te las pido?

El conde se deshizo de la mano de su amigo y le dio la espalda.

—Mejor sería que preguntases qué es lo que ella me está haciendo a mí. No duermo desde que la conozco.

Miguel sonrió ahora y respiró más tranquilo en tanto el conde se alejaba hacia las caballerizas para recoger su montura. ¡De modo que no dormía!, se congratuló. Era la primera vez que escuchaba a su amigo decir que una mujer le quitaba el sueño. Sintiéndose un poco más animado regresó a la fiesta.

Carlos, con una sonrisa tonta en los labios, recordando los momentos vividos con Marina en el estudio de su amigo, caminó presuroso echando rápidas miradas a un cielo que volvía a amenazar agua. Cuando llegó a las caballerizas, la escasa luz de dos carburos danzaba mortecina y uno de los criados, envuelto en una manta, dormía como un tronco a unos metros de la puerta. Seguramente había sisado alguna jarra de vino y ahora la estaba digiriendo. Saltó por encima del cuerpo inerme y se acercó al caballo. Su montura lo saludó piafando y con un movimiento de cabeza. Le acarició el cuello antes de colocar él mismo la silla de montar cuando escuchó unas voces apagadas. Un hombre y una mujer, y parecían discutir. Le pareció aquélla una disputa de enamorados, si no hubiera escuchado un nombre.

—... Marina.

Palmeó de nuevo el cuello del animal para calmarlo y se

acercó sigilosamente hacia la pareja que litigaba al otro lado de la pared de madera. Las voces se hicieron más claras y el nombre de Marina regresó a los labios de la mujer. Pegando el oído al delgado tabique permaneció atento aunque la discusión parecía languidecer.

—Tienes que ganarte su confianza —dijo la mujer—. Es preciso que vuelvas de nuevo a esa casa.

—Desde la llegada de la de Bellaste, la joven es otra persona —adujo el hombre—. No la deja ni a sol ni a sombra y si insisto en quedarme, puede que sospeche.

Carlos Arteche notó que cada músculo de su cuerpo se tensaba. Las voces en disputa no eran otras que las de Consuelo Parreño y aquel fraile gordo que siempre iba pegado a ella. Recordando las palabras de María Pacheco, prestó todos sus sentidos a lo que hablaban y se tensó hasta el infinito escuchando la respuesta de la esposa de Luis de Aranda.

—Si pudimos quitar de en medio al padre y al marido, también podemos hacer desaparecer a esa zorra.

—Deberíamos esperar un poco. Las dos muertes causaron bastante revuelo y hace poco más de un año. Una muerte más, levantaría demasiadas sospechas.

—Es posible —graznó Consuelo—, pero yo necesito esa hacienda, Álvaro, y sus tierras.

—Ya os habéis quedado con Villa Olivares.

—Sólo como albaceas, ya lo sabes —dijo, irritada—. Es necesario que Marina no se recupere del todo de la pena que le causó la muerte de su padre, de mi cuñado y de ese hijo que al fin pudo darle ese afeminado del demonio. No podemos consentir que aparezca en público como lo ha hecho esta noche, totalmente restablecida de su... locura. Luis se vería obligado a devolverle su patrimonio y entonces ¿con qué pagaría yo mis deudas y tus ingresos?

Al otro lado del tabique, Arteche apenas podía contenerse. ¡Aquellos dos habían estado confabulados en las muertes de don Tello Alonso y de su amigo Juan! Por si eso fuera poco, deseaban la locura de Marina. ¡Maldición, todo se complicaba! Justo ahora que él tenía que partir.

—Trataré de quedarme en su casa, pero no os aseguro que funcione. Si estuviese sola sería más probable que pudiera inducirla a mantener su mente culpable arrastrándola al desequilibrio y de ahí al suicidio. Entre la pena y el remordimiento, hay sólo un paso. Pero con la condesa de por medio...

—Entonces tal vez debamos pensar en eliminar a las dos a un tiempo —dijo con dureza inusitada Consuelo—. A Elena le gusta conducir ella misma. Regalaré a Marina un pequeño carruaje. Sólo tendrás que animarla a que salga y se dé una vuelta, de vez en cuando, por los montes de su propiedad. Una rueda suelta, quizá... Busca a los dos hombres que provocaron el incendio, págales bien por sus servicios. Pero antes debes averiguar dónde escondió Juan esos malditos papeles. Deberías haber sido más cuidadoso y conseguirlos tú antes de que esos dos canallas le dejasen carbonizado. Si llegan a caer en otras manos estoy perdida, y tú conmigo.

—¡Traté de encontrarlos, bien lo sabéis! —se defendió Cifuentes—. ¡Revolví la casa de arriba abajo, pero no estaban en Villa Olivares!

Carlos, ahogado por la tensión y el miedo, escuchaba con el corazón acelerado. Hubo de hacer un esfuerzo sobrehumano para no salir de las caballerizas, rodearlas y acabar con aquellas dos sabandijas en medio de la noche. Respiró hondo y trató de calmarse, aunque un súbito terror a que a Marina le sucediese algo hacía que le hirviera la sangre. Saber que ella estaba tan cerca de aquella arpía sin imaginar siquiera que su propia cuñada tramaba su muerte, le produjo una sensación de vacío que le hacía doler hasta el alma. ¿Papeles? ¿A qué condenados papeles se refería Consuelo Parreño? ¿Documentos que la involucraban? Se dijo que si Juan los había escondido, sin duda Marina debería saber el lugar, aunque no lo imaginase. Juan sólo guardó bien un secreto y ella había sido su esposa. Algo debía de saber.

Escuchó una obscenidad en labios de Consuelo, y luego sus pisadas alejándose. Apoyado en la pared, mientras el olor a heno le inundaba las fosas nasales, Carlos cerró los ojos con fuerza. El corazón le latía de forma desacompasada y sus sienes retumbaban como un tambor. ¡Por todos los infiernos! Con un juramento soez se separó del tabique, llegó hasta su caballo, ató las cinchas y montó de un salto. Salió de la finca de los Jonquera como si lo persiguieran mil perros rabiosos.

Bernardo despertó de golpe cuando alguien lo sacudió de forma brusca. Se restregó los ojos y miró con asombro a su amo. El conde de Osorno parecía haber librado una batalla, despeinado y con los ojos llameantes. Tenía una palmatoria en la mano y su rostro podía haber sido el de un demonio expulsado del infierno a patadas.

—¿Qué sucede?

—Despierta de una vez, maldito seas —urgió Carlos—. Vístete. Debes entregar una nota ahora mismo a la condesa de Bellaste.

—¿No estaba en la fiesta? ¿Por qué no se la dio usted mismo? —Echó un vistazo a su ventana—. Ni siquiera ha amanecido —protestó, frotándose los ojos de nuevo.

Carlos se sentó en el borde de la cama. Tenía el rostro descompuesto.

—Pero ¿qué pasa?

—Bernardo, eres el único de quien puedo fiarme en estos momentos. Despeja esa cabezota tuya y escúchame. —Conseguida su atención dijo—: Marina Alonso y la condesa corren un grave peligro. —Eso fue suficiente para acabar de despejar a Bernardo, que se tiró de la cama y comenzó a vestirse—. Consuelo Parreño y ese fraile que siempre va pegado a sus faldas tramaron la muerte del padre de doña Marina y de su esposo. —Los ojos del criado se abrieron como platos—. ¡No me preguntes cómo lo sé, sólo escucha! Tengo que partir para Torrelobatón ahora mismo, nos tememos lo peor. Al parecer el ejército del condestable ha ido a unirse con los soldados imperiales que acechan a Padilla. Puede que a estas horas los líderes comuneros estén a punto de ser apresados o muertos y yo no puedo encargarme de este asunto.

—¿Qué tengo que hacer? —preguntó Bernardo, calzándose ya las botas.

—Entrega esta nota a la condesa. Sólo a ella, a nadie más. Seguramente a estas horas deben de estar a punto de regresar a Ojeda Blanca. Ni siquiera se la entregues a Inés. Sólo a doña Elena. A estas alturas no me fío ni de mi propia sombra. —Se la tendió a Bernardo, que la guardó en el jubón—. En ella le explico cómo debe actuar. Ahora, he de irme.

Bernardo acompañó a su amo hasta las caballerizas. Carlos había dado instrucciones para disponer una montura fresca. Mientras el chiquillo que hizo el trabajo le entregaba las riendas y regresaba a una estancia dispuesta al final del cobertizo, presto a meterse de nuevo entre las mantas, el conde puso una mano sobre el hombro de su criado.

—¡Vuela, Bernardo! Esa mujer es todo para mí. Su seguridad depende de ti.

—¿De modo que lo han pescado, señor?

Carlos asintió con la cabeza y admitió:

—Esta vez sí. Definitivamente sí.

Salieron a la vez y se despidieron en el camino, cada uno tomando un rumbo distinto. Carlos Arteche, volcado su cuerpo sobre el cuello del caballo y envuelto en su capa, que ondeada tras él como las alas de un murciélago, dividía sus plegarias entre Padilla y Marina a partes iguales.

Cambió de montura tres veces durante el trayecto y, tal como le dijese a Miguel, casi las hizo reventar. No descansó ni siquiera para dormir, salvo algunas cabezadas por día en que, saliéndose del camino, dormitaba en alguna acequia. Cuando estaba a punto de llegar a Torrelobatón se cruzó con un grupo de soldados renegados a los que saludó. Con el corazón en la garganta viendo el desastroso aspecto que ofrecían preguntó acerca de las nuevas.

—Don Juan de Padilla dio orden de salir hacia Toro —dijo uno de los hombres—. Nos interceptaron a las puertas de Villalar. A estas horas seguramente nuestro ejército ha sido desmantelado por completo. —Su rostro, ajado, mostraba la fatiga de la lucha.

—Oímos que don Íñigo de Velasco iba a reunirse con las tropas imperiales —dijo el conde.

—Ya lo ha hecho. La batalla resultó un desastre, señor. Padilla es un gran hombre y un buen líder, pero cometió errores estratégicos —explicó otro—. Soy perro viejo en batallas y sé un poco de eso. Se equivocó y el ejército comunero se ha dispersado en un completo desorden. Nosotros hemos conseguido escapar por los pelos.

—¿Y él?

El soldado negó con la cabeza.

—Antes de emprender la huida pude ver cómo los señores Padilla y Bravo eran rodeados por un numeroso grupo de caballería.

—¿Muertos?

—No lo creo. El condestable querrá dar un escarmiento y es poco probable que cayesen en batalla. De seguro que están en alguna mazmorra de Villalar.

Carlos asintió, notando la opresión en el pecho. Dio las gracias a los soldados y espoleó a su caballo, que ya soltaba espumarajos por la boca. Si nada se podía hacer ya por salvar a Juan de Padilla, al menos intentaría verlo para recibir y transmitir sus órdenes a doña María Pacheco.

Cuando se acercaba a la villa, el espectáculo le resultó dantesco. Cientos de cadáveres aparecían diseminados sobre los campos, entre estandartes destrozados y banderas doblegadas con los trapos en jirones. Los uniformes de los muertos eran tanto del ejército del condestable como del de Padilla, aunque abundaban más estos últimos. Algunos soldados se afanaban en recoger los cuerpos transportándolos en carros hacia las fosas comunes que otros estaban cavando. Olía a sangre, a muerte y a miedo. Un olor que conocía demasiado bien y que lo lanzó de lleno a rememorar sus propias batallas.

Aquí y allá, miembros esparcidos y caballos destripados en una orgía sangrienta que teñía de rojo la tierra parda de Castilla, mezclándose con gemidos lastimeros que sonaban a moribundos.

Las aves de carroña, motas negras en el cielo, acudían al festín.

19

Sus cuerpos de mugre y ropas
sus almas de odios tan fieros
se bañan aquellas tropas
en sangre de comuneros.

Se sentía exhausto. Los tres agotadores días de cabalgada atravesando caminos y veredas, sin apenas comer ni dormir, habían agotado sus reservas. Su montura corcoveó y dobló una de las patas, estando a punto de lanzarlo por encima de las orejas, pero pudo hacerse con el control del animal.

Villalar estaba tomado por las huestes realistas. Algunos soldados empujaban a grupos de comuneros conduciéndolos a calabozos o graneros, donde quedarían encerrados y en vigilancia hasta que decidiesen qué hacer con ellos. Algunos eran fusilados en las mismas calles. No se veía ni rastro de los civiles, desaparecidos en el interior de sus viviendas, seguramente aterrados por el contingente de soldados, las ejecuciones y la violencia. Tomó a un teniente del brazo, deteniéndolo con brusquedad.

—¿Dónde puedo encontrar al condestable?

El oficial lo miró de arriba abajo. Era un hombre joven, demasiado joven para que su rostro reflejara la convivencia con la muerte.

—En el ayuntamiento.

Arteche se dirigió hacia allí. Fue detenido en la puerta por dos soldados que montaban guardia y le increparon.

—Soy el conde de Osorno —dijo con voz dura—. Quiero ver a don Íñigo ¡ya mismo!

Aquel gesto de autoridad hizo que los dos soldados rasos lo miraran con aprehensión, franqueando el paso. Uno de ellos quedó en la puerta, el arma preparada, mientras el otro se internaba en el edificio. Regresó cinco minutos después con el propio condestable pisándole los talones.

El gesto de Íñigo de Velasco era severo y su porte el de un caudillo que acababa de lograr una sonada victoria.

—Arteche —saludó en tono seco, sin intención siquiera de estrechar la mano del visitante.

—De Velasco —respondió Carlos con el mismo tono desabrido y arrogante. Si había un momento en el que debía mostrarse como lo que era, un conde castellano, era ése.

El condestable le regaló una mirada larga, significativa. Ambos sabían en qué bando estaba cada uno, pero el conde no había participado en la batalla y estaba allí como mero espectador o como enviado, por lo tanto el condestable no podía dar orden de detenerlo. Las formas debían ser respetadas ante todo.

—Habéis llegado tarde —dijo de todos modos.

Carlos encajó los dientes. Sus ojos verdes, en ese momento claros por la zozobra, le devolvieron una mirada insolente.

—¿He de imaginar que Juan de Padilla se encuentra prisionero?

—Lo está, junto con Bravo.

—Supongo que habré de pediros permiso para verle.

—Suponéis bien. Otra cuestión es que yo conceda ese permiso.

El cansado cuerpo del conde de Osorno se tensó. Íñigo nunca había sido ni cruel ni insensible, pero las circunstancias podían haber cambiado. Bajó los ojos hacia las puntas de sus botas llenas de barro y apretó los puños para controlar su ira. Después de un momento su rostro se había aplacado.

—Antes de que se los juzgue, quisiera llevarle noticias a doña María, señor. No pido demasiado, sólo unos minutos en su celda.

—¿Juicio, habéis dicho? Está bien, podéis verlos ahora, ya que mañana al amanecer serán ajusticiados.

Carlos sintió como si le hubieran propinado un mazazo. Lívido, aún sin creer lo que oyera, tratando de asimilar una realidad que le desbordaba, tragó saliva. Pero el condestable se mantuvo firme.

—No podéis ejecutarlos sin un juicio.

—Tendrán el de Dios, es suficiente.

—¡Maldito seáis, Íñigo! —bramó Carlos, echando mano a su estoque.

De inmediato se vio rodeado por varios hombres armados que lo paralizaron con las puntas de sus aceros. De Velasco lo miró con tristeza y ordenó retroceder a los soldados. Carlos era bilis por dentro, una nube roja de ira lo cegaba, deseaba enfrentarse a Velasco, pero...

—Señor conde —le escuchó decir—, no hagáis una tontería. En cualquier batalla, unos pierden y otros ganan, y los que ganan dan las órdenes. Os conozco desde hace mucho tiempo y no os creo un joven atolondrado e irreflexivo. También habéis guerreado, de modo que no voy a explicaros cómo son estas cosas. Castilla necesita paz y esa paz se sellará con la cabeza de esos hombres.

—Castilla no va a rendirse porque decapitéis a sus líderes y vos lo sabéis. El rey también debería saberlo.

—Seguramente lo intuye, pero no hay paz sin víctimas y desgastar al enemigo es una estrategia. También vos deberíais saberlo.

Carlos cerró los ojos y se permitió apoyarse en el muro. Le dolía todo el cuerpo y sentía que la furia remitía para dar paso a la desesperación. Demasiado bien sabía de qué hablaba De Velasco. No podía culparlo por seguir las reglas del juego. Padilla había perdido y, como el vulgar peón en una partida de ajedrez, debía ser eliminado del tablero.

—Pedid a alguno de vuestros hombres que me guíe hasta ellos —murmuró—. Por favor.

Don Íñigo asintió con la cabeza, hizo un gesto a uno de los soldados y luego concedió en tono decidido:

—Un cuarto de hora, don Carlos. No más.

—Os lo agradezco, señor.

La entrevista con Padilla y Bravo fue demasiado corta, pero lo bastante densa como para que Arteche entendiera que aquellos hombres iban a morir convencidos de que su papel en la historia no podía haber sido otro. Asumían su destino con una entereza que lo conmovió. Padilla le pidió que llevase su cariño a doña María, y Bravo, por su parte, le rogó que diese un abrazo a su mujer y a sus hijos, de corta edad, Andrea y Juan. Maldonado no se encontraba en la misma celda, pero les habían hecho saber que moriría ejecutado, como ellos.

Apenas habló. Sólo escuchaba mientras su espíritu se unía a aquel vendaval de emociones y unas lágrimas furtivas barrían sus mejillas y agostaban su alma.

Carlos Arteche abrazó a Padilla y Bravo y no esperó más. Se habían dicho todo lo que debían.

Aquella noche Carlos dormitó en una cuadra, junto a su caballo, y tuvo un sueño plagado de pesadillas. Visiones trágicas, delirios donde veía a Bravo y Padilla cubiertos de sangre. En sus alucinaciones, la imagen dulce y a un tiempo enérgica de Marina, le procuró un poco de sosiego.

El amanecer de aquel nefasto 24 de abril, recibió a Carlos helado hasta los huesos, agotado y maltrecho, desazonado y furioso.

El condestable hizo honor a su palabra y cuando apenas los rayos del sol de Castilla comenzaban a expandirse, los prisioneros fueron llevados al patíbulo. Una ingente cantidad de personas se reunieron para ver la ejecución. Hombres, mujeres y niños, algunos con lágrimas en los ojos, como él mismo, fueron testigos de la muerte de hombres tan cabales. Padilla y Bravo caminaron erguidos, las manos atadas a la espalda, serenos en su desgracia, como buenos soldados y mejores castellanos. Un par de frailes les acompañaban en su último recorrido y cuando les ordenaron detenerse frente al cúmulo donde se iba a llevar a cabo la sentencia, les ofrecieron crucifijos que ellos besaron con fe y humildad.

Juan de Padilla fue el primero en subir, miró de frente a su verdugo, hacha en mano, y se volvió hacia su compañero.

—Señor Bravo, ayer era día de pelear como caballero..., hoy es día de morir como cristiano —murmuró, con una triste sonrisa en los labios.

Escuchándole, Bravo pidió al verdugo ser el primero en ser ejecutado.

—No quiero ver morir a tan gran caballero —dijo.

Minutos después, las cabezas de ambos eran mostradas a la plebe asidas por los cabellos.

Una plebe silenciosa, sometida y dócil, carne del poder que la dominaba. Castilla quedaba huérfana.

Carlos regresó a Toledo en la madrugada del 28 de abril, después de poder averiguar dónde irían a parar los cuerpos de los tres líderes comuneros. Bravo sería llevado a Segovia y Maldonado trasladado a Salamanca. Los restos de Padilla, sin embargo, nunca regresarían a Toledo. Fue la venganza del rey ante la incansable rebelión de la ciudad. Serían acogidos provisionalmente en Olmedo, para ser depositados en el monasterio de La Mejorada.

Cuando atravesó las puertas de la ciudad se encontró con grupos de hombres que estaban reforzando las defensas. Preguntó a uno de ellos y supo que María Pacheco había recibido de un servidor de Pedro Lasso —aquel que comandó la rebelión comunera en Zamora, amigo de Acuña— la aciaga noticia de la derrota en Villalar y que, a pesar de dar poco crédito a las nuevas, había mandado robustecer y mejorar las guarniciones.

Doña María lo recibió serena, como era ella. Toda vestida de negro y muy pálida, el rostro de la mujer no parecía reflejar nada especial cuando le acompañaron a su gabinete privado. Por un momento, Carlos Arteche no supo qué decir y se la quedó mirando, el sombrero en la mano y el corazón encogido.

—Sentaos, don Carlos. Estaréis cansado. ¿Os apetece beber algo?

—No, gracias, señora.

Se ensombrecieron los ojos de María.

—¿Pudisteis verlo? Las noticias que me trajeron son

ciertas, ¿verdad? —Carlos asintió en silencio—. ¿Os entregó algún mensaje para mí antes de...?

—Ninguno respecto a la rebelión, mi señora. En cuanto a vos, sólo me pidió que os trajera todo su cariño.

—Ya es mucho. —Aquellos ojos con que la mirara eran cuencas resecas—. ¿Cuándo me lo traerán?

—Toledo no recibirá los restos de Juan, doña María —se acercó a ella, que había palidecido aún más, y le tomó las manos—. Lo llevarán a Olmedo. Posiblemente ya habrá salido hacia allá.

—¿Por qué? —Lloraba ahora de modo incontenible—. Juan pertenecía a esta ciudad y aquí debería reposar.

—Supongo que es una represalia del rey. Dejad que pase un tiempo y luego... Tal vez se suavice la terquedad de nuestro soberano y podáis trasladarlo aquí. De momento, no es conveniente, los ánimos están demasiado alterados.

Ella asintió, sus lágrimas cayendo en surcos y en silencio.

—¿Fue rápido?

—Muy rápido, mi señora. Juan Padilla murió como lo que fue, un gran hombre.

—Gracias, don Carlos. Gracias por ser vos, precisamente, quien me trajera sus últimas palabras. Habéis cumplido como un caballero. Ahora deberíais descansar, os veo agotado.

El conde de Osorno besó la mano de la dama y salió del gabinete dejándola a solas con su dolor y sus recuerdos. No le pareció una mujer vencida, sino una luchadora, sometida quizá, pero no humillada. Viviría por sus ideales, tuviese o no a Padilla a su lado.

Camino del Palacio de Hidra, Carlos tuvo conciencia por primera vez de lo efímera que era la existencia humana. En cualquier momento, la Providencia decidía, y no había apelación posible. Había tan poco tiempo y tantas cosas por hacer... Con un movimiento brusco obligó al caballo a un trote rápido y se dirigió hacia Ojeda Blanca.

Marina acababa de levantarse. Como siempre, el alba la encontraba ya despierta, le costaba demorarse entre las sábanas demasiado tiempo. A pesar del frío de la habitación, llevó a cabo sus abluciones matinales y luego se acercó al armario para colocarse un vestido. Aquella mañana había decidido ir al mercado de verduras, cargar un carro y luego repartirlo en el barrio judío entre los más necesitados. ¡Al demonio las habladurías de la gente! Estaba harta de tener que esconderse, disfrazada de muchacho, para evitar los cotilleos. Si Elena estaba de acuerdo en acompañarla, sería bien venida. De todos modos, irían escoltadas por tres de los hombres de la guardia de su amiga. Y si el ácido padre Cifuentes —que había aparecido la noche anterior con ánimo de quedarse unos días en Ojeda Blanca— ponía impedimentos..., ¡simplemente lo mandaría a freír alubias! Que pensasen que seguía loca, le importaba ya un pimiento.

Cuando estaba ante un vestido sencillo de color oscuro escuchó de pronto un sonido en los cristales de la ventana. No le dio importancia hasta que se convirtió en un repiqueteo. Se acercó a los cristales, descorrió las cortinas y miró abajo. El corazón le dio un vuelco. Abrió la ventana de par en par y se asomó con una sonrisa en la boca.

Para Carlos, fue la viva imagen de la misericordia. Apenas cubierta por el recatado camisón blanco, abierto en el cuello, el rostro divino y sonriente, el cabello despeinado, suelto sobre los hombros. Le pareció más hermosa que nunca. Sin decir una palabra comenzó a trepar entre la celosía y aquel castaño cuyo ramaje escoltaba la fachada.

Cuando alcanzó la ventana, Marina lo recibió con los brazos abiertos, subyugantes y amorosos. Lejos de incomodarse por su presencia, en modo alguno caballerosa, Marina lo admitía en su habitación con abierto placer. Saltó al interior de la recámara, cerró los postigos tras de sí y la abrazó con fuerza, con toda la desesperación de su corazón herido. Ella correspondió al beso entregado, pero intermitente, y se separó un poco, dándose cuenta de inmediato de que algo pasaba.

—¿Qué pasó en Torrelobatón?

—No llegué. Padilla y Bravo habían salido hacia Toro, pero fueron interceptados por las tropas de Íñigo de Velasco y el resto del ejército realista —explicó sin ganas mientras volvía a abrazarla, notando que el frío de su alma retrocedía por el calor y la suavidad del cuerpo que le acogía—. Fueron derrotados en Villalar..., y ejecutados.

A Marina se le escapó una exclamación de horror.

—¿Ejecutados?

—Decapitados.

Se abrazó a él con fuerza. No dijo nada. ¿Qué podía decir para mitigar una sensación de pérdida semejante? Tomó su rostro entre sus manos e hizo que bajara su cabeza para besarlo de nuevo. Era consciente de que no podía aquietar la tormenta que veía en aquellos lagos verdes que eran sus ojos, pero se daba a él del único modo en que ahora podía.

Su caricia fue tan tierna que Arteche sintió un vuelco en el corazón. De repente, tuvo necesidad de ella, una necesidad fiera y encarnizada. Tenía que poseerla para expulsar de su retina la imagen de las cabezas de Padilla y Bravo rodando, separadas de sus cuerpos sangrantes. Como único medio de exorcizar esa locura. La tomó por el talle y la apoyó contra la pared, abriendo su camisón de un tirón, sin reparar siquiera en la cama aún caliente. Algunos botones se soltaron y rodaron por el suelo mientras Carlos tomaba entre sus labios uno de los pechos de Marina y escondía el otro entre su puño. La escuchó gemir, abandonó la tibia carne para tomar su boca y sus manos se cebaron en arrancar la prenda, que se ovilló alrededor de sus tobillos, abandonada.

—Te necesito —dijo.

Ella lo sabía, lo intuyó en cuanto atravesó la ventana. Rodeó el cuello de Carlos con sus brazos y pegó a él su cuerpo desnudo, notando ya su imperiosa necesidad, instigándolo a tomarla.

Carlos lo hizo sin miramientos, sin palabras suaves ni caricias alentadoras. La levantó del suelo tomándola de las nalgas, la pegó al muro y la obligó a rodear sus caderas entre las piernas. Marina abrió los ojos como platos al encontrarse en aquella posición sometida y al tiempo increíblemente erótica. Sintió que él maniobraba en sus calzones y un segundo después la carne ardiente y dura de su miembro la penetraba en un envite. Como una profana, arrastrada por una necesidad imperiosa, apretó los muslos alrededor de él y echó la cabeza hacia atrás mientras un orgasmo estremecedor la alcanzaba, llevándola a las alturas. Carlos dejó escapar un gruñido de culminación contra su cuello y sus brazos la estrujaron hasta hacerle perder el aliento.

Por un largo momento, regresando poco a poco a la realidad, ambos se quedaron en silencio, abrazados contra la pared, con sus miembros incapaces de reaccionar, boqueando en los últimos espasmos de placer y los latidos acelerados de sus corazones bombeando. El frío de la habitación hizo que ella tiritara y se le erizara la piel. Carlos se separó del muro sin dejar de abrazarla. Con ella aún colgada sobre sus caderas llegó hasta la cama. La depositó sobre el lecho revuelto con ternura, como si ella fuese la más preciada joya del reino, y la miró largamente. En aquel momento, el conde de Osorno supo que daría la vida y vendería su alma por librar a aquella mujer de cualquier mal.

Después se desnudó lentamente, sin dejar de mirarla, se acostó a su lado y volvió a hacerle el amor calmada y perezosamente, convencido de que aquello era el único cielo sobre la vorágine de horror de esos días turbulentos de Castilla.

20

Algo más tarde, aún somnolienta, Marina se incorporó sobre los almohadones al escuchar la llamada a la puerta, echando de menos el cuerpo de Carlos.

—¿Estás visible?

—Pasa.

Elena Zúñiga empujó la madera y se coló. Iba vestida de modo elegante, como era natural en ella, y estaba deliciosamente peinada, sus cabellos rubios recogidos bajo una redecilla de color albaricoque, a juego con el vestido que había elegido aquel día.

—¿Qué haces aún en la cama? ¡Por amor de Dios, son más de las diez! Pensábamos que te habías enfermado.

Marina estiró los brazos sobre la cabeza, desperezándose.

—Ya voy.

Elena echó un vistazo, intrigada porque a su amiga, que siempre se despertaba la primera de las dos, se le hubiesen pegado las sábanas. A sus ojos de lince no escapó el camisón de Marina revuelto junto al armario. Se agachó, lo recogió y vio con asombro que estaba rasgado desde el escote. Con la prenda en alto, preguntó:

—¿Y esto?

Marina, divertida y envolviéndose en la colcha, se tiró de la cama sin dar explicaciones.

—¿Puedes decir a Inés que me prepare un baño, por favor?

Elena entendió de inmediato. Su ceño se frunció y arrojó el camisón sobre la cama revuelta y se agachó de nuevo al descubrir un botón de plata sobre la alfombra, al lado del lecho.

—Carlos debería ser más cuidadoso con tus cosas. Estos botones valen una fortuna.

Marina se volvió para mirarla, perdiendo la sonrisa.

—¿Cuándo ha venido? —quiso saber la condesa.

—¿Qué importa? —se encogió de hombros Marina.

Elena asintió silenciosamente. La otra no parecía dispuesta a aclarar mucho más, así que debía esperar, se dijo.

—Ese maldito fraile nos está esperando abajo, con intenciones de que lo acompañemos a misa. Y Diego.

—¿Diego? —Marina abrió mucho los ojos y sin acordarse ya del baño que iba a tomar, lanzó la colcha a un lado. Desnuda, caminó con rapidez hacia el armario, eligió un vestido de tafetán azul oscuro y se lo pasó por la cabeza—. ¿Por qué no me has llamado antes, mujer? Estoy deseando verlo.

—Me temo que habría resultado un poco embarazoso presentarme aquí hace un rato —dijo Elena con segundas, haciendo que su amiga se sonrojase ligeramente. Se acercó para ayudarle a colocarse el vestido—. Cifuentes estuvo haciendo un interrogatorio a Diego, por eso no he subido antes.

—¿Cuándo ha llegado?

—Hace apenas una hora. Y con nuevas nada agradables —murmuró entre dientes—. Al parecer, los que vienen de fuera tienen más noticias que nosotros.

El gesto de Marina se tornó severo.

—Elena..., los han ejecutado.

—Si te refieres a Padilla, Bravo y Maldonado, acaba de informarme Diego. Dice que María está reforzando las defensas de Toledo, temiendo que ahora el ejército del rey ataque la ciudad para acabar con la resistencia. Nos vamos a nuestra finca de Trujillo y quiero que Inés y tú vengáis con nosotros. Le he dicho a Inés que prepare vuestros baúles hoy mismo.

Marina se quedó estática. Si Diego había venido por ellas y abandonaban Toledo a toda prisa, las cosas estaban peor de lo que pensaba. Se irguió y buscó un peine para arreglarse el cabello.

—No voy a irme. Inés, si lo desea, puede ir con vosotros.

—¿Estás loca? Los jefes comuneros han sido ajusticiados, la ciudad es un hervidero de temor, por lo que dice Diego. Si las tropas imperiales consiguen romper las defensas, puede que hasta tu vida peligre.

—Dudo que los soldados se lancen como perros rabiosos sobre los civiles. Aquí hay gente que necesita ayuda y, gobierne quien gobierne, yo no voy a marcharme. Además...

—Además está Carlos —acabó la frase Elena—. ¿Es eso lo que ibas a decir?

—Exactamente. Mientras él esté en Toledo, mi sitio está a su lado.

—¡No eres su esposa! —Se acercó para tomarla del brazo—. ¡Por todos los santos, Marina, ahora siento haberte animado a esta aventura!

—Es lo mejor que me ha pasado nunca, no te lamentes.

—Por lo que veo, no piensas en las consecuencias. Ese perro de Cifuentes te vigila, Consuelo lo tiene bien amaestrado, esperando seguramente que cometas un desliz para demostrar que tu locura no ha remitido y hacerse definitivamente con tu patrimonio.

—¡Mi patrimonio me importa un carajo! Y el desliz ya lo cometí apareciendo de medio luto y asistiendo a la fiesta de los Jonquera. ¿Quieren Villa Olivares? Por mí, pueden quedarse con ella. A fin de cuentas fue la casa de los padres de Juan, y Luis tiene más derechos que yo sobre esa casa.

—¿Y las tierras?

—Estamos en las mismas —dijo, mientras se trenzaba el cabello—. Las tierras eran de Juan. Suyas son.

—También están las que te dejó en herencia tu padre. ¿O ésas tampoco te importan?

Un último vistazo reflejó su imagen en el espejo. No era para enamorar, pero estaba dispuesta.

—Esas tierras las recuperaré, sea como sea, puedes jurarlo. Lo que ahora me preocupa no es mi patrimonio, Elena, sino las noticias de Albarra y Bonetti, las pesquisas sobre los apaños que provocaron la muerte de mi esposo y rezar por que Toledo no entre en guerra abierta con el ejército del rey.

—¿Y qué me dices de un embarazo? Yo te animé a que salieras y me encanta verte con ese ánimo. Pero sé precavida.

Le devolvió una mirada cargada de culpa, llevándose por instinto las manos el vientre.

—Ya veo que ni siquiera has pensado en tal posibilidad. Carlos no es un alfeñique, cariño, sino un hombre en toda la extensión de la palabra, y por lo que veo, te visita cada vez con más frecuencia. ¡No irás a decirme que jugáis a las cartas!

Por un momento, Marina se sintió aturdida. Ciertamente, no había pensado siquiera en la probabilidad de un embarazo. ¡Un hijo de Carlos! La idea la abrumó pero, a la vez, la esperanza inundó su pecho.

—¿Al menos te ha insinuado que te quiere como esposa?

No. El conde de Osorno le había dicho, una única vez, que la amaba, pero la palabra matrimonio no había salido de su boca. Le había dicho que la deseaba, que la necesitaba, eso sí, pero hasta ese momento él nunca habló de boda, ni cuando acababan de hacer el amor. ¿De qué se extrañaba? Sabía que Carlos era un alma libre. Por un instante, pensar que podía tener un hijo suyo sin ser su esposa la agitó sin remedio. Si se quedaba embarazada siendo viuda, Toledo en pleno se lanzaría sobre ella como lobos sedientos de sangre y quedaría lapidada bajo un manto de vergüenza y de humillación.

Fue sólo un instante.

Al momento siguiente volvió a sentirse orgullosa e insolente.

—Si tuviera un hijo suyo, sería bienvenido y amado, Elena, y poco me importará que la gente murmure. Hay muchos bastardos y algunos son hombres de provecho.

—Te aniquilarían. A ti, no a él. Los hombres siempre tuvieron bula en estos menesteres, Marina. Nunca se piensa que ellos son tan culpables como nosotras. La mujer es acusada de puta y el hombre..., todo lo más, de libertino.

—Toledo no es todo el mundo. Si he de irme, me iré.

—Sabes que podrías contar con Diego y conmigo en ese caso. Siempre habrá un lugar para ti en nuestra casa.

—Tengo la mía. Siempre puedo vender Ojeda Blanca y trasladarme a otra ciudad, lejos. ¡Y deja ya el tema! Diego nos espera.

—Y Cifuentes...

—Cifuentes puede irse al infierno por lo que a mí concierne. Tengo pensado ir al mercado de verduras y cargar un carro para repartir en el barrio judío. Pensaba pedirte que me acompañaras con algunos de los hombres de tu escolta, pero como te vas iré con alguno de mis criados.

Elena la alcanzó antes de que llegara a la escalera. La tomó del brazo y la frenó en seco.

—Definitivamente me conoces poco, chica —dijo, con una sonrisa—. ¿Crees que voy a perdérmelo? Diego puede esperarnos abajo, entreteniendo al fraile, o acompañarlo a la iglesia. Nosotras, a lo nuestro.

Cuando entraron en el salón, lo hicieron riéndose y pensando con deleite en la cara que pondría el padre Cifuentes.

Mientras Marina y Elena, acompañadas por el propio Diego —que no quiso ni oír hablar de que ellas fuesen solas, incluso con escolta—, se dirigían hacia el barrio judío, y Álvaro de Cifuentes rumiaba su mala fortuna, empinando el codo y volviendo locos a los criados de Marina y a la propia Inés, Carlos Arteche yacía tumbado en su cama sin conciliar el sueño.

Hubiera jurado que el agotamiento de aquellos últimos días acumulado en sus músculos, y la visita a Marina, iban a procurarle el descanso que tanto necesitaba. Pero no fue así. Tan pronto habló con Bernardo y se desnudó, dejándose caer sobre el lecho mullido, acudieron en tromba los instantes gozosos disfrutados junto a la joven y le fue imposible dormir. Con los ojos clavados en el alto techo, los brazos cruzados bajo la cabeza, se preguntó hasta dónde estaba dispuesto a llegar por tener a Marina Alonso en su cama y en su vida. No se hacía a la idea de casarse, pero sentía que la amaba. Atarse de por vida le daba terror, porque dudaba si podría ser un buen esposo. Y Marina merecía lo mejor. No un hombre como él, sino alguien que de verdad la cuidase, la mimase y la adorase como ella deseaba. Sin embargo, la visión de otro hombre ocupando su puesto, le hacía temblar de celos.

¡Menudo pedazo de cabrón estaba hecho!, pensó. No deseaba encadenarse a una esposa, pero tampoco toleraba que otro hombre pudiera darle su apellido. Merecía que le cortasen en pedazos y los arrojaran al Tajo. ¡Marina era suya, condenación, y ningún desgraciado iba a...! Al llegar a este punto, se sonrió. Lo había atrapado. De un modo sutil, ingenioso, entregándosele, sí, pero lo que era más importante, dándole su ternura, su apoyo y su amor. Aquello era mucho más importante incluso que su dulce y grácil cuerpo. Y él había caído en sus redes como un maldito idiota feliz. Sí, ésa era la palabra: feliz.

—De acuerdo, bruja —se dijo a sí mismo en voz alta—. Tú has ganado.

21

Bernardo fue el encargado de viajar a Segovia para comunicar el último deseo de Bravo a su esposa e hijos. Carlos no se sintió con fuerzas para enfrentarse nuevamente al trance de unos ojos llorosos de viuda y, mucho menos, a sus herederos huérfanos. Por otro lado, tenía aún pendiente el tema de Juan. Quería entrevistarse con Esther, la cortesana judía, quien le había hecho llegar una nota mientras estaba fuera de Toledo en la que indicaba solamente que tenía noticias para él. Eso tenía prioridad. Se enfundó calzas negras, jubón del mismo color y botas altas por encima de la rodilla. Colocó el puñal en la bota derecha y se ajustó el acero a la cadera. Luego, tomó la capa y el sombrero y bajó las escaleras de tres en tres. Un criado lo esperaba en la puerta del palacio con su caballo ensillado. Cuando enfiló hacia la ciudad, no tenía idea de que iba a encontrarse con Marina antes de lo previsto.

Para llegar a casa de la judía, dio un rodeo por el mercado de verduras. A aquellas horas del día, la plaza estaba repleta de gente. Los vendedores voceaban sus productos y quienes habían ido a comprar deambulaban de uno a otro puesto buscando el mejor precio y la mejor calidad.

Carlos acercó su caballo a uno de los puestos, donde un carromato le tapaba el paso, y alguien cuya voz tan bien recordaba, lo llamó:

—¡Carlos!

El grito alborozado hizo que se detuviera. De inmediato, una sonrisa satisfecha afloró en sus labios. Se tiró del caballo y de dos zancadas se llegó hasta Diego que, riendo, con las manos apoyadas en la cintura, lo esperaba con interés. Se estrecharon con fuerza.

—¿De dónde diablos sales? Elena me dijo que estabas en Alemania.

—De allí acabo de llegar esta misma mañana.

El conde de Osorno miró a su amigo con atención. Diego Martín y Peñafiel era un tipo guapo. Demasiado guapo, incluso. Tan alto como él mismo, de anchos hombros, cabello revuelto y un poco largo, del color del cobre y la sonrisa de un niño entusiasmado. Él sabía que aquella sonrisa de niño podía engañar a cualquiera. No a él, desde luego. Diego podía ser un perfecto villano si su trabajo así se lo exigía. Llevaba demasiado tiempo dedicado a feos asuntos de Estado y de espionaje como para ser un alma cándida.

—Has cambiado en estos meses. Pareces cansado.

El gesto de Diego se ensombreció.

—Las cosas no están como para echarse siestas —le respondió, poniendo un brazo sobre los hombros de su camarada—. Tampoco tú pareces muy relajado que se diga.

—Tampoco yo, es cierto.

—¿Quieres que tomemos unas pintas?

—Tengo una entrevista —explicó Carlos.

—¿Con una mujer?

—No es lo que piensas.

—Elena me ha puesto al día. También me dijo que estuviste las últimas horas con Bravo y Padilla.

Carlos alzó una ceja y miró a su amigo con más curiosidad. Se sintió un poco molesto, y Diego adivinó su incomodidad.

—No voy a criticarte —dijo—. Marina es una mujer encantadora. Mi dulce esposa me ha dicho que si no te comportas como un caballero va a despellejarte. Yo que tú tendría cuidado, maneja bien el estoque.

—Te casaste con una arpía, Diego.

—A la que amo con locura. Deberías probar el matrimonio —insinuó.

—No hace falta que todos me fustiguéis con lo mismo. ¡Por Dios, incluso Bernardo me ha echado un rapapolvo esta mañana, antes de irse!

Diego se rio de veras.

—¡Vaya! —Se oyó a espaldas de ambos la voz de Elena—. ¡Bien podríais echar una mano en lugar de continuar con vuestra cháchara!

Carlos y Diego se volvieron y Arteche se quedó inmóvil al ver a Marina. ¡Por Cristo crucificado, era imposible que una mujer estuviese más hermosa cada vez que se la veía! Y aquellos ojos... eran puro destello.

—Elena —saludó con un movimiento de cabeza—. Doña Marina...

—¡Cuánta formalidad ahora! —se burló la rubia mientras colocaban las cestas que portaban en el carro. Las seguían cuatro muchachos cargados de más cestas de verdura y fruta que también depositaron—. ¿La llamas también de usted en la cama?

—¡¡¡Elena!!! —exclamaron Diego y Marina al unísono.

Carlos, por su parte, se atragantó, dedicándole una mirada cargada de reproche.

—Te repito que te daría unas cuantas palmadas en el trasero —dijo a la joven entre dientes—, y me parece que importaría poco que tu marido estuviera delante.

—Sé defenderme sola —fanfarroneó ella.

—¿Habéis terminado todas las compras? —quiso saber Diego.

—Sí. ¿Nos acompaña, señor Arteche? —se burló Marina—. Vamos al barrio judío.

Carlos examinó la vestimenta decorosa de ambas como si le pareciese extraño.

—¿Vestidas de mujer? —preguntó con un tono de burla—. ¡Qué extraño!

Los ojos de Elena se achicaron y la punta del zapato de Marina impactó en su espinilla haciéndole soltar un juramento.

—¡Maldita seas, mujer! —protestó Carlos.

—Cavernícola —le soltó Elena.

Diego observó el rostro sonrojado de Marina y el gesto furioso de su esposa. Preguntó:

—¿Tenéis algo que contarme?

—Nada.

—No.

—Si ellas lo dicen... —sonrió Carlos, frotándose la pierna.

—Lo aclararemos más tarde, señoras —avino Diego, intuyendo algún lío de las dos amigas—. Vamos a la judería, cierto. ¿Te viene de paso? Me gustaría hablar contigo de Villalar.

—Me viene de paso, sí. Voy a la casa de Esther —dijo, mirando a ambas mujeres.

—¿Algo nuevo? ¿Los has encontrado? —preguntó Marina.

—¿Siguen en Toledo? ¡Di algo, condenado seas! —pidió Elena.

—¡Señoras, por favor! —puso paz Diego—. Estamos llamando la atención. Y me parece que algo tenéis que contarme de lo que no tengo ni idea, ¿o no? Vayamos a ver a esa tal Esther y luego ya veremos si la vara en el trasero no ha de usarse con las dos.

Protestando, ambas subieron al carruaje que las había llevado hasta el mercado. Luego, ellos montaron en sus caballos y la comitiva se encaminó hacia el barrio judío.

Esther recibió al grupo con asombro. Mandó a su hijo al otro cuarto y sirvió vino especiado para todos. Esperó a que sus invitados se acomodaran en el pequeño saloncito y antes de hablar miró al conde de Osorno significativamente.

—Di lo que sea, mujer. Ellos están al tanto.

La judía asintió. Estaba hermosa, vestida con una túnica de color caramelo y el negro cabello recogido en una larga trenza que la caía sobre la espalda.

—Los hombres que busca están en Toledo, tal y como creíamos. Anoche tuve la visita del italiano, por eso le mandé aviso. Un sujeto asqueroso. —Se encogió de repulsión, quizá recordando lo que él la obligó a hacer—. Dijo que volvería.

—No tendrás que soportarlo de nuevo —aseguró Arteche—. Cuando lo encuentre no quedará de él ni el recuerdo.

—Os lo agradecería. Amenazó incluso a mi hijo si yo no aceptaba... —Guardó silencio, tratando de borrar de su cabeza la maldita hora que pasara con el sujeto. Se rehízo de inmediato, disimulando el asco que sintió—. Habló. Estaba borracho como una cuba el muy desgraciado. Y habló por los codos. Dijo que tenía dinero. Mucho dinero. Que le habían pagado bien por un trabajo hacía tiempo y que ya era hora de gastarlo.

—¿Hacía tiempo?

—Farfullaba y resoplaba como un condenado, pero le entendí que el trabajo, como él lo llamaba, había consistido en asar a alguien. —Miró a Marina, que había perdido el color y se retorcía las manos—. Hablaba de su esposo, señora, estoy segura. Parecía divertirse mientras lo recordaba.

—¿Estás convencida de que era de Juan de Aranda de quien hablaba?

—Dijo algo sobre unas caballerizas y sobre que le hubiese gustado asar también a los potros, pero que la mujer que encargó al gordo que los contratara no lo permitió. ¿Qué más pistas quiere?

—¿Qué mujer? —preguntó Marina—. ¿A quién se refería?

—Solamente puede ser Consuelo Parreño —dijo Elena—. Y el gordo, ese maldito Cifuentes, ¿no es verdad, Carlos?

Él tenía los dientes encajados. Las pesquisas les habían puesto en el buen camino, habían descubierto a los asesinos de Juan. La bilis le subió hasta el paladar. Ya estaba deseando salir en busca de aquellos desgraciados miserables y rebanarles el gaznate. Pronto lo haría.

—¿Sabes dónde encontrar al italiano?

—Lucas lo siguió —asintió ella—. Es un muchacho que recogí de la calle, muerto de hambre. Hace las veces de criado, cuando tiene unas horas libres —explicó—. Estaba en un recado y llegó justo cuando Bonetti se marchaba. Calle de la Platería, junto al Tajo. Una casa de dos plantas, fachada de granito y balcones con celosías. Un burdel.

—¿El otro hombre está con él? —interrogó Carlos.

—Eso no lo sé —respondió la judía—. No nombró a Albarra en ningún momento, salvo cuando hablaba en plural. Supuse que se refería a él.

Carlos asintió satisfecho y se levantó. Todos hicieron lo propio. Del jubón, sacó una bolsa de cuero que tendió a Esther.

—Por tus servicios.

—No quiero recompensa, mi señor. Lo hice por doña Marina.

—Y yo te agradezco el detalle, pero quiero que tomes el dinero. Hay suficiente como para que te vayas de Toledo si quieres y te establezcas en otra ciudad donde no conozcan tu actual trabajo.

La judía abrió mucho los ojos. Sin una palabra, alargó la mano y tomó la bolsa de cuero. Pesaba. Indudablemente el conde de Osorno era un hombre que sabía pagar los favores. Le dio las gracias con un movimiento de cabeza y les acompañó a la puerta.

Una vez fuera, Diego tomó el mando del grupo.

—Tomemos algo en la Posada del Río, luego nos encargaremos de esos desgraciados. ¿Sigue abierta?

—Y siguen sirviendo el mejor cordero de toda la ciudad —afirmó Arteche con rotundidad—. Pero del italiano y su compañero, se encargarán mis hombres.

—Como gustes. Entonces en marcha. Tenéis que contarme muchas cosas.

La Posada del Río era apenas un garito de mesas de madera carcomida, taburetes sucios y suelo impregnado de cerveza y vino derramado, pero había algunos reservados para cierta clientela que, de cuando en cuando, solía llegarse al local, atraídos por la fama de su carne y sus mejores botellas de vino. El salón principal quedaba para la clientela vocinglera. El dueño de la posada, un hombre pequeño como un ratón que lucía una cabeza pelada como el culo de un bebé, reconoció a Arteche de inmediato.

—Excelencia. —Se inclinó tanto que casi se quiebra. Luego echó una mirada a las damas y al hombre que le acompañaba y, sin una palabra, giró sobre sus talones, sabiendo que le seguirían. Al final de un largo pasillo se encontraban cuatro puertas y él empujó la última, cediendo el paso a los distinguidos clientes—. Enseguida les mando traer vino y alguna comida, mi señor. Aquí estarán cómodos.

Diego se sorprendió al ver la estancia. No de muy grandes dimensiones, albergaba una mesa alargada y seis sillas de la mejor calidad. Las paredes de ladrillo visto estaban engalanadas con tapices, y las sillas repujadas en el respaldo y una pequeña chimenea encendida hacían el lugar cálido y agradable.

—Parece mentira —dijo, ayudando a quitarse la capa a su esposa—. Ha prosperado el condenado alfeñique.

—Se dice que incluso Adriano de Utrecht ha venido a probar su cordero —dijo Carlos.

Diego silbó, en verdad asombrado. Guardaron silencio hasta que una mujer rubicunda y limpia dispuso para ellos una bandeja con humeante carne, y una hogaza de pan, cubiertos y un par de botellas de vino y copas. Dejó todo sobre la pulida superficie de la mesa, hizo una corta reverencia y salió cerrando la puerta tras de sí. El conde de Bellaste sirvió vino para todos y luego se recostó en su asiento.

—Desembuchad —pidió Diego—. Me tenéis sobre ascuas.

Poco tardó Carlos en ponerle al tanto de los pormenores sobre la muerte de Juan de Aranda y para entonces casi habían dado cuenta de la carne. Diego no pareció sorprenderse demasiado. Su trabajo lo tenía acostumbrado a todo tipo de vilezas.

—De modo que sólo falta demostrar que Consuelo Parreño es la instigadora del crimen.

—La confesión de esos dos será suficiente. Además, yo mismo escuché a esa zorra maquinando con el fraile junto a las caballerizas de los Jonquera, la noche de la fiesta de prometida de su hija.

Les contó todo lo que oyera en los establos y la razón por la que Bernardo pusiera en guardia a Elena con aquella nota cuando él partía hacia Torrelobatón. Cuando terminó, Marina se entretenía sobre la mesa con la punta de su cuchillo, seguramente pensando que era el cuello de su cuñada.

—Siempre dije que esa mujer era una puta sin corazón —dijo Elena.

—Cariño, esa lengua.

—Al pan, pan, y al vino, vino, Diego. Vas a denunciarla, ¿verdad, Marina?

—No tenemos mucho, a pesar de su culpabilidad manifiesta —repuso la joven—. Consuelo tiene amistades. ¿Qué puedo argumentar contra ella? ¿Lo que Carlos escuchó? Sería la palabra de ella contra la suya. ¿El testimonio de Esther, que logró sonsacar a un cliente mientras se acostaba con él? —Se notaba su desesperación a pesar de todo—. Quizá la confesión de esos hombres, cuando los apresemos, nos aporte una base más sólida.

—Todo encajaría mejor si encontrásemos los documentos.

—¡Cualquiera sabe dónde pueden estar! —bufó Elena.

Carlos alargó la mano a través de la mesa y tomó la mano de Marina entre las suyas, obligándola a soltar el cuchillo. Fue una caricia suave que sorprendió a la muchacha.

—Tú tienes que saber dónde guardaba Juan los documentos importantes.

—Juan no guardaba documentos nunca. Todos los asuntos los manejaba su abogado, Tomás Sanchidrián.

—Entonces acudiremos a él.

—De nada serviría, salvo que deseéis visitar el cementerio. Murió dos meses después que Juan, de una pulmonía. Su hijo me entregó todos los papeles unas semanas después; no deseaba continuar la labor de su padre. Creo que se marchaba a Francia y desmanteló todo el negocio.

—¿Revisaste esos documentos? —preguntó Diego.

—No en un primer momento. No estaba en condiciones. Pero lo hice meses más tarde, cuando me recuperé. Escrituras de Ojeda Blanca, de Villa Olivares y de otras propiedades. Aranceles de tierras, contratos de arrendatarios... Ni un solo papel que me recuerde a lo que Consuelo pudiera referirse. Debería habérselos entregado a Luis, ya que él es ahora el albacea de casi todo, pero lo dejé estar. Podemos echarles otro vistazo entre todos, pero me temo que no encontraremos nada que inculpe a ese par de asesinos.

—¡Maldita sea! —Carlos palmeó con rabia la mesa—. Tienen que estar en algún lugar, esa bruja está loca por encontrarlos.

Decididos a llegar al fondo del asunto, pagaron la cuenta y salieron del local. Ya en la calle, Carlos atisbó una sombra que le llamó la atención. El individuo estaba apostado a la entrada de un callejón desde el que podía dominar la entrada de la taberna, recostado contra la pared. Cubierto con una capa oscura, el estoque asomando bajo la tela y el sombrero de ala ancha calado, por cuyo borde pasó un dedo. De no haberle resultado tan conocido el gesto, Miguel le hubiera pasado inadvertido. Pidió a sus acompañantes que aguardasen junto al carruaje y se acercó a su amigo. Miguel ni siquiera se movió pero le dijo en tono quedo:

—Lárgate de aquí. No quiero que te inmiscuyas en esto.

—Que me inmiscuya ¿en qué? —quiso saber Carlos, sin comprender.

Miguel levantó la cabeza lo suficiente para que él pudiera ver el brillo de sus ojos. Había visto aquella mirada otras veces y no auguraba nada bueno.

—Voy a matar a Tavira —informó, con una calma infinita—. Está dentro. Llegó poco antes que vosotros.

—¿Es él? —preguntó el conde.

—Lo es.

—¡Hijo de puta! ¿Cómo has sabido...?

—¡Qué más da! —exclamó Miguel—. ¡Lo sé y basta! Y vete, te están esperando y no quiero llamar la atención.

—Lo enfrentaré contigo.

—¡Ni lo sueñes! Esto es cosa mía.

—Recuerda que dio orden de asesinar a Guillermo. Y Guillermo trabajaba para mí.

—Y tú, Carlos, recuerda que formo parte de esta comparsa, amigo mío, y por si eso fuera poco, ese cabrón intenta casarse con mi hermana y formar parte de mi familia. Lo he decidido: yo ajustaré las cuentas con Tavira.

Arteche dudó un momento más. También a él le hervía la sangre por enterrar su acero en aquel cuerpo traidor, pero Miguel estaba en lo cierto, tenía derechos de familia. Acabó por asentir.

—Regala a ese hijo de perra una buena estocada de mi parte.

Se alejó, caminando presuroso.

Miguel, como un lobo a la espera de cordero, volvió a recostarse contra el muro.

22

Unas horas después, la conversación aún seguía en Ojeda Blanca. Estaban instalados en el salón dorado, dando buena cuenta de una botella de vino, cuando Inés llamó a la puerta.

—El fraile —dijo la muchacha con una mueca de hastío— preguntó antes de retirarse si mañana le acompañarán a la catedral.

—¡Qué obsesión tiene ese hombre! —gruñó Elena.

—Pase, Inés. Por favor —rogó Arteche.

La criada de Marina hizo lo que se le pedía, aunque no se separó de la puerta que cerró tras ella.

—¿Hay algún hombre de confianza entre el servicio?

—Todos y cada uno de ellos, señor.

—Elija al que sea menos reconocible. Quiero que sigan a ese condenado fraile día y noche. Cuando despierte, puede decirle que nadie va a acompañarlo a la catedral, que tenemos programada una visita a Illescas, ahora que ha regresado don Diego. Quiero saber adónde va, a quién ve, con quién habla... —Sus ojos verdes chispearon—. Inés, necesitamos saber incluso cuándo va al excusado. No sé si queda claro.

Inés sintió un ramalazo de orgullo, sabiéndose partícipe de aquel grupo.

—Muy claro, señor —asintió.

Cuando quedaron nuevamente a solas los cuatro, Diego comentó:

—Bien. Y ahora hablemos de disfrazarse de hombre.

Elena dio un brinco en su asiento y Marina se atragantó con el vino. Se miraron entre sí. Una cosa era saltarse la Ley a la torera y otra tener que dar cuentas a Diego.

—¿Quiénes? —preguntó Carlos, impertérrito. De reojo, vio la mirada agradecida de las dos muchachas.

—Sabes muy bien a quién me refiero.

—Francamente, Diego, no tengo la más mínima idea.

Arteche parecía muy entretenido en observar el dibujo tallado en el cristal de su copa y el conde de Bellaste esperó su reacción. No consiguió ni siquiera un atisbo. Carlos era capaz de estar matando a alguien y no parecer afectado. Chascó la lengua y dejó el tema de lado con un gesto de la mano.

—Supongo que es mejor así, dejémoslo —dijo—. Y ahora ¿qué vamos a hacer? Podemos posponer la salida a Trujillo unos días más, pero tengo asuntos que supervisar en la finca y no deberíamos demorarnos demasiado. Sinceramente, me gustaría que viéramos la luz cuanto antes en este enojoso asunto.

¿Qué podían decir? Estaban a un paso de conseguir evidencias de la implicación de Consuelo en las muertes de don Tello y de Juan y, sin embargo, tan lejos...

—*Nunc et Semper* —dijo de repente Marina, fijo su semblante en el tapiz que colgaba de la pared—. Fueron las últimas palabras de Juan: «Ahora siempre la verdad estará a salvo.»

—Fue curioso que utilizase las palabras de la insignia de los Alonso de Cepeda —musitó Elena.

Carlos Arteche clavó alternativamente la mirada entre ella y el tapiz. A pesar de lo que había sufrido, estaba hermosa y él sintió de nuevo la necesidad de tenerla estrechada entre sus brazos. Maldijo tener que dejarla allí y marcharse a su propia hacienda, cuando lo que más deseaba en el mundo era llevársela con él. Y lo haría pronto, lo había decidido al volver a verla en el mercado. Si ella aceptaba..., ¡y claro que aceptaría, demonios! Parecía abstraído por su femineidad, por el movimiento de sus labios y el oscuro de sus pupilas. Se dijo a sí mismo que estaba enamorado de Marina como un becerro.

A pesar de todo, la mente de Arteche siempre funcionaba a más revoluciones que las de sus semejantes y poco se le escapaba. Cinco segundos después, estaba de pie directamente frente al hermoso tapiz, fijos sus ojos en el escudo de los Alonso de Cepeda. *Nunc et Semper*. «Ahora y siempre la verdad estará a salvo.»

Antes de que se incorporase, Diego también había sacado conclusiones. Se levantó, atravesó el salón y se situó también delante de la excelente pieza. Se miraron el uno al otro y ellas se acercaron, intrigadas por su reacción.

—No puede ser tan fácil —musitó Diego.

Carlos no contestó. Simplemente se agachó y palpó el escudo bordado, allí donde se leían las palabras referidas. Tocó casi con miedo la pasamanería y...

El escudo no estaba cosido del todo al tapiz, sino que uno de sus lados carecía de puntadas. Metió la mano y, ante el asombro de todos, sacó los documentos pulcramente doblados.

Fue el delirio. Los cuatro querían ver a la vez lo que había descubierto. Los extendieron uno a uno sobre la mesa.

Eran solamente cuatro recibos y una nota doblada. Suficiente para hacer colgar a Consuelo Parreño. Los recibos eran ni más ni menos que pagarés firmados por ella contra el patrimonio de Juan de Aranda y que aún no habían vencido. En cuanto a la nota... Por respeto, se la pasaron a Marina, que leyó en silencio.

—La mataré con mis propias manos —juró aún con el papel entre los dedos—. ¡¡¡Ordenó asesinar a ambos!!!

Elena le pidió ver la nota y la leyó en voz alta. Era una confesión en toda regla. Era el final de Consuelo Parreño.

—Tú no matarás a nadie y te quedarás aquí, como una buena chica —dijo Arteche, doblando de nuevo los papeles y guardándolos en su jubón—. Diego y yo nos encargaremos de esto.

—Estamos hablando de mi padre y de mi marido —argumentó Marina—. Si crees que me voy a quedar con los brazos cruzados, estás muy confundido.

—¡Os quedaréis aquí y punto! ¡No quiero que mi futura esposa se meta en más líos!

La habitación quedó en suspenso. Todos lo oyeron muy claro, pero Marina no acababa de asimilarlo.

¡Esposa! ¡Había dicho esposa! Eso significaba que Carlos la amaba de veras, que quería... El embeleso, sin embargo, duró solamente unos segundos. Se rehízo de inmediato.

—En estas condiciones..., ni acepto la orden ni la oferta de matrimonio.

En aquel silencio, sonó como un trueno.

Carlos suspiró y se mesó el cabello. ¡No podía ser! Un miedo frío y espantoso lo paralizó. Irritado, pero sin argumentos, se sorprendió derrotado. Se fijó en los ojos de Diego y Elena, pendientes de su reacción. ¿Qué podía hacer? ¿Ponerse de rodillas ante ella y rogarle que lo aceptase? ¡Nunca se había humillado ante una mujer y no iba a...! ¡No seas idiota! —se dijo a sí mismo al instante siguiente—, ella no sólo merece una humillación, sino un millón.

Marina se le anticipó:

—En cierta ocasión te dije que no aceptaría órdenes estúpidas de nadie. Ni siquiera de mi marido. Métete eso en la cabeza, Carlos. Soy una persona libre y necesito mi propio espacio.

—Bien dicho —apoyó Elena, rompiendo aquella tensión.

—Y eso..., ¿qué quiere decir exactamente? —preguntó Arteche con prudencia.

—Creo que está muy claro. Antes y después de la boda seguiré tomando mis propias decisiones. O lo tomas o lo dejas.

Ella, sin embargo, lo estaba viendo tan hombre, tan atractivo, tan exquisitamente sensual, aquel rebelde mechón cayéndole sobre los ojos, alto, fuerte, varonil..., que tuvo miedo de haberse excedido, de haberse plantado como una idiota. Las mujeres estaban siempre bajo la tutela de los padres, esposos o hermanos. ¿Por qué iba a ser diferente con ella? Sin embargo, acababa de exigir igualdad, situarse a su altura dentro del matrimonio, tratarlo de tú a tú. Casi decidió retractarse allí mismo, pero se acordó de las palabras de su padre, quien, a pesar de las costumbres, le enseñó a pensar por su cuenta, y le inculcó que nadie debía dirigir sus pasos, que Dios la había hecho libre y libre sería si así se lo proponía. A pesar del terror a perderlo, miró a Carlos con frialdad, retándolo.

Durante un largo momento las espadas se mantuvieron en alto. Era una guerra de voluntades. Orgullosos, empecinados, testarudos, arrogantes. Diego y Elena se mantenían expectantes, ella embelesada ante la reacción de Marina, henchida de satisfacción por su valentía.

Marina empezó a notar que las lágrimas acudían a sus ojos y parpadeó con rapidez para evitarlas. Todo se podía ir al garete, pensó por un instante.

Carlos, de pronto, la atrajo por los hombros, la envolvió en sus brazos y se apoderó de su boca lo mismo que podía haber hecho un halcón sobre una paloma.

Elena gorjeó de felicidad y le comentó a Diego al oído:

—¡Otro pobre zorro cazado!

Discretamente, dejaron el salón dorado, retirándose a sus habitaciones, con la pareja ardiendo en su pasión.

Elena abrazó a su esposo por la cintura mientras ascendían las escaleras.

—¿Tú te consideras un zorro cazado, mi amor?

Diego Martín y Peñafiel respondió con un sonoro beso en la boca y adujo:

—Yo me considero un merluzo. Un merluzo enamorado de una mala pécora, pero me alegra saber que no soy el único por estos contornos.

Los gemidos de pasión resonaron aquella noche en los altos techos de Ojeda Blanca.

Habían estado juntos hasta el amanecer. No habían hablado, solamente se amaron de un modo feroz, violento, consumiéndose en el deseo, acariciándose y procurándose momentos excelsos. Carlos supo que jamás podría amar a otra mujer que no fuese Marina, y ella se convenció de su amor y de su generosidad cuando la llevó varias veces hasta la cúspide.

Sin embargo, por la mañana, Carlos consiguió convencerla de la necesidad de que fueran Diego y él mismo quienes concluyeran las pesquisas. Aún quedaba una duda: si Luis de Aranda estaría implicado, junto con su esposa, en aquella felonía. Si era así, podía ser aún más peligroso para ellos tener que enfrentársele y protegerlas a ellas al mismo tiempo.

—Por otro lado —argumentaba Carlos mientras se vestía, preguntándose mentalmente si debía volver a la cama junto a Marina y hacerle de nuevo el amor—, Cifuentes no debe sospechar o podría evaporarse. Ese condenado fraile es capaz de desaparecer si se huele el peligro y quiero que paguen todos los implicados.

Diego, a su vez, también convenció a Elena de la conveniencia de que actuaran ellos solos.

Sin previo aviso se presentaron en Villa Olivares.

Luis de Aranda los recibió en su despacho, donde se encontraba desayunando en ese momento, mientras revisaba algunos papeles, cuando los anunciaron. Se levantó, les estrechó la mano y los invitó a compartir con él las viandas.

No aceptaron, aunque le dieron las gracias y siguieron ambos de pie, muy serios, ante él.

Aranda sabía que Diego Martín se alojaba en casa de su cuñada, y en cuanto a Carlos... Bueno, le habían llegado rumores a propósito de algunas atenciones que dispensaba a la joven. Ya intervendría si, en algún momento, aquel sujeto pudiera colocarla en peligro.

—¿Qué les trae a mi casa, señores? —preguntó, intrigado, viéndolos tan serios.

En pocos minutos, fue informado con todo detalle del motivo que les había llevado hasta allí a una hora tan temprana.

Aranda vio con sus propios ojos los documentos que comprometían a su esposa con el asesinato de don Tello y, lo que era peor, con el de su propio hermano. Pareció empequeñecerse y su rostro, ahora ceniciento, los ojos hundidos, trataba de asimilar tanta fechoría e iniquidad.

Fue un momento largo, intenso. Pareció un hombre en suspenso. Como si no fuera a reaccionar. Suspiró hondo, se incorporó y se acercó, a la puerta, llamando:

—¡Isidoro!

El mayordomo de Luis llegó con paso presuroso.

—Busca a Jorge y a Ernesto. El padre Cifuentes se encuentra en Ojeda Blanca. Quiero que me lo traigan aquí. ¡Atado si es preciso! —Según daba las órdenes se fue irguiendo, como el sauce después que pasa el viento, y su voz se fue convirtiendo en un siseo peligroso—. Y avisa a mi esposa: que baje ahora mismo a mi gabinete.

—Pero la señora aún no se ha levantado, señor, y...

—¡Pues levántela usted mismo! —bramó—. La quiero aquí de inmediato o yo mismo iré a buscarla. Dígaselo así, Isidoro. —Cerró la puerta de un golpe seco que hizo vibrar la araña del techo—. Señores: voy a dar instrucciones para que Marina se haga cargo de todo su patrimonio, en pleno derecho. Sólo les pido que esperen hasta que mi abogado redacte los documentos y, desde luego, firmaré lo que sea menester. No creo necesario añadir que las cantidades pagadas a cuenta por mi esposa le serán devueltas a Marina con sus intereses.

—Confiamos en su palabra, don Luis —repuso Arteche.

—Creo apropiado el momento, Osorno, para preguntarle, por otra parte, por sus intenciones para con mi cuñada. Sigo velando por su honor, aun a pesar de los actos ignominiosos de mi esposa.

—Os honra que así sea. En cuanto a Marina..., ha aceptado convertirse en mi esposa —repuso Carlos.

—Permitid mi enhorabuena, entonces. Y ahora, mientras esperamos la presencia de mi esposa, espero acepten un poco de vino —y tiró del cordón que llamaba a la servidumbre.

Consuelo tardó en bajar unos minutos todavía y cuando entró en el gabinete su rostro era una máscara de furia. Llegaba envuelta en una bata, con el cabello suelto a la espalda y en zapatillas.

—¿Cómo te atreves a enviar a Isidoro a mi habitación? —graznó, dando un portazo y plantándose ante la mesa de su esposo con los brazos en jarras.

Luis de Aranda la miró con un deje de repugnancia.

—«Querida», no sé si te has dado cuenta: tenemos visita.

Consuelo se volvió de golpe, confundida. Viendo allí, de súbito, a Diego Martín y Carlos Arteche, se sintió repentinamente alarmada. Sutil y venenosa como era, se repuso de inmediato y sonriéndoles dijo:

—Espero, caballeros, disculpen mi indumentaria. Por la urgente llamada de Luis supuse que... ¿Ha pasado algo? ¿Algo malo le ha sucedido a alguien? —Su voz, sin embargo, no sonó preocupada.

—No te esfuerces, Consuelo —cortó su esposo—. Estos caballeros acaban de ponerme al corriente de tus deudas, de la firma de pagarés contra las posesiones de Marina y, lo que es más grave, de tu responsabilidad directa en las muertes de don Tello Alonso de Cepeda y de mi propio hermano.

Lentamente, olvidándose de su apariencia, encaró a su marido. Los ojos casi se le salían de las órbitas.

—¿Cómo... dices? —balbuceó.

Nunca había escuchado a su esposo hablarle de un modo tan hiriente, con tal tono de repulsa. No se habían amado, pero existió siempre entre ellos un acuerdo tácito de respeto que parecía haberse esfumado de golpe. Quiso evaporarse y retrocedió cuando él se incorporó y rodeó la mesa del despacho.

—Voy a repudiarte, Consuelo. Sal de aquí y permanece en tus aposentos. No quiero volver a verte.

—¡Eso sería un escándalo! ¡No puedes hacerlo!

—¡Tengo pruebas, maldita sea! —gritó Luis—. ¡Pruebas, Consuelo! ¡Tantas pruebas como para que te ahorquen! Tu firma en los pagarés y tu propia letra en una nota ordenando la desaparición del padre de Marina y la de Juan... —escupió las palabras.

Carlos deseó que la agarrase por el cuello y se lo retorciese, pero se imponía un temperamento más templado que el suyo.

Luis continuó:

—Lo he pensado mientras bajabas y, si ellos están de acuerdo y Marina no pone impedimentos, saldrás de Villa Olivares hoy mismo con destino a las Franciscanas de Santa Ana, en Badajoz.

—Un convento... —se atragantó ella.

—Donde acabarás tus días. Me encargaré de que seas vigilada incluso cuando duermas.   Miró a los dos hombres y Carlos asintió en silencio—. Jamás volverás a pisar la calle, ésa será tu sentencia.

—¡No puedes hacerme esto! ¡No puedes, condenada sea tu alma!

Él la miró con desprecio infinito.

—Ni siquiera has negado los cargos —repuso con lástima—. ¿Cómo no me di cuenta de lo pérfida que eres? Dos hombres te acompañarán, de modo que recoge alguna de tus cosas. Por descontado, dejarás aquí vestidos y joyas. Donde vas, no tendrás necesidad de utilizarlos.

—No puedes... —comenzó a lloriquear Consuelo, acabando por dejarse caer en el suelo, sobre sus rodillas, cubriéndose el rostro con las manos.

—Puedo y debo hacerlo. Supongo que ustedes, caballeros, me concederán el beneficio de lavar mi vergüenza en privado.

Carlos asintió de nuevo con un leve movimiento de cabeza, aunque hubiese deseado ver colgada a aquella arpía en la plaza del mercado.

Aún desde su posición, Consuelo les espetó con odio incontenido:

—No iré a un convento. No me encerraré de por vida.

—El convento o la horca —cortó Luis con voz gélida—. Tú eliges. Caballeros, sigamos hablando en la biblioteca. El ambiente en el gabinete se ha vuelto nauseabundo.

—Sólo una pregunta más —dijo Arteche, mirando a Consuelo—. ¿Tuvisteis algo que ver con el accidente que provocó el aborto de Marina?

La esposa de Luis le devolvió una mirada insolente.

—Las tisanas tenían que debilitarla. Tarde o temprano, hasta sufrir un desmayo. Y lo conseguí aunque, ahora ya no importa, mi deseo hubiera sido verla muerta a los pies de aquella escalera. De todos modos, ningún vástago de Juan heredará su fortuna.

Carlos apretó los puños contra sus muslos.

—De poco os sirvió. Otra pregunta, señora... ¿Conocisteis el contenido del mensaje que me fue enviado sobre el ataque a Mora?

En aquella ocasión, los ojos de Consuelo se nublaron de terror. Una cosa era ser acusada de haber intrigado en la muerte de dos hombres y otra, muy distinta, de ser traidora a los comuneros. A Carlos no le hizo falta su respuesta. De esto, no era culpable. Con un esfuerzo sobrehumano le dio la espalda y salió del gabinete. No, aquella mujer no merecía la horca. Era mucho más cruel que pasara los años que le quedaban encerrada entre los muros de un convento sin posibilidad de recuperar la libertad.

278

Tras aquella puerta se escribía el postrer capítulo de una iniquidad, cuyos últimos renglones se emborronaban con falsos ayes lastimeros y maldiciones histéricas.

Cifuentes tuvo conocimiento de los hechos cuando Arteche lo citó en la biblioteca de Ojeda Blanca. Le informó de que el obispo Acuña sabía de su relación con Consuelo y que la autoridad eclesiástica le aplicaría sus propias normas. Recluido en su habitación, víctima de su egoísmo y avaricia, se movía aterrado, rondando sobre sus propios pasos y calibrando sus alternativas. Consciente de la posibilidad de ser encerrado en Nuestra Señora de Huerta y en la más estricta pobreza para el resto de sus días, intentó una huida desesperada, descolgándose desde su balconada. Tanto tiempo dedicado a la buena mesa le había privado de la habilidad y los recursos necesarios.

Su volumen, su torpeza y la altura hicieron el resto. Incapaz de soportar su propio peso perdió pie y cayó al patio.

Uno de los criados lo encontró desnucado, a la mañana siguiente.

Miró el anillo con los ojos bañados por las lágrimas.

El propio Acuña acababa de unirles en matrimonio, después de que consiguieran una dispensa eclesiástica para adelantar las amonestaciones.

Realmente, Marina acababa de convertirse en la esposa de Carlos Arteche y Ruiz de Azcúnaga, la condesa consorte de Osorno. Pero el título no importaba tanto como saberse dueña del hombre que ahora, en silencio, la contemplaba.

La ceremonia había sido corta y los invitados pocos. Diego y Elena, su cuñado Luis, que fue quien la entregó a su reciente y flamante marido. Miguel de Jonquera, quien se fundió con Carlos en un abrazo apretado y cómplice del secreto que sólo conocían ellos dos. Inés y algunos criados más, amén de Bernardo, estaban también en la ceremonia.

Carlos había insistido en celebrar su unión en la capilla del Palacio de Hidra y Marina sentía que sus pies no tocaban el suelo. Era un sueño convertido en realidad y ella la protagonista. Flotaba. Tan pronto rio como sollozó durante la boda, temiendo que en cualquier momento el sueño se derrumbase regresándola a la realidad de dolor que la había amortajado durante más de un año.

Miró a su esposo con ojos arrobados y él devolvió aquella mirada acariciando su mejilla mientras cerraba la puerta de la recámara donde se refugiaron, con los invitados celebrándolo en el piso de abajo.

—Estaba harto de verte vestida de negro, mi amor —dijo, paseando la mirada sobre su cuerpo—. El color dorado te hace semejar a un hada.

Ella le observó con atención. No había podido quitarle los ojos de encima desde que entró en la pequeña capilla. Carlos había relegado el color negro para lucir un jubón verde del mismo tono que sus ojos. Estaba espectacular. El hombre más atractivo de la tierra. Así lo veía ella.

—A ti te sienta muy bien el verde.

—Para lo que va a durarme puesto —afirmó Carlos, comenzando a desnudarse con premura.

Marina estalló en carcajadas viéndolo tan apresurado, pero instantes después era ella la que tiraba de su vestido para quitárselo del cuerpo. La necesidad de volver a sentirse estrechada entre los brazos del que ahora era su esposo la impulsaba sin pudor. Carlos se desnudó mucho antes que ella y la emprendió con las últimas prendas que quedaban sobre el cuerpo de Marina.

La paciencia de Carlos no era una de sus virtudes, y en aquella ocasión lo demostró con creces. Aún sin acabar de desnudarla, la tomó en brazos, se acercó a la amplia cama y la dejó caer sobre el colchón. Luego, como un muchacho, simulando un rugido de fiera, se lanzó sobre ella haciéndole cosquillas...

Segundos más tarde, la habitación era un jadeo entrecruzado que interrumpía las palabras de amor susurradas por Carlos.

23

Mayo

Habían pasado tres días desde que se convirtiera en la condesa de Osorno. Los tres días más felices de su vida. El peligro había desaparecido. Abrazada a la cintura de su marido, Marina caminó hasta el carruaje en el que acababan de acondicionar los baúles de sus amigos.

—¿De verdad que no podéis quedaros unos pocos días más?

—Me gustaría, pero no es posible. Diego tiene razón, hace demasiado que dejamos la finca de Trujillo y hay que volver —repuso Elena—. Anda, suéltate de ese gañán y dame un abrazo.

Las jóvenes se despidieron mientras Diego y Carlos se estrechaban las manos con fuerza.

—Mantenme informado de lo que suceda aquí —pidió el de Bellaste.

—Lo haré.

—Y espero que podáis venir a Trujillo en breve. Desde allí podríamos hacer una escapada a Portugal.

—Cuenta con ello. Espero poder convencer antes a María Pacheco para que abandone su enconamiento respecto a las tropas. No puedo irme sin conseguirlo, lo sabes.

—Lo entiendo. Tarde o temprano el rey regresará y esa mujer corre peligro. Debería irse ahora que aún puede hacerlo, yo podría ayudarla a pasar a Portugal —dijo Diego—. Mucho me temo que el soberano, o el propio cardenal, acaben por ordenar su arresto.

Después de varios abrazos más y promesas de visitarse, Elena y Diego emprendieron viaje.

Marina se limpió una lágrima y sonrió con tristeza.

—Voy a echarla de menos —dijo.

—No voy a permitir que pienses en otra cosa que en mí, cariño —respondió Carlos, besándola en la punta de la nariz—. Ahora me perteneces.

Ella dejó escapar una sonrisa coqueta. Lo agarró por el jubón y le obligó a agacharse hasta tener la boca tan cerca de la suya que tragó saliva. Sus ojos oscuros relampaguearon clavados en los de su esposo.

—Naturalmente, señor conde. Ahora me perteneces —repitió con ironía.

Bernardo, que regresaba de las caballerizas, nunca antes había visto a su amo reír con tanta frecuencia y agradeció mentalmente a Marina haberle proporcionado esa felicidad.

Mayo estalló de forma rabiosa plagando las praderas de flores y los árboles de frutos. Incluso el ambiente en Toledo parecía menos tenso, aunque se escuchaba en cualquier corrillo que las tropas imperiales arremeterían contra la ciudad. En el Palacio de Hidra, y a pesar de los denodados esfuerzos de Arteche para que las malas noticias no atravesasen sus muros, se sabía de cada movimiento de los hombres que defendían Toledo y guardaban sus murallas, y cada orden de María Pacheco, era tema de conversación. Sin embargo, existía cierto aire de tranquilidad desde la desaparición de Consuelo y del padre Cifuentes. Tal y como prometió Luis de Aranda, su mujer había ingresado en un convento de Badajoz. Jamás saldría de allí y la noticia de su repulsa sólo fue conocida por muy pocos. Luis había aceptado, después de muchos ruegos, continuar administrando la fortuna de Marina y día a día mostraba sus inmejorables dotes para un trabajo que él consideraba un regalo.

A pesar de todo, Castilla continuaba en armas.

El 14 de mayo, la noticia de que ejércitos franceses acababan de invadir Navarra cayó como un jarro de agua helada sobre la cabeza de los dos bandos. Carlos I se encontraba ahora en un verdadero aprieto, con los rebeldes por un lado y por otro los franceses invasores.

—Las cosas se están poniendo feas para todos —comentó la joven mientras cenaban aquella noche.

Carlos no dijo nada. Demasiado sabía él que los acontecimientos no eran halagüeños, pero estaba decidido a proteger a su esposa contra viento y marea, aunque para ello hubiera de sacarla de España. De hecho, ya había estado estudiando la mejor forma de llevarla a Italia con la excusa de supervisar algunas pequeñas propiedades en el país.

Bernardo entró en el comedor, saludó a ambos y le entregó una nota doblada. Carlos la abrió y leyó con rapidez las pocas líneas escritas con letra redonda y clara, muy cuidada. La firmaba María Pacheco.

—¿El mensajero está esperando?

—Sí.

—Dile que acudiré esta misma noche. Una hora, como mucho.

Bernardo asintió en silencio y volvió a dejarlos a solas.

—¿Qué es eso tan importante que te obliga a salir de noche? Tenía pensado un juego entretenido para luego —dijo Marina, con picardía pero intrigada por el gesto preocupado de su esposo.

—He de ir a ver a la viuda de Padilla.

—¿Ocurre algo?

—Te lo diré a la vuelta. La nota solamente me pide que acuda. Prometo regresar pronto, de modo que espérame despierta y me muestras... ese juego —replicó, sonriendo.

—Oh, no sé si más tarde tendré ganas de jugar —bromeó ella.

Carlos dejó a un lado la servilleta y se incorporó. Acortó la distancia que les separaba y, apoyando una mano sobre la mesa y otra en el respaldo de la silla que ella ocupaba, se inclinó hasta que su boca tomó la de ella en un beso ardiente que la hizo suspirar.

—Si te encuentro dormida, te despertaré mordisqueando cada hueco de tu cuerpo, mi amor. —Aquella sonrisa suya hizo que la deseara con fuerza—. Eres una bruja, ¿lo sabes? —dijo entre dientes, maldiciendo a María por hacerle salir a aquellas horas de casa. Poco más podía desear que acabar de cenar y subir a acostarse con aquella mujer que lo subyugaba—. Voy a cambiarme. Volveré lo antes posible.

Después de robarle otro beso, Arteche salió del comedor. Marina permaneció un largo rato mirando la puerta por la que él desapareciera. El amor que sentía por ese hombre la dañaba físicamente, la hacía ahogarse a veces. Lo deseaba con tanta intensidad que la asustaba. Si algo le pasase... Sacudió la cabeza desechando tan lúgubre pensamiento, pero, incluso cuando subió a la habitación, un cosquilleo de intranquilidad revoloteaba en su estómago y sintió el corazón encogido por un miedo que le pareció absurdo.

Carlos miraba fijamente el fondo de la copa que sostenía entre sus largos dedos. Estaba tan tenso que el vidrio podía quebrarse en cualquier momento.

Después de un largo silencio, y de haberse explicado, y habiéndola Carlos escuchado con atención, María permanecía sentada en el sillón, blancas y cuidadas sus manos, cruzadas sobre la falda de su vestido color bronce. Sus ojos miraban directos, como si lo que acababa de decir no fuera más que otra orden para la defensa de Toledo.

—Imagino que habláis en serio —dijo Arteche.

—No suelo bromear con ciertas cosas, Carlos.

El conde se removió en su asiento, incómodo, como si de pronto hubiera encontrado espinas bajo su trasero. No acababa de creerse lo que había escuchado de labios de la viuda de Padilla.

—¿Y Diego Hurtado de Mendoza está metido en esto? —preguntó al cabo de un momento.

—Hurtado, Juan de Lanuza, Pablo Mejía o Andrés Laguna, ¡qué más da! No sé quién es el cabecilla ni sé tampoco el nombre de quienes lo han planeado, sólo sé que se va a llevar a cabo. El rey se ha afanado en crear a su alrededor enemigos de todo tipo, incluso algunos a los que ha dado poder y títulos. Algunos de sus propios consejeros están en desacuerdo con su política y creen que lo mejor para Castilla es que vuelva la reina doña Juana.

—La reina está retirada en Tordesillas —dijo él— y dudo

mucho que aceptara volver a gobernar Castilla, máxime si es después del asesinato de su hijo. ¡Es una auténtica locura!

—Locura o no, está en marcha. Sabemos que el rey llegará a Ávila en el plazo de una semana a lo sumo. Alguien debió de ponerlo en antecedentes de que los franceses atacarían Navarra y parece estar decidido a ponerse al frente de esta confrontación.

Arteche dejó su copa sobre la mesita lacada que quedaba a su derecha y se levantó. Daba vueltas de un lado a otro del gabinete en un paseo largo y pensativo. Se paró frente a la ventana y sus ojos escrutaron la noche. Abajo, en la calle, unos cuantos borrachos rompieron el silencio con sus voces inconexas, rebotando contra las viejas piedras.

—No puedo amparar este complot —dijo de pronto, vuelto ahora frente a su anfitriona—. Vos sabéis bien, señora, como sabía vuestro esposo, que estoy dispuesto a luchar contra el ejército imperial por el bien de Castilla. Pero de ahí a tomar parte en el asesinato de nuestro soberano...

—¿Quién habla de asesinato? —se envaró ella.

—¿Cómo llamar a que Carlos I desaparezca del mapa, por Dios?

—Justicia.

—¿Justicia? Utilizáis el lenguaje a vuestra conveniencia, mi señora. Y Padilla tampoco creo que hubiera estado de acuerdo con esta trama, si viviese.

—¡Mi esposo murió por una orden del monarca al que ahora queréis proteger!

—Sabía el riesgo que corría, como lo sabemos todos. Estamos en una guerra y en las guerras se puede perder la vida. Pero al menos, debemos luchar con honor y no asestando puñaladas traicioneras. Carlos puede llegar a ser un buen rey si lo ayudamos a entender al pueblo castellano. Matándolo y reponiendo en el trono a la reina Juana sólo conseguiremos más guerra y eternizar nuevos enfrentamientos entre partidarios de ambos bandos.

—Doña Juana no debió dejar nunca el poder a ese... advenedizo.

—Lo decidió así y así lo aceptamos todos.

—No sé si de verdad está loca.

—Ni mucho menos. Eso es lo que todos quieren creer, incluso lo que ella desea que todos crean, pero os aseguro, señora, que la reina es tan sagaz como vos o como yo. Solamente está retirada porque nada quiere saber del mundo, porque sigue amando a Felipe y llorando su muerte. Seguramente le llorará hasta que sus ojos se cierren para siempre. ¿Creéis de veras que sería capaz de aceptar el trono a cambio de la muerte del hijo de Felipe?

—Ya nombró a mi marido capitán de sus ejércitos.

—Porque ella opina como yo. Como opinamos muchos. A un hijo se le puede dar un escarmiento porque necesita aprender, pero ¿matarlo?

Irritada, María Pacheco se levantó y se sirvió una copa de vino especiado. Cuando se volvió hacia Arteche su rostro volvía a ser frío.

—Vuelvo a pediros, otra vez, que admitáis el cargo de capitán del ejército rebelde, don Carlos. Sois el más adecuado para liderar la rebelión.

—Y yo vuelvo a rogaros que me digáis el lugar en el que se alojará el rey.

—¿Para qué? ¿Para ponerlo sobre aviso?

—¡Para impedir esta fechoría!

—Y evitar que Castilla vuelva a tener a Juana.

—Y mantener el orden establecido, señora.

Ella se llevó la copa a los labios. El vino le supo amargo como la hiel. Sus manos temblaban por la irritación. Carlos se fue hacia ella. Cuando estuvo tan cerca que hubo de alzar la cabeza para mirarlo, le espetó:

—Pensad en Juan. Y en Bravo. Y en Maldonado. Ellos murieron luchando contra el rey, sí. Perdieron la vida en esta guerra de locos. Pero lo hicieron con honor, dejando su orgullo muy alto. ¿Vais a ser vos, señora, quien enfangue esas nobles muertes, manchando vuestras manos con la sangre del hombre al que le corresponde la corona de Castilla por nacimiento?

María lo miró fijamente, tratando de contener las lágrimas que pugnaban por escapar. Regresó al sillón, donde se dejó caer, pálida y abatida. Su voz sonó espesa como el graznido de un cuervo, aunque para Arteche fue un canto de ángeles.

—Monasterio de Santo Tomás. Adriano de Utrecht ya ha salido a su encuentro.

Carlos dejó escapar un largo suspiro. Se acercó ella, se inclinó y la besó en la cabeza.

—Cuando Dios nos llame a su juicio, mi señora, podremos ir con las manos limpias de esta muerte.

Luego se marchó, y un llanto desolado le despidió a sus espaldas.

24

Miguel de Jonquera no había querido ni oír hablar de quedarse en Toledo mientras él se encargaba del asunto. Tan pronto se lo contó y, aunque en parte estaba de acuerdo en que acaso fuera mejor dejar que las cosas sucediesen, se unió a él. Tampoco un Jonquera deseaba ver su apellido vilipendiado por ser el causante de un magnicidio como el que se planeaba.

Durante la marcha hasta Ávila, que consiguieron hacer en menos de cuatro jornadas, cabalgando sin descanso, planearon el mejor modo de alertar al monarca para que se pusiera a salvo. Sin embargo, cuando llegaron a las inmediaciones del Monasterio de Santo Tomás, sus enemigos no parecían haber tomado posiciones. Todo parecía calmado. Nadie pensaría siquiera que tras las puertas del monasterio se alojaba el mismísimo rey de Castilla.

—Al parecer, el rey ha conseguido llegar envuelto en el anonimato —dijo Miguel, mientras observaban desde lejos los muros cubiertos de hiedra—. Ni un soldado a la vista.

—Si no fuese por ese carruaje, y sus acompañantes, ni yo mismo creería que nuestro monarca se encuentra aquí —señaló Carlos con la cabeza.

El coche al que se refería era grande, negro, sin escudo ni adorno en sus puertas. Llevaba las cortinillas cerradas, señal evidente, en un día soleado como el que les acompañaba, de que quien viajaba en el interior no deseaba ser visto. Podía haber sido el medio de transporte de cualquier hacendado, o de cualquier dama que se hubiera acercado a pedir consejo al abad de Santo Tomás. Sin embargo, los hombres que parecían custodiarlo vestían con levitas rojas. En ese momento, salía de los muros del Monasterio en dirección a la ciudad.

—El emperador no puede remediar acompañarse de escolta —dijo Miguel con una mueca de disgusto—. Para cualquiera que desconozca lo que se avecina, serían simples guardias, pero no para nosotros. Demasiado uniformados. ¿Dónde crees que irá?

—Jugaría a esa carta toda mi hacienda —respondió Arteche, tratando de calmar el nerviosismo de su caballo, que olía sin duda peligro—. De todos es sabido que a Carlos le encanta la catedral y que nunca ha pasado por estas tierras sin orar en ella.

—Podríamos pararlo ahora y advertirle —murmuró Jonquera, mientras el carruaje se alejaba del monasterio.

—¿Qué hacemos con la guardia, entre tanto? ¿Invitarles a una pinta? —bromeó el conde.

Miguel asintió por lo bajo. Aunque solamente eran cuatro las monturas que cabalgaban tras el carruaje, enfrentarse a ellos sería suicida. Ni siquiera les dejarían acercarse. Sabía que su compañero era un espadachín de primera y era consciente de su propia habilidad con el estoque, pero seguían siendo cuatro hombres y entrenados, como todos los elegidos para la guardia personal del rey. Si se arriesgaban a una lucha abierta, bien podían caer en la escaramuza y nunca se sabría que existía un complot para acabar con su vida.

—Tal vez debamos pedir audiencia ante el cardenal. Doña María os dijo que se encontraría con el rey, ¿no es cierto?

—Lo es. Vayamos a entrevistarnos con el cardenal mientras el rey se postra ante el altar de la catedral.

Dirigieron sus caballos hacia los muros del monasterio, cuando Carlos advirtió un movimiento extraño entre los árboles que flanqueaban el camino por el que el coche se alejaba.

—¡A cubierto! —ordenó con voz ronca.

Miguel ni siquiera preguntó. Simplemente dirigió su montura al abrigo de unos matorrales que les ocultaron. Desde su posición privilegiada podían ver el largo camino de tierra por el que las ruedas del carruaje, donde con seguridad viajaba el soberano, levantaban una polvareda que impedía ver con claridad la parte trasera del mismo, envolviendo en una nube la escolta que lo custodiaba.

Del lado derecho del camino, entre los frondosos árboles que elevaban sus ramas al cielo claro, salieron cuatro jinetes vestidos de idéntica forma a la guardia del emperador, y cabalgaron con cautela en pos de la comitiva. Carlos y Miguel los siguieron a distancia, temiendo lo peor. El lugar era el más propicio para un asalto. El ataque fue tan rápido que les llegó de sorpresa y nada pudieron hacer por impedir que los cuatro miembros de la guardia fuesen acuchillados por la espalda, tirados a un lado del camino y sus caballos dispersados. El carruaje, ligeramente adelantado, seguía su traqueteo ajeno a la situación, y los atacantes le daban alcance segundos después.

—¿Estamos ante los ejecutores?

—¿Quién, si no? ¿Te has fijado en el de la barba? Juraría que no es otro que Esteban Telma, el Húngaro.

—Creí que había muerto.

—Pues yo lo veo muy vivo —dijo Carlos, azuzando a su caballo—. Me temo, amigo mío, que no vamos a poder ir al monasterio.

Galoparon hacia el carruaje, que ya se perdía en un recodo del camino, dando alcance a la falsa guardia. Con el acero ya en la mano, atacaron sin previo aviso. El primero en caer por la estocada de Miguel fue un hombre alto y delgado que apenas tuvo tiempo para ver el rostro de su ejecutor antes de que su cabeza se separara del tronco. Sin que el cuerpo inerte cayera sobre el polvo del camino, el de Jonquera ya se estaba enfrentando a otro de los asesinos. Carlos Arteche, por su parte, se medía con los otros dos esbirros que suplantaban la guardia del rey.

Los ayes, los gritos de lucha y el entrechocar de los aceros, alertaron al cochero, que tiró de las riendas y frenó la marcha del carruaje. El propio rey descorrió una de las cortinillas y asomó la cabeza, observando con asombro la pelea que se estaba llevando a cabo a unos metros de su real nariz.

Enfrentarse con soldados especializados era una cosa y hacerlo con cuatro desalmados sin conciencia, pagados para asesinar al soberano, era otra muy distinta. Ambos supieron desde el primer momento que no eran enemigos para ellos. Así que podrían haber hecho lo que se proponían —matar a aquellos filibusteros y custodiar al rey de vuelta al monasterio de Santo Tomás— si no hubiesen oído entonces cascos de caballería. Carlos agradeció al cielo que el cardenal fuese un hombre precavido: sin duda, la escasa escolta con la que el rey había salido del monasterio, no le había parecido suficiente y enviaba a otro grupo a proteger al soberano. De repente, un fogonazo de alarma le permitió captar que estaban en un serio aprieto: a la vista de cualquiera, estaban atacando la carroza real.

—¡Lárgate de aquí! —le gritó a Miguel embistiendo a uno de sus rivales—. ¡Escapa antes de que nos apresen a ambos!

—¡Ni lo sueñes! —bramó Jonquera, retrocediendo ante el ataque del otro oponente, más avezado en el acero de lo que había pensado.

Arteche atacó en aspa haciendo que el caballo de su enemigo retrocediese.

—¡Vete, maldito seas! Yo me encargo de éstos —le gritó.

—Te detendrán.

—¡Habrá tiempo para darle explicaciones al cardenal! —volvió a rugir Carlos, viendo de soslayo que la columna de seis hombres emprendía el galope hacia ellos—. Es necesario que uno de nosotros escape y ayude desde fuera.

—No pienso...

—¡Miguel, es una orden! —bramó Carlos, mientras asestaba un golpe mortal en el costado de su contrincante y se lanzaba ya hacia el que se enfrentaba a Miguel—. ¡Largo de aquí!

Jonquera lo pensó un segundo más. Miró hacia el camino y analizó, febril, sus posibilidades. Con seguridad, la guardia imperial creería que eran ellos quienes asaltaban el carruaje real. Si los apresaban a los dos no tendrían defensa posible y serían decapitados sin contemplaciones. Carlos estaba en lo cierto al conminarle para que al menos uno de ellos escapara de allí. Llevándose una mano a la sien, al modo militar, tiró de las riendas de su caballo y emprendió la huida campo a través. Conocía la zona. Si conseguía llegar al riachuelo sin que le dieran alcance, ni el Diablo conseguiría detenerle. Con el corazón encogido, sin embargo, dejando a su amigo en tan penosas circunstancias, se volcó sobre el cuello de su montura y la hizo volar sobre los sembrados escuchando a sus espaldas las órdenes de la guardia real dando el alto a Carlos. Sólo él permanecía sobre su montura. El resto eran cadáveres. Se volvió un instante para ver que arrojaba su acero y levantaba los brazos en señal de rendición.

Marina escuchó a su joven amigo sintiendo que el suelo se hundía bajo sus pies. Pálida, se acercó hasta el ventanal. No era posible. ¡No podía ser! ¡A Carlos, no! Los jardines que rodeaban el Palacio de Hidra estallaban de vida, al igual que los campos en lontananza, cuajados de olivos. Y sin embargo, sólo podía ver el negro vacío: acababan de anunciarle que Carlos, su esposo, sería ejecutado en el término de diez días.

—No debí dejarlo solo, ¡maldita sea! —se lamentaba Miguel a su espalda—. ¡Tenía que haberme quedado con él, explicar al cardenal...!

Marina se había enfrentado en su joven vida a la muerte de su padre, a la de su primer esposo y a la pérdida de un hijo, pero ahora, sin Carlos, la vida carecería de sentido. Sintió que las piernas no la sostenían, que el mundo se paraba para ella. Se rehízo, momentáneamente.

—Cumpliste la orden de Carlos.

—¡Pero lo dejé solo y ahora van a matarlo!

—Si no hubieras escapado tú, serían dos cabezas a poner sobre un tronco, Miguel. No debes culparte. Sólo desde aquí podemos hacer algo para salvarlo.

—Eso no me consuela —gimió Miguel, cubriéndose el rostro con las manos.

—A mí, sí —dijo ella con una valentía que estaba lejos

de sentir—. Si os hubieran apresado a los dos, ¿quién me habría avisado?

—Te habrías enterado de todos modos.

—Seguramente, cuando ya fuese tarde —intervino Bernardo que, hasta ese momento, callaba como una tumba en un extremo de la salita recibidor donde se encontraban—. No os culpéis, señor. Yo, sin embargo, quizá debería haberle guardado las espaldas, como siempre hice.

Marina atravesó la pieza y se plantó ante ambos. De repente, parecía haber recuperado todo su orgullo castellano, todo el coraje que su padre, don Tello, le inculcara día a día, desde que era una niña. Su mirada se tornaba oscura por las lágrimas contenidas, pero no iba a verterlas. Llorar no ayudaría a su esposo, pero su audacia sí podía hacerlo.

—Bernardo, manda preparar dos caballos. Partimos hacia Tordesillas en un par de horas.

—¿Tordesillas? —preguntó Miguel, aturdido— Pero a Carlos lo tienen preso en el monasterio de Santo Tomás, en Ávila.

—Me lo has dicho. Sin embargo, la reina Juana está en Tordesillas. Y me propongo conseguir de ella una petición de clemencia.

Bernardo entendió las intenciones de la joven de inmediato. Presentarse en el monasterio mendigando clemencia era una necedad. Acaso podían ser apresados también como cómplices. En cambio, con una carta de doña Juana... Salió de la salita sin decir una palabra, a media carrera.

—Voy con vosotros —dijo Miguel, incorporándose.

A varias leguas del enfrentamiento había vuelto grupas. Para cuando llegó a las inmediaciones del monasterio, el rey había vuelto a parapetarse tras sus muros y él estuvo dos días en los alrededores hasta conseguir información del apresamiento de Carlos, el interrogatorio al que había sido sometido apenas pisó la celda donde lo tenían arrestado y la sentencia de muerte promulgada por el propio cardenal Adriano de Utrecht, quien, según pudo saber, ni siquiera valoró las muertes de la verdadera guardia que encontraron en la acequia, ni su presunta suplantación por otra. No había querido escuchar ninguna razón de un amigo de Padilla. Allí había sólo otro rebelde. No culpaba, de todos modos, al cardenal. Adriano no hacía sino proteger al que fuera su pupilo y al hombre que iba a conseguir que se sentara en el trono de san Pedro.

—Abandoné a tu esposo una vez —concluyó—, y no sé si hice bien, pero no voy a hacerlo ahora. Si nos apresan a todos, será deseo de Dios.

—Si consigo hablar con la reina, nadie será apresado, Miguel. Confía en una mujer, al menos una vez en tu vida —repuso Marina.

Hicieron falta tres días para llegar a Tordesillas.

Marina, consciente de que el tiempo apremiaba, sabía de todos modos que no podía presentarse ante la reina de Castilla con el cabello desgreñado, en una maraña polvorienta y cubierta con una indumentaria que la larga cabalgada había convertido en atavío arrugado y sucio. Apenas se habían lavado ni descansado desde que salieran de Toledo, preocupados solamente por cubrir la distancia en el menor tiempo posible. Por eso, cuando llegaron a la población, buscaron una posada y Marina encargó un baño caliente y sales perfumadas. A la grupa de su caballo tuvo la precaución de cargar un hatillo con un par de vestidos, un par de zapatos, alguna ropa de hombre y lo justo para adecentarse.

Miguel y Bernardo, entre tanto, habían solicitado audiencia ante doña Juana en su nombre a don Bernardo Sandoval y Rojas, primer conde de Lerma y mayordomo mayor y custodio de la reina. Después fueron a descansar sus molidos huesos en otra de las habitaciones de la posada.

Marina dejó que la misma dueña del establecimiento la ayudase a bañarse, peinarse y cambiarse de ropa. Se estaba colocando la redecilla sobre su negro y reluciente cabello, sintiéndose limpia de cuerpo y un poco mejor de ánimo, cuando escuchó el comentario de la mujer que, hasta entonces, había permanecido sumida en un mutismo total.

—Nunca he visto nada igual, mi señora.

Se volvió y vio que la mujer acariciaba el vestido que ella llevara durante el viaje. Estaba sucio de polvo, sudado y descosido en el bajo y, sin embargo, lo miraba con los ojos brillantes por el deseo. Se dio cuenta en un instante de que el mundo no era justo, de que ella poseía de todo y de que existían personas que subsistían con lo mínimo. Tal vez lo que ahora le estaba pasando no era otra cosa que justicia divina, que colocaba a cada uno donde debía estar.

—¿Creéis ser capaz de lavarlo y coserlo de modo que vuelva a lucir?

—¡Oh, sí, mi señora! —gorjeó la mujer, separándose del vestido, un poco azorada—. Coso mucho mejor que guiso. Le tendré el vestido listo para mañana, señora.

—No. Lávalo y repáralo, pero quiero que te quedes con él.

—¿Yo, señora? —se asombró la posadera—. Pero...

—Considera que es un regalo por tus atenciones.

La mujer volvió a acercarse al vestido mirándolo con embeleso. No pudo remediar alargar la mano y volver a pasarla sobre la tela.

—Pensarán que lo he robado.

—Puedes decir que es un regalo de Marina Alonso, condesa de Osorno.

—¡Una condesa! —Hizo una rápida reverencia, roja como la grana—. Os pido perdón, excelencia, no sabía...

—No podías saber, mujer —sonrió la joven, acabando de colocarse la redecilla.

—Sois tan hermosa. Debí haberlo adivinado.

—Sírveme un poco de vino, por favor —pidió Marina—. Y llévate ese vestido si de veras lo quieres. Estarás muy bonita con él.

—Sí, señora. Me lo pondré para la próxima fiesta. —Se echó a reír, eufórica sólo de pensarlo—. Mi hombre no va a reconocerme. ¡Gracias, mi señora!

Escanció vino en una copa de metal y partió un trozo de pan y otro de queso que dejó al lado de la bebida, recogió el vestido, apretándolo contra su pecho, y después de otra reverencia abrió la puerta. Miguel se cruzó con ella cuando salía y asomó la cabeza dentro del cuarto.

—¿Estás lista? La reina te espera en media hora, antes de retirarse a sus rezos.

Marina sonrió al joven, abrió los brazos y dio la vuelta en redondo.

—¿Crees que estoy adecuadamente vestida para visitar a la madre del emperador?

—Estás preciosa, como siempre. Pero a mí no me engañas, Marina. Tus ojeras me dicen que lo que menos te preocupa es tu atuendo.

—Hay que guardar las formas —susurró ella, notando que el dolor la laceraba de nuevo pensando en Carlos, seguramente hundido en la desesperación y la soledad—. Vamos, no tenemos mucho tiempo.

25

Juana I, reina de Castilla, para el pueblo Juana la Loca, era aún una mujer joven. Se había casado con Felipe el Hermoso cuando contaba sólo diecisiete años. Su apasionado y, en ocasiones, descontrolado amor por su esposo y algunas intrigas políticas acabaron con sus huesos en Tordesillas, donde llevaba ya doce años, desde que cumplió los treinta.

Vestida totalmente de negro, cubiertos sus oscuros cabellos con una toca de la misma rica tela que el señorial vestido que lucía, emanaba un aura regia. Lo llevaba en la sangre. Sangre que había corrido por las venas de Fernando y de Isabel. Sangre que hubiera dado gustosa por evitar la muerte del hombre del que estaba aún enamorada, al que lloraba a diario y por cuya alma inmortal rezaba todos los días. No se apreciaba en ella síntoma alguno de demencia. El vulgo, no obstante, seguía teniendo la creencia de que era un personaje embutido en harapos.

El gabinete donde recibió a Marina era una habitación oscura, espartana, como el corazón de la reina. Cuando la asistente personal abrió la puerta y franqueó el paso tras anunciarla, doña Juana se adelantó, las manos tendidas hacia delante, con una sonrisa en los labios. Marina hizo una reverencia y se postró ante la reina, su rodilla derecha en tierra, la cabeza inclinada mirando al suelo.

—Majestad —saludó.

—Levanta, niña, levanta —pidió Juana. Se recreó con suma atención en el rostro cansado de la joven—. De modo que tú eres aquella pequeña revoltosa que siempre iba pegada a los calzones de tu padre, don Tello Alonso de Cepeda. —La tomó de la mano y la hizo acomodarse en su propio banco, frente a la ventana, cubierta por pesadas cortinas por donde apenas penetraba la luz del día—. Nunca conocí mejor hombre que vuestro padre. Todo un caballero.

—Gracias, majestad.

—Y dime, ¿qué es tan importante para que una joven como tú venga a visitar a una pobre loca?

Marina la miró a los ojos. Eran oscuros y sinceros, llenos de pena pero al tiempo de una inmensa paz interior.

—Vos no estáis loca, majestad —dijo la joven, sonriendo sin proponérselo.

—Todos dicen que lo estoy. Mi propio esposo lo creía.

—Si vos habéis perdido la razón, mi señora, entonces toda Castilla está loca también. Los tiempos que corren no son de gente cuerda.

Juana la sorprendió con una corta y seca carcajada. Según había oído, la reina madre jamás reía y se pasaba las horas rezando y mirando a través de aquella ventana medio cubierta, sin permitir apenas que la vida entrase en aquella recámara.

—Contadme —ordenó.

Y Marina se expresó. Con la fe de quien está en posesión de la verdad y necesita un auditorio que le siga. Le dijo a la soberana lo que sabía acerca del complot para asesinar al rey, su hijo, que había llegado de incógnito a Ávila. Le habló del intento de Carlos, su esposo, por impedirlo, de la usurpación de la guardia real, de su lucha, de su encarcelamiento y de su próximo ajusticiamiento.

Juana la escuchó sin decir palabra. Marina llegó a pensar que no le estaba prestando atención porque en un momento dado recogió la labor que estaba bordando y comenzó a trabajar con ella, como si estuviera ausente. Una vez finalizada su exposición, Marina guardó silencio, con el alma encogida, esperando saber la reacción. Pero Juana guardaba silencio y seguía bordando. Así pasaron unos minutos de angustiosa espera, hasta que la reina, sin desviar la mirada de la costura, preguntó:

—¿Amáis mucho a vuestro esposo, niña?

—Daría mi vida por la suya, majestad —contestó Marina con ardor.

Entonces sí recibió la mirada de la reina. Juana tenía los ojos empañados en lágrimas, como si recordara un capítulo doloroso de su propia existencia.

—Yo también hubiese dado la vida por mi esposo Felipe. Era magnífico. El hombre más guapo del mundo.

—Eso tengo entendido, majestad.

—Hasta me hubiese prostituido por él. De hecho, creo que no fui otra cosa que eso mientras duró nuestro matrimonio, su puta. A veces dudo de si me quiso alguna vez o solamente casó conmigo por tener bajo su mano la corona de Castilla y Aragón.

—El rey os amaba, señora, estoy segura. ¿Quién podría no amaros?

La reina dejó su costura y tomó en sus manos las de la muchacha, apretándolas con afecto.

—Sois un rayo de luz en mis oscuros días, criatura. Tan

joven y tan apasionada como yo lo fui. ¿Qué puedo hacer para ayudaros?

—Un pase para que se me permita ver a mi esposo, majestad —pidió Marina de inmediato—. Y una carta para vuestro hijo, el rey, pidiendo la libertad del conde. Si vos le escribís, mi señora, estoy segura que atenderá la demanda.

Juana asintió. Guardó otro largo silencio y luego dijo:

—Recuerdo al conde de Osorno. Mi corazón saltó en el pecho cuando lo conocí hace unos años. Gallardo, altanero, atrevido como pocos. Un hombre capaz de hacer palpitar el corazón apagado de cualquier mujer.

—Así es, majestad.

—Y vos le amáis.

—Con toda mi alma. Si él muere, mi señora, la vida dejará de tener sentido para mí.

—Y hasta podríais estar pensando en recluiros en un convento.

—Si no puedo salvarlo, prefiero morir a su lado.

La reina la miró con atención.

Ni siquiera yo, pequeña, fui tan valiente cuando perdí a Felipe. Confío en vos y confío en él. ¡Faustina! —Su voz sonó fuerte y clara convocando a su dama, que apareció al momento—. Manda llamar al escribano, que traiga papel y pluma, tiene que escribir algo ahora mismo.

Marina no pudo contenerse por más tiempo y estalló en sollozos mientras se arrodillaba ante la reina y besaba el ruedo de su vestido de brocado oscuro.

Durante los primeros momentos de su detención, mientras era conducido, las manos atadas a la espalda, hacia el monasterio, Carlos Arteche supo que su estancia entre aquellos muros no sería agradable. Cuando fue interrogado por el cardenal apenas pudo justificar su presencia junto al carruaje del rey. Fue constantemente interrumpido y el purpurado no quiso escuchar sus alegaciones. Carlos había supuesto que podría hacer por Castilla algo más que caer en una trampa en la que él mismo se había metido hasta las orejas. De repente, sintió miedo y le vino a la mente la imagen de Padilla y su verdugo. Luego, cuando lo empujaron a la celda que ahora ocupaba, reconoció que, al menos, el cardenal era un hombre recto. Podía haber creído su versión o no, pero no lo había mandado arrojar a una mazmorra. Su encierro no era mejor ni peor que el de cualquiera de los monjes del monasterio de Santo Tomás. Era una celda pequeña, de apenas unos metros cuadrados: un catre con una manta, una cruz de madera en la cabecera, un vasar vacío y nada más. Pero al menos no era un calabozo y por el pequeño ventanuco podía ver la luz del sol que ya comenzaba a calentar Castilla, como una promesa de verano. Además, le habían proporcionado calzones y jubón limpio y todos los días uno de los monjes le llevaba agua con la que lavarse. Eso sí, mientras se afeitaba, uno de los guardias apostados siempre en la puerta de la celda se quedaba, indefectiblemente, junto a él, retirando después la navaja. Seguramente, su título aún debía de significar algo.

Se sentó en el borde del camastro y miró hacia el ventano. Era casi medio día. Se preguntó qué estaría haciendo Marina en esos momentos, si conocería su extrema estupidez al meterse en la boca del lobo por salvar a un hombre, un hombre del que todavía no sabía si lo merecía.

Se preguntaba, una y otra vez, cómo podría morir sin volver a verla. No tenía miedo a morir, pero el dolor de su ausencia le oprimía el pecho cuando pensaba que ya no podría volver a besar aquella, su boca, que no volvería a abrazarla, ni a sentir el calor de su cuerpo, ni... Sacudió la cabeza para no pensar más en ella. Ya era terrible estar encerrado, como para cargar con más pena su dolorido corazón. Hasta que el hacha del verdugo separase su cabeza del tronco recordaría la sonrisa de Marina aquel último día, cuando se despedía de ella saliendo de Toledo a galope, con Miguel pisándole los talones.

Se tumbó, colocó los brazos bajo la cabeza y cerró los ojos.

Quedaba poco tiempo. Muy poco. Sin proponérselo, la imagen de Marina regresó de lleno con una oleada de deseo.

Entrar en el monasterio de Santo Tomás no fue difícil. Aunque el mismísimo emperador estuviera alojado en su interior, no podían cerrar las puertas, máxime si el rey había llegado de incógnito. Miguel de Jonquera, su hermano pequeño (que no era otro que Marina disfrazada) y su criado (papel que representaba Bernardo) pidieron alojamiento para aquella noche, como simples viajeros por los que se hicieron pasar.

—Podemos daros una celda, hijo mío —murmuró el fraile, mirando con atención al caballero.

—Os lo agradecemos, hermano.

El monje miró al más joven con curiosidad y Marina agachó la cabeza cubierta por la capucha de la capa oscura que la cubría. Adrede, adelantó la pierna derecha, con lo que al acero tintineó al chocar con los adornos metálicos de sus botas.

—Nuestra orden... Tendréis que entregarme las armas.

—Por descontado, hermano —admitió de inmediato Miguel, al tiempo que sacaba una bolsa de monedas—. Peregrinamos a Santiago y quedaremos muy agradecidos al monasterio.

El tintineo de los maravedíes hizo reaccionar al dominico, que se fijó en la bolsa de cuero con interés. Aunque recibían ayudas, nunca venían mal unas monedas extra para atemperar el hambre de los más necesitados de los alrededores, que eran muchos. Volvió a mirar al más joven y se encogió de hombros.

—Aguardad aquí, consultaré con nuestro prior.

Bernardo se inclinó y besó el hábito del monje, que retrocedió presuroso y cerró la puerta con rapidez.

—¿Crees que accederá? —preguntó Marina.

—No me cabe duda. Oí decir que el prior es un hombre santo. Dudo que vaya a dejar a la intemperie a unos peregrinos que, además, van a proporcionarle una buena bolsa.

—Dios te oiga.

Quien volvió fue el propio prior del monasterio, que acudió tras el dominico. La actuación de Marina fue digna de la de los comediantes que viajaban de feria en feria, y al escupir en el suelo lo convenció de que era un muchacho de penosos modales. Eso sí, recibió a cambio un buen pescozón de Miguel, que pidió excusas a los dominicos por su comportamiento.

—Podéis entregar vuestras armas al hermano Ignacio y vuestra limosna al hermano Jesús, a quien encontraréis en la capilla —dijo, haciéndose a un lado para que Miguel tomase a su pupilo de los hombros—. Hermano Ignacio, podéis alojarles en una celda del primer claustro, el del Noviciado.

—Es más que suficiente si podemos dormir, padre. Le quedamos muy agradecidos. Mañana al amanecer emprenderemos camino.

—Sea, hijo. Que Dios os bendiga. —Hizo la señal de la cruz en el aire antes de alejarse.

Entregaron sus estoques y siguieron al dominico atravesando el patio de entrada hasta alcanzar la iglesia. Una vez allí, se arrodillaron, rezaron y después Miguel entregó la bolsa de monedas al otro fraile que salió a recibirles. Luego, los guió hacia el claustro en una de cuyas celdas se alojarían.

—Seréis bienvenidos al refectorio con el resto de los hermanos —les dijo, caminando delante de ellos—. La cena se da dentro de media hora.

—Sois un santo, hermano —susurró Bernardo, volviendo a hacer la intentona de besar el hábito.

—Sólo soy un servidor de Dios y de mis semejantes.

Los pasos resonaban sobre las baldosas como golpes de martillo en el silencio del claustro. Marina se preguntaba en qué parte del monasterio tendrían encerrado a Carlos. Las sienes le palpitaban desde que traspasaran las puertas y ahora, allí dentro, vestida de hombre, empezaba a sentir el temor al fracaso, aunque su determinación en nada retrocedía. Haría lo que fuese por ver a su esposo y se condenaría si fuera preciso por salvarle la vida.

Una vez el dominico les guió a la celda y les indicó la dirección del refectorio, Miguel soltó un silbido y se dejó caer al borde del camastro. Bernardo lo palpó y sonrió.

—Al menos podrá dormir en algo que no sea el suelo, como estos días atrás. Es duro como una piedra, pero es una cama.

—Tengo que averiguar dónde está Carlos.

—No creo que sea difícil. Sonsacaré a alguno de los frailes durante la cena.

—Yo podría recorrer el monasterio mientras estáis en el comedor y...

—¡De eso, nada! —saltó Miguel. ¿Quieres que nos ahorquen a todos? Buena ayuda seríamos para Carlos entonces.

—¡Tengo que verlo!

—Y lo verá, señora —intervino Bernardo—, pero deje hacer al señor y no haga locuras. Sería mejor que no acudiese a la cena, diremos que está indispuesto.

—Bernardo está en lo cierto. Es peligroso.

—El prior y el hermano Ignacio se han tragado que soy un muchacho.

—Pero no podemos arriesgarnos a que alguien más, de la comunidad religiosa o de fuera, más avezado, pueda ver algo más, Marina. Te quedarás en la celda hasta que regresemos y sepamos dónde buscar a tu marido. ¿Quién nos dice que no habrá guardia en el refectorio?

—¿Compartiendo una sopa aguada y un vino más aguado aún? —ironizó ella.

—Por si acaso. No buscaremos más riesgos. Sé que te gusta hacer tu santa voluntad, pero en esta ocasión vas a seguir mis instrucciones al pie de la letra. Un paso en falso y en lugar de ayudar a Carlos estaremos los cuatro esperando el hacha del verdugo dentro de dos días.

El recordatorio del escaso tiempo del que disponían para que ajusticiasen a Carlos hizo que Marina palideciera. Asintió con premura.

—De acuerdo. Pero no volváis sin saber la celda que ocupa.

Un cuarto de hora después, una campanilla anunció la hora. Miguel y Bernardo salieron, dejándola allí sola. Marina se sentó en el borde del camastro y durante un momento se sintió exhausta. Tuvo la tentación de echarse a llorar, pero se contuvo. Llorar no ayudaría a Carlos, se recordó por millonésima vez. Debían tener todos ellos la cabeza muy fría y seguir el plan trazado o podrían acabar muertos. Sabía que se estaban saltando todas las normas y eso era peligroso, sobre todo para ella; el simple hecho de ir vestida de hombre ya constituía un delito por el que podían encerrarla o algo más. Bueno, no era momento de pensar en eso, sino de repasar cada paso. Primero vería a su esposo y luego Bernardo solicitaría entregar una nota al emperador. Era evidente que la petición causaría gran sorpresa, puesto que el monarca se encontraba allí en secreto y resultaría muy extraño que unos peregrinos recién llegados supiesen de su presencia, pero sin duda eso despertaría la curiosidad del cardenal y del propio rey. Allí acabaría la misión de Miguel y Bernardo. Rezó para que ninguno de ellos terminase con la cabeza en una pica. El resto... dependía de ella, de Carlos I y de la voluntad de Dios.

La celda estaba custodiada por un par soldados, tal y como le dijera a Bernardo un joven novicio, apenas un niño, que aún gustaba hablar de temas mundanos. Marina trasta-billó cuando se acercaron a los guardias, pero Miguel, más sereno, la sujetó por los hombros y la colocó a su espalda mientras les hablaba.

—Venimos a ver al prisionero.

—Nadie puede entrar —dijo uno de los soldados.

Sin una palabra, Jonquera sacó de su jubón un pergami-no enrollado y atado con una cinta roja que entregó a quien les hablara. El soldado lo abrió, echó un vistazo y se lo mostró al otro, que se encogió de hombros.

—¿Qué es?

—Mira el sello. Y mira la firma. Puede que no sepas leer, pero no me cabe duda de que conoces el sello de la reina, doña Juana.

El hombre volvió a echar una ojeada al pergamino y asintió.

—¿Y?

—Es un pase especial para visitar al prisionero.

—Tenemos órdenes de que nadie entre y...

—¿Vas a negarte a cumplir una orden de la madre del emperador? —se asombró Miguel, cómicamente—. Vaya, no sabía que los soldados del rey tuvieran ganas de enfrentarse con el genio del cardenal Adriano.

—Fue su eminencia quien dio las órdenes de...

—¡Antes de que le entregásemos la carta de doña Juana, pedazo de estúpido! Ni siquiera él sería capaz de pasar por alto los deseos de la reina madre. Pero si quieres que vuelva a importunarlo en su recinto... —dio la vuelta como si tuviera intención de alejarse.

Los dos soldados se miraron, sin saber muy bien cómo afrontar aquel asunto. Al fin, el que llevaba la voz cantante dijo:

—Espera. Puede pasar uno de vosotros. Sólo uno. Y si no estás de acuerdo, puedes ir a ver al propio cardenal.

Miguel se rascó una oreja y miró al suelo con gesto de hastío. Pareció pensarlo un momento y luego se encogió de hombros.

—Para darle un recado a un condenado, con uno de nosotros es suficiente —admitió—. Pasa tú, Lucas —dijo, mirando a su joven hermano, medio tapado por Bernardo—. A ti no te gustan los dados, pero a Bernardo y a mí no nos importaría jugar una partida. —Sacó, de una bolsa anudada al cinto, cinco dados de hueso y jugó con ellos en la mano derecha sin quitar el ojo a los dos soldados—. ¿Os animáis?

—No podemos...

—¿Quién diablos va a saberlo, hombre? Todos los curitas están ya rezando en sus celdas y la noche es aburrida. ¿Acaso no os quedan unos maravedíes que gastar?

Marina, entretanto, se perdía en el torbellino de sus propios miedos. ¿Cómo iba a encontrar a su marido? Ella afrontaba un peligro real, pero nada comparable a una condena a muerte. Así que poco podía perder. Nada importaba sin él, y merecía la pena el riesgo. Se le encogía el corazón sólo de pensar en ello. Porque, más allá de Carlos, el mundo era un erial en el que ella no veía lugar para la vida. Necesitaba de él como del aire que respiraba y empeñaría hasta su último aliento en incorporarle a la sociedad por la que luchaban ambos.

Con ese impulso imparable, Marina se incorporó a la realidad y rezó por que los soldados aceptaran. Una sensación de alivio le inundó el pecho cuando uno de los guardias dijo:

—¿Por qué no? Nunca viene mal desplumar a un señoritingo. La paga no es muy buena.

—Comencemos entonces, caballeros —dijo Miguel, agachándose en el suelo. Y mirando hacia atrás guiñó un ojo—: Y tú ¿a qué esperas? ¡Vamos, entra, que estás pasmado!

Tan pronto lanzó los dados, acaparó la atención de los dos soldados, que se acuclillaron. Marina, con el alma en un puño, se deslizó hacia la puerta de la celda y agarró el travesaño que la atrancaba por fuera. Dio un involuntario respingo al escuchar a uno de los guardianes:

—¡Siete puntos, maldita suerte!

Antes de que las rodillas le jugasen una mala pasada, quitó la madera, que dejó en el suelo, y empujó la puerta de la celda. Entró y cerró a sus espaldas. La voz de Carlos la hizo estremecer y provocó que su corazón galopase como un potro desbocado. Escuchar su voz ronca, severa, cuando podía perderlo tan fácilmente, le hizo contener un sollozo.

—¿El cardenal ha cambiado de idea y van a decapitarme esta misma noche?

El recinto estaba en penumbra y la única luz que penetraba era la de la luna, oronda y brillante en el cielo. Notó que el corazón le daba otro vuelco viendo su silueta recostada en el camastro, sin camisa, una rodilla doblada y la mano derecha descansando sobre ella con varonil dejadez. La luz de la luna le puso a su rostro un tinte demacrado pero terriblemente atractivo. Deseó abalanzarse sobre él y comerlo a besos, pero se quedó clavada donde estaba, la espalda apoyada en la madera de la puerta, tratando de recuperar el aliento.

Al no obtener respuesta, Carlos se volvió hacia su visitante, tenso, alerta ahora, temiendo un posible ataque mortal incluso en su misma celda. Se incorporó un poco para ver mejor a un supuesto verdugo.

—No abras la boca —susurró la muchacha.

Arteche se relajó de inmediato, dejó escapar una exclamación de asombro y al instante siguiente había saltado del camastro para llegar hasta ella y tomarla entre sus brazos. Su boca se fundió con la de Marina, tomando aquellos labios soñados. La saboreó por completo, jugó con su lengua, mordisqueó sus labios. La besó en la frente, en los párpados, en la nariz, mientras ella se abrazaba a su cuerpo con desesperación, tratando de acallar los sollozos, ya irreprimibles.

—Mi amor. Mi amor. —Volvió a besarla con ansiedad. Luego la arrastró hasta situarla debajo del ventano y se extasió ante aquel rostro divino que le quitaba el aliento, sus ojos, oscuros pozos arrasados por las lágrimas—. Otra vez vestida de varón. Cariño, no escarmientas —bromeó, acariciándola—. Cualquier día tendrás un disgusto.

—Dios, Carlos —gimió ella contra su pecho desnudo—. Me moría por verte.

Arteche la tomó de los hombros y la separó un poco. Tenía tanta necesidad de ella que ahora, al tenerla delante de sí, sintió que se alejaba cualquier pensamiento preocupante sobre su situación. Morir importaba menos, teniéndola en sus brazos. De todos modos, no podía dejarse arrastrar por el deseo y debía mantenerse más sereno y transmitirle a ella esa serenidad.

—¿Qué haces aquí? —se alarmó de pronto—. ¿Te han encarcelado? ¿Te han...?

—No pasa nada —sonrió ella, secándose las lágrimas con el dorso de la mano—. Sólo que conseguí un pase de la reina para poder verte.

—¿Fuiste a ver a doña Juana?

—Es una mujer admirable. Y no está loca, ni mucho menos.

—Yo nunca pensé que lo estuviera.

—También conseguí una carta para el rey pidiendo tu libertad.

Carlos la miró asombrado. La abrazó con fuerza y besó su cabello, libando el olor a jazmín que siempre emanaba de Marina.

—Por los clavos de Cristo... Teniendo una mujer como tú ¿para qué quiere un hombre un abogado?

—No te burles.

—No me burlo, princesa. Te admiro. —La besó en los labios—. Te admiro como jamás pensé que podría admirar a una mujer. Oh, Jesús, me gustaría desnudarte, tumbarte en ese maldito jergón en el que apenas quepo yo y hacerte el amor rabiosamente.

Ella también lo deseaba, pero no era el momento. Se desasió de él y se arregló las ropas. Volvió a colocarse la capucha tapando el cabello y lo miró con tanta ternura que Carlos se sintió el hombre más afortunado del mundo, aunque fuera a morir en cuarenta y ocho horas.

—Tengo que marcharme. Miguel está entreteniendo a los guardias jugando a los dados.

—¿Miguel?

—Y Bernardo. No pensarías que ellos se quedarían de brazos cruzados mientras te ajusticiaban, ¿verdad?

Carlos se mordió los labios. Esa mujer era única, era imposible que hubiera otra igual, con aquel coraje, aquella determinación y valentía.

—Te quiero, Marina —dijo.

—Si todo sale bien, espero que lo estés repitiendo, al menos, ochenta años más.

—Toda la eternidad, mi vida. —La volvió a abrazar—. Aunque muera dentro de dos días, yo...

—¡No digas eso! —Marina no lo dejó acabar, tapándole la boca.

Carlos retiró la mano y fue besando uno a uno cada dedo, notando que temblaba, culpándose por las lágrimas que volvía a verter.

—Aunque muera en dos días —repitió—, y mientras vivas, estarás escuchando mi voz susurrarte al oído: te amo. Te amo. Te amo...

Marina se dejó abrazar, sintiendo que el calor de su cuerpo, masculino y duro, le devolvía algo de cordura. Casi enloquecía pensando en que podía no volver a verlo, pero en ese instante, entre la esperanza y el abatimiento, parecía que el tiempo y el mundo entero habían quedado paralizados. Los brazos de Carlos la estrechaban, protegiéndola. Sus manos la acariciaban, su boca la veneraba. Todo su cuerpo cantaba sin palabras que la amaba. Era más que suficiente. En el peor de los casos, incluso si el rey se encolerizaba con ella y la mandaba al verdugo, aquellos instantes ya valían toda una vida.

Muy poco después, saboreando los últimos segundos, se separó de Carlos con renuencia y volvió a adecuar su disfraz. Acarició su rostro. Carlos había perdido peso, tenía los ojos más hundidos, pero a ella le parecía el hombre más guapo del mundo. Suspiró y le besó en el pecho.

—He de irme o los guardias podrían sospechar.

Él asintió en silencio y Marina, tras un último beso, salió a la galería, dejando el alma en aquella celda. Carlos oyó el ruido del travesaño que volvía a sellar su prisión y pasándose una mano sobre los ojos dejó escapar un suspiro de frustración. Y también de aliento. ¡Dios, había pasado tan poco tiempo con ella! Se dejó caer sobre el borde del jergón y se mordió los nudillos con una quemazón en los ojos. ¡Por Cristo, estaba llorando como una criatura! Se secó las lágrimas de un manotazo rabioso y se tumbó en el catre. Y rezó. Rezó con una fe que creía haber perdido hacía ya muchos años. No lo hizo por él ni por su vida, sino por la seguridad de Marina. Aquella loca divina se estaba jugando el cuello por él y podía perderlo. Podían perderlo los dos.

26

Ninguno pudo pegar un ojo aquella noche. Marina, inquieta, sumida en sus pensamientos, esperanzada por la baza que jugaría ante el rey pero temerosa hasta la desesperación por una partida cuyo final podía significar la vida o la muerte. No pudo dejar de pensar, una y otra vez, en cuánto le gustaría tener hijos de Carlos, verlos corretear por los jardines del Palacio de Hidra y por Ojeda Blanca, verlos crecer, educarlos... Un sueño que podía no cumplirse nunca.

Miguel y Bernardo, por su parte, tampoco pudieron dormir, temerosos del día siguiente. Había demasiadas cosas en el aire. El cardenal podía no querer ver a Marina, algo poco probable por deferencia a la reina, y el rey podía no recibirla y limitarse a leer la carta de su madre. También podían encarcelarlos a todos por el simple hecho de saber que el soberano se alojaba en el monasterio, cuando se suponía que viajaba de incógnito.

El amanecer los encontró, por tanto, despiertos y desazonados, con los nervios destrozados. Y cansados. Muy cansados. Bernardo salió de la celda y se procuró un cubo de agua que dejó junto al catre.

—¿Necesitas ayuda? —preguntó Miguel.

—Me las arreglaré, gracias.

Ellos dos abandonaron la celda, y Jonquera se quedó apostado junto a la puerta dando tiempo a que Marina se lavara y se despojara de sus ropas masculinas, que cambió por el vestido que llevaba consigo. Entretanto, Bernardo fue en busca del prior.

Marina se arregló lo mejor que pudo, aunque le hubiera venido bien un espejo, pero eso era un lujo en la celda de un dominico, de modo que se apañó con el rayado cristal de la ventana, cuidando que no la viesen desde el exterior. Se lavó, cepilló sus cabellos y los recogió en dos gruesas trenzas que sujetó luego en la coronilla para cubrirlas con una redecilla. Alisó una vez más el vestido y se miró críticamente. Había elegido para la ocasión una indumentaria digna de una reina y acorde con su título: un vestido de rico damasco dorado con perlas incrustadas en el corpiño y en los puños, de escote ligeramente audaz. Lo encargó antes de enviudar y se encontró radiante con él. Podía estar a punto de que le cortasen la cabeza, pero preservaría su orgullo y su dignidad ante Carlos I, presentándose ante él de acuerdo a su rango.

Cuando escuchó la llamada a la puerta, su corazón paró de latir. Miguel asomó tras la madera con el rostro tenso.

—Te esperan —dijo por todo comentario.

Marina asintió y tragó saliva. Su corazón comenzó a latir con fuerza y notó que las rodillas flaqueaban, pero levantó el mentón y salió de la celda con el porte de una princesa. En la galería, el propio prior del monasterio la observó, con los dientes apretados. Ella hubiera jurado que con ganas de excomulgarla por la profanación que representaba una mujer en una celda monástica con dos hombres. Se sintió víctima de un engaño en su propio recinto. Cuando Marina lo miró directamente a los ojos, poniendo todo su afán en que los suyos resultasen fríos y distantes, el dominico dio una vuelta sobre sus sandalias y se encaminó hacia la derecha, precediendo a los tres intrusos.

El monasterio de Santo Tomás era obra de Hernán Núñez de Arnalte, quien había ocupado el cargo de tesorero bajo el reinado de Isabel y Fernando. Dado que su gestión era tan ardua, había conferido poderes a su esposa, María Dávila y a fray Tomás de Torquemada para llevar a cabo su construcción. Aunque su mente estaba en su entrevista con el cardenal, que iba a ser quien la recibiera según le advirtió Miguel en sus pasos tras el prior, Marina no pudo dejar de admirar aquel lugar. Sin duda, los muros habían sido erigidos por las manos expertas de albañiles, canteros y orfebres. Atravesaron el claustro del Noviciado, donde les alojaron, para cruzar luego por el claustro del Silencio y adentrarse en el de los Reyes. La que fuera residencia de verano de los Reyes Católicos, era una obra digna de admiración. Marina entendió, en aquel ambiente de silencio y recogimiento, en tanto se cruzaban con las miradas asombradas de algunos de los frailes, que Isabel y Fernando hubieran decidido que descansaran entre aquellas piedras los huesos del que habría sido —de haber sobrevivido— heredero de la corona de Castilla y Aragón, don Juan.

Ya en el interior del claustro de los Reyes, de hermoso y trabajado artesonado mudéjar, la joven sintió que una oleada de aprehensión la invadía. Apretando los dientes hizo un esfuerzo para sobreponerse.

El dominico puso fin a sus largas zancadas frente a una puerta grande, sencilla, de madera recia, sin trabajar, ante la que montaban guardia dos soldados y sus nudillos golpearon dos veces. Escucharon claramente una voz dando permiso y él abrió la puerta haciéndose a un lado.

—Su eminencia aguarda, señora.

Marina dio mudas gracias con un leve movimiento de cabeza y traspasó el umbral. La recámara en la que se encontraba Adriano de Utrecht era una estancia amplia, pero sin muchos adornos. Una mesa grande y maciza y un inmenso sillón tapizado en rojo ocupaban una esquina del cuarto. Tapices de hermoso bordado cubrían las paredes salvo en la que se abría un ventanal que daba a un patio interior de cuidada jardinería. El suelo estaba cubierto por varias alfombras de vivos colores con un par de sillones flanqueando la ventana.

El cardenal se encontraba en el centro de la recámara, vestido de negro, como un cuervo, su áspera toca cubriendo sus cabellos ralos, las manos cruzadas a la espalda y el gesto tan agrio que Marina dudó un instante. Adriano de Utrecht era, sin duda, un personaje que imponía respeto, tan altivo y distante. La joven atravesó la habitación y se arrodilló delante de aquel hombre de Dios. Por un momento, contuvo la respiración, hasta que vio que él tendía su mano derecha hacia ella. Inmediatamente, le besó el anillo y volvió a bajar la cabeza, esperando permiso para incorporarse.

Adriano la miró con un placer que sobrepuso a su irritación. Le habló con un tono ligeramente estridente.

—No voy a preguntaros por la burla que una dama como vos ha infligido al prior para acceder al monasterio —espetó—, pero temo, mi señora condesa, que deberéis explicarme qué extrañas conjeturas os permiten aventurar que nuestro emperador se encuentra entre estos muros.

Marina alzó el rostro y miró directamente a los ojos oscuros del hombre que ostentaba de hecho el gobierno de España. Aún sin incorporarse, permaneció de rodillas.

—No imagino, eminencia —repuso—. Sé que su majestad está aquí y tengo que hablar con él. Soy portadora de una carta de su madre, doña Juana.

Las cejas del cardenal parecieron juntarse en una sola ante la osadía de la respuesta.

—Yo recibiré esa carta.

—Lo lamento, eminencia, pero ha de ser entregada a su majestad y sólo a él.

Estaba poniendo a prueba el poder del regente, pero no desvió la mirada aunque en su interior temblaba como una hoja.

—Y yo lamento deciros, señora condesa de Osorno, que entonces habéis hecho el viaje en vano. Entregadme esa carta y marchad en paz. Y levantaros, por Dios —sacudió la mano con un gesto de impaciencia.

Marina se incorporó, pero dijo con firmeza:

—No.

—¿No? —se encolerizó Adriano—. ¿Qué quiere decir que no?

—Exactamente eso, eminencia. La misiva es para el rey y únicamente a él se la entregaré.

—¡Entonces os quiero fuera de mi vista! —gritó el cardenal, ya fuera de sí, señalando la puerta—. ¡No me interesa lo que tenga que decir doña Juana!

—Pero yo sí tengo curiosidad por saber lo que dice mi madre —cortó el mismísimo emperador, saliendo de detrás de uno de los tapices.

Marina volvió a caer de hinojos ante el soberano, que se acercó a ella. Inmediatamente besó el bajo de la túnica roja del rey en señal de sumisión. El soberano de los Países Bajos, Aragón, Castilla, Sicilia y Nápoles y archiduque de Austria, observó desde su altura el cabello oscuro de la mujer. Sus ojos se desviaron hacia la cremosa piel de la muchacha. La hermosura de la joven le agradó y se congratuló de tener semejante beldad ante sí, aun cuando le advirtieran que podía ser una traidora como su esposo. «Traidoras como ésta son dignas de admiración», pensó con un atisbo de ironía.

—Levantaos, condesa —ordenó con voz agradable—. La hermosura no debe permanecer de rodillas.

Ella agradeció con una media sonrisa cálida la mano que le tendía el rey, y tomándola se incorporó. Como ya hiciera con el cardenal, lo miró a los ojos sin una pizca de temor. El rey, a su vez, permaneció escrutando los suyos atentamente.

—¿Y bien? Creí entender que teníais una carta de mi madre.

Marina sacó al pergamino de la faltriquera colgada a la cadera derecha y se la entregó de inmediato.

—Junto con el cariño de doña Juana hacia vos, majestad —susurró.

—¿Cómo se encuentra? —preguntó el rey mientras deshacía el nudo que ataba la misiva.

—Sola. Y triste. Añorando veros, majestad, pero muy bien de salud.

—Nos alegra saber que no debemos temer por su vida —repuso él, volviéndose hacia la ventana y lamentando interiormente su lejanía de Tordesillas.

Marina permaneció en silencio, con los ojos bajos, mientras que el rey leía. No pudo ver cómo su rostro se tornaba escarlata hasta donde la barba cubría la piel, deslizando sus ojos con rapidez por las líneas escritas...

—¡Qué osadía! —bramó el soberano, sorprendiendo a la joven, estrujando el pergamino entre sus dedos y tendiéndoselo al cardenal, que comenzó a leerlo con avidez—. ¡Por Dios que esto llega al límite!

Marina posó su mirada temerosa, sintiendo que el corazón no le respondía, en la ira reflejada en los ojos del rey.

—¿Vos, señora, conocéis el contenido de esta carta? —preguntó el rey.

—Sí, majestad, lo conozco.

—¡Y con seguridad fuisteis quien aconsejó redactarla!

—En efecto, majestad, así fue.

Carlos I de España y V de Alemania, le dio nuevamente la espalda. El cardenal se acercó a ella enarbolando el pergamino como si de un arma arrojadiza se tratara, con una hilera de venillas rojas en sus mejillas.

—Esto es insolente —dijo—. ¿Cómo os atrevéis a pedir a nuestro rey que se retracte de la sentencia dictada contra el conde de Osorno?

—Porque según tengo entendido, eminencia —repuso ella alzando el mentón con gesto altivo—, no fue su majestad quien dictó esa orden, sino vos mismo. Y puesto que la sentencia de muerte no fue obra suya, bien puede contravenir una decisión vuestra. Mi esposo es inocente de conspiración y sólo podréis culparlo de evitar un complot que pretendía acabar con la vida de nuestro rey.

Adriano abrió la boca pero se quedó sin palabras, y el rey se encaró otra vez a aquella mujer que se atrevía a increpar al que había sido su tutor, el hombre que estaba a punto de conseguir la tiara de papa. Marina le devolvió al rey una mirada de rebeldía e insolencia, más enérgica según se sucedían los segundos.

—¡Por descontado, no voy a dar contraorden a las decisiones del cardenal! —dijo Carlos V.

—¿Ni aun cuando estéis a punto de hacer ajusticiar a un inocente? —se le enfrentó ella.

—¿Inocente? —bramó Adriano—. Señora mía, por si no lo entendéis, vuestro esposo ha sido colaborador de los jefes comuneros, ha arropado su causa y sabemos que es amigo de María Pacheco.

Marina se envaró y dio un paso hacia él. La ira empezaba a invadir cada molécula de su cuerpo al ver que el resultado de aquella entrevista se le escapaba.

—Carlos Arteche, eminencia, sólo ha intentado mostrar a nuestro soberano que su política no puede humillar a un pueblo —dijo—. Mi esposo es castellano y ama Castilla con cada gota de su sangre, como yo misma. Daría su vida por esta tierra y la daría por el rey, pero jamás permitirá que se pisoteen los derechos del pueblo castellano como vos lo estáis haciendo. ¡Es su deber, nuestro deber, hacer que su majestad sea el soberano respetado por todos y no «el extranjero» al que muchos temen, que se sienta en el trono!

El cardenal valoró íntimamente sus palabras por un instante, y Carlos I la miró con una mezcla de cólera y admiración. Había discutido su política con sus más allegados colaboradores: con Alfonso de Valdés, secretario de cartas latinas de la Cancillería; con Francisco de los Lobos; incluso con Lanuza, antes de nombrarlo virrey de Aragón cuando estaba pronto a partir hacia Alemania. ¡Y esta mujer cuestionaba en aquellos momentos su política de Estado! Le resultaba enojoso, pero a la vez, estimulante. Él no creía que las mujeres fuesen adornos, era consciente que tras los grandes hombres siempre había una mujer capaz. Mujeres como ésta engrandecían reinos. Pero no podía entrar en aquel juego. Simplemente, no podía.

—Creo, mi señora —dijo con voz autoritaria—, que esta conversación ha llegado al límite. No tomaré represalias contra vos y aceptaré vuestras palabras como el sollozo de una mujer enloquecida por la pérdida de su esposo. Marchad en paz.

Marina retrocedió un paso, mirándolo con estupor. Se

preguntó si su esposo no habría estado confundido viendo en el rey un ser honrado e íntegro, que acabaría reconociendo sus errores y emprendería la política adecuada para el gobierno de España. Odió al rey y odió a Carlos por un instante.

—¿Eso es todo? —preguntó, retadora—. ¿Esto es a lo que su majestad llama justicia? ¿Esto es lo que queréis que transmita a la reina, vuestra madre: que su hijo ordena asesinar a quienes luchan por su protección?

—¡Es suficiente, señora! —tronó él—. Os ordeno que salgáis de esta habitación y regreséis a vuestra hacienda si no queréis perder también la cabeza. ¡Soy vuestro rey!

El grito de Carlos I hizo que la joven se estremeciera, pero no por ello Marina Alonso replegó sus velas, sino que las extendió ampliadas de una cólera superior. No iba a irse de allí dejando a Carlos en manos del verdugo. Si él tenía que morir, ella lo haría a su lado, pero el rey iba a escucharla. A fin de cuentas, todo parecía ya perdido. Miró a Carlos I con arrogancia, con la misma arrogancia que le inculcara su padre cuando había de defender una causa justa.

—No, señor. Mi rey debe ser un hombre al que ame y respete, capaz de darme protección como un padre protege a sus hijos, dispuesto, eso sí, a castigar cuando la ocasión lo exija, pero también lo suficientemente sabio como para perdonar cuando debe hacerlo. En Castilla el rey representa la justicia y no puede haber honor sin ella. Vos estáis arrebatándonos nuestro honor para entregárselo a Flandes. Y yo, señor —dijo, eludiendo adrede llamarlo majestad—, soy castellana. No puedo amaros ni respetaros si así pisoteáis el término justicia. Por lo tanto..., yo no tengo rey. España, no tiene rey.

Carlos I abrió la boca pero no dijo nada. Una ira infinita nubló su vista. La habitación se redujo a aquella mujer. Ni siquiera veía al cardenal, tan pasmado como él mismo, a sus espaldas. Durante un largo minuto se quedó con los ojos clavados en las pupilas oscuras de Marina Alonso. Ella lo retó en silencio. ¿Estaba soñando?, se preguntó. La joven debía de tener su misma edad. Era apenas una niña y sin embargo se estaba enfrentando a todo su poder real. Le estaba arrojando el guante del desafío, con el descaro de una loca..., o de una mujer cuya raza desearía para él mismo. Inspiró varias veces para calmar la ira que lo consumía y por fin dijo en tono apenas audible:

—Salid de aquí.

La condesa de Osorno, encajando los dientes para evitar las lágrimas de desolación que la acosaban, se dio la vuelta con un elegante vuelo de su vestido y, sin reverencia alguna, salió de la recámara.

No bien se hubo cerrado la puerta tras ella, apenas captó los rostros demudados del prior, de Bernardo y de Miguel y cayó en brazos de su amigo, sin poder soportar por más tiempo amargos sollozos.

Dentro se produjo un silencio sepulcral. El rey miró a su antiguo tutor y Adriano de Utrecht le devolvió una mirada azorada. Ninguno de los dos parecía saber qué decir ni cómo empezar. Sólo después de que se perdiera el llanto de la mujer a través de la galería y todo volviera al silencio, el rey musitó:

—Nunca conocí mujer con tanto coraje. Daría mi brazo derecho por que mi esposa me defendiera de ese modo, como una loba.

El cardenal guardó silencio, asombrándose a su pesar, del orgullo que sentía por una muchacha que acababa de desafiar al mismísimo rey.

Carlos I se apoyó en el ventanal y sus ojos se elevaron hacia el cielo de Castilla. Su tierra, del mismo modo que lo eran Nápoles o Sicilia, habitada por súbditos con obligaciones hacia él, pero también con derechos. Hombres y mujeres que debían respetarlo y acatar sus mandatos y a los que él debía procurar una vida mejor. Había heredado un imperio y en ese instante, mientras una bandada de aves cruzaba el cielo azul de Ávila, se preguntó si realmente estaba preparado para regirlo. A su pesar, las acusaciones de la joven condesa habían horadado su coraza.

—Majestad —dijo Adriano, cerca de él—, esa mujer en libertad significa un peligro real. Sin duda unirá sus fuerzas a María Pacheco y Toledo se ha convertido ya en un polvorín.

—¿Qué proponéis?

—Firmad su encarcelamiento. El de ella y el de los dos hombres que la han acompañado hasta aquí. Muerto el conde de Osorno y desactivada esta dama, mermaremos la fuerza de los rebeldes sin lugar a dudas.

La mirada del rey volvió a perderse en el cielo abulense, a través de la ventana. Escuchó el trinar de los pájaros que acudían a posarse en las ramas de los árboles del jardín y el sol, asomando tras el campanario, acarició su rostro pesaroso. De pronto, los cánticos de los dominicos le provocaron un estremecimiento. Sin mirar al de Utrecht, murmuró muy quedo:

—Adriano, vos conseguiréis sin duda la mitra de san Pedro. Gobernad vuestros dominios con la ayuda de Dios, y dejadme a mí dirigir los míos favorecido por su Divina Gracia.

27

Junio

Hacía varios días que Marina había regresado a Toledo acompañada de Bernardo, dejando que Miguel se hiciera cargo del cuerpo de Carlos una vez fuera ejecutado, para su traslado a casa. Desde entonces se encontraba confinada en sus habitaciones. Sólo Inés había conseguido que tomara algún caldo. Estaba pálida, con el cabello suelto, enredado, como una loca. Igual que doña Juana cuando murió su esposo, la joven condesa de Osorno se negaba a vivir.

María Pacheco había ido a visitarla, pero no quiso recibirla, e igual suerte corrió Luis de Aranda, su cuñado. Simplemente, se estaba dejando morir.

Temblando, de frío y de pena, Marina se acercó a los altos ventanales y dejó volar su mirada a lo lejos, hacia las tierras y las huertas que nunca más verían a su esposo. Ni aquellas colinas onduladas que bordeaban la hacienda por donde cabalgaran hacía tan poco tiempo, cuando el futuro era un presagio feliz. Los olivos que él no volvería a disfrutar, la mies mecida por una brisa que él ya no sentiría en su rostro atezado y atractivo. Lo recordó otra vez más, sus ojos chispeantes cuando bromeaban, su cuerpo granítico, aquella boca que le procuró tantos momentos de placer. Recordó su sonrisa atrevida, su voz susurrante, sus palabras osadas mientras le había hecho el amor. Quiso llorar de nuevo, pero ya no le quedaban lágrimas. Y rezaba por que la guadaña de la Muerte llegase cuanto antes y acabase con su sufrimiento.

Desconocía Marina que el rey reabrió la causa Osorno. La guardia real había perdido cuatro miembros y eso encajaba con la descripción que hiciera el conde del ataque al convoy. No les cupo duda ni a él ni al cardenal de la veracidad del complot, aunque nunca se supo a ciencia cierta quién estuvo tras la intriga.

El rey dio orden de liberación inmediata y citó a Carlos Arteche en su aposento.

—Cuidad de vuestra esposa. Ella os salvó a vos y a mí me hizo ver otro modo de gobernar un pueblo. Doy gracias al cielo por que en España se engendren mujeres como ella.

Súbitamente, un repentino revuelo en el piso de abajo, carreras, gritos y las órdenes de Inés, sacaron a Marina de su abstracción. Pero fue un momento que se perdió en la nada. Le importaba poco si la casa estaba ardiendo. A fin de cuentas ya no tenía para quién guardarla, ya no habría hijos que pudieran heredar aquellas tierras. Dios podría enviar un rayo que lo destruyera todo y ella le estaría eternamente agradecida.

Oyó que llamaban.

—No quiero ver a nadie, Inés —repuso ella, sin volverse.

La madera se abrió con sigilo y Carlos Arteche contempló aquella figura con una mirada llena de amor, admiración y respeto. Tragó saliva y dio un paso hacia el interior del cuarto que se había convertido en prisión.

—¿Ni siquiera a un hombre que os ama hasta la locura, amor mío?

Con el corazón detenido, Marina se volvió. La piel se le erizó, las piernas le flaquearon y hubo de aferrarse a las cortinas. Se dilataron sus ojos al ver a su ser amado. Gritó y corrió con los brazos tendidos a su esposo y se abrazó a su cuerpo estallando en un llanto rabioso e histérico.

Carlos la estrechó con fuerza y lamió sus lágrimas, néctar salado, chistándola, besándola, estrujándola entre sus brazos, doloridos de su ausencia.

Se contaron mutuamente cada paso que dieron desde que se encontraran en aquella celda de Santo Tomás.

Ella seguía llorando y cada lágrima vertida lograba su redención. Acariciaba el rostro de Carlos, sin acabar de asimilar lo que estaba sucediendo. Él la tomó en volandas y la llevó hasta la cama. La desnudó despacio, recorriendo con avidez y hambre cada monte y depresión de aquel cuerpo adorado, rabiando por poseerla y retrasando el momento sólo para alargar su dicha. Si el destino le exigía la vida por aquella mujer, la daría cien veces porque le debía la suya propia, pero ahora no era tiempo de morir. Era tiempo de vivir. Vivir para amarla con furia. Vivir para hacerla sentir que el mundo seguía adelante un poco más, que se les había regalado un tiempo precioso en el que debían beber hasta saciarse. Se desnudó y obedeció la mirada llorosa de Marina que le pedía, en silencio, que volviera a amarla.

Y la amó.

Lenta, cadenciosamente, tomándose largo tiempo para acariciarla, como el sediento que se acerca al manantial de agua cristalina, como el hambriento al que regalan un manjar. Enterró la cara en su cabello oscuro, aspirando su olor; recorrió con la boca el rostro de su esposa, su cuello, sus pechos, su vientre, aquel volcán fecundo donde se encerraba el secreto de la vida.

Cuando al fin se unieron, convirtiéndose en uno solo y llegaban a la cúspide al unísono, le susurró quedamente al oído:

—Marina Alonso, te amo más que a mi vida. Me quedan al menos ochenta años más para repetírtelo a cada instante.

En el piso inferior, quienes brindaban por el feliz regreso a la normalidad diaria del Palacio de Hidra no pudieron oír la risa recobrada de la condesa de Osorno.

Nota de la autora

Carlos I de España y V de Alemania nunca viajó al monasterio de Santo Tomás de incógnito, sino que permaneció en Alemania y Países Bajos hasta el 7 de julio de 1522, cuando desembarcó en Laredo. El 1 de octubre del mismo año promulgó un perdón general, excluyendo del mismo a 293 comuneros. Condenó a muerte a María Pacheco, que escapó a Portugal, y el obispo Acuña fue ejecutado a garrote vil en el castillo de Simancas, en cuyas almenas colgaron sus restos.

Sostuvo cuatro guerras contra Francisco I de Francia, entre 1521 y 1544, y llegó a saquear la Ciudad Eterna, cuando el monarca francés se alió con el papado.

Intentó unificar el luteranismo política y socialmente, sin conseguirlo.

Abdicó en Bruselas, legando la corona imperial a Fernando, su hermano, y la de España y las Indias a Felipe II, su hijo. En febrero de 1556 se recluyó por voluntad propia en el monasterio de Yuste, donde murió dos años después, no sin antes reconocer a su hijo bastardo, Juan de Austria.

Inició una época áurea de la historia de España hasta la consecución de la hegemonía mundial que consolidó su hijo Felipe II.

En sus últimos días reflexionó hasta la saciedad sobre el poder y la gloria, sobre su vida y su propia existencia, que abandonó legando a la Historia un Imperio. El Imperio español.

La historia de nuestro país no ha sido siempre heroica, ni sus gobernantes paladines de la verdad. Pero el pueblo español siempre se ha rebelado contra la tiranía.

Por eso, me propuse hacer de esta novela un relato de empeño y temeridad. De hombres y mujeres que prefirieron morir a dejarse avasallar por quienes ostentaban el poder.

Pero también me propuse narrar una historia de pasión y esperanza, de bravura, gallardía y orgullo, protagonizada por hombres y mujeres que ambicionaron una paz duradera para España y dieron su vida por ese sueño.

Me encantaría recibir vuestras opiniones, que siempre serán bien venidas.

Si queréis conocer más sobre mis novelas y enviarme vuestros comentarios, podéis entrar en mi blog, donde encontraréis mi dirección de correo personal a vuestra disposición.

http://nieveshidalgo.blogspot.com/